Das Buch

»In den letzten Tagen seiner Haft kam über den ehemaligen Korporal Paul Brandtner eine versöhnliche Stimmung. Er sah ein, daß er den Strick, der seiner wartete, redlich verdiente.« 1650, zwei Jahre nach dem Krieg, holen seine brutalen Schurkereien den Brandtner Paul ein. Unterm Galgen allerdings verläßt ihn der Gleichmut, und er jammert um sein Leben. Dies rührt die Magd Hanna so sehr, daß sie unter der Bedingung der Heirat bei Ferdinand III. um sein Leben bitten läßt. Der Kaiser ist gnädig, ein normales, friedliches Leben scheint den beiden jungen Menschen beschieden. Doch es kommt anders. Und endet, wie ein Roman von Galgen, Liebe und Tod enden muß. »Doderer thematisiert in diesem Roman seinen ›Lebens‹-Begriff«, schreibt Eike H. Vollmuth, »demzufolge das Leben keinesfalls direkt, sondern indirekt verlaufe, in ›Umwegen‹, die schicksalhaft vorgegeben seien.«

Der Autor

Heimito von Doderer, am 5. September 1896 als Sohn eines Architekten in Weidlingau bei Wien geboren, lebte fast ausschließlich in Wien. 1916 geriet Doderer in russische Gefangenschaft und kehrte erst 1920 zurück. Er studierte Geschichtswissenschaft. 1930 erschien sein erster Roman ›Geheimnis des Reichs‹. Seit der Veröffentlichung seiner Hauptwerke ›Die Strudlhofstiege‹ (1951) und ›Die Dämonen‹ (1956) gilt Doderer als einer der bedeutendsten österreichischen Schriftsteller. Er starb am 23. Dezember 1966 in Wien. Weitere Werke: ›Ein Mord den jeder begeht‹ (1938), ›Die Posaunen von Jericho‹ (1958), ›Die Peinigung der Lederbeutelchen‹ (1959), ›Die Merowinger‹ (1962), ›Die Wasserfälle von Slunj‹ (1963).

Heimito von Doderer:
Ein Umweg
Roman

Deutscher
Taschenbuch
Verlag

Von Heimito von Doderer
sind im Deutschen Taschenbuch Verlag erschienen:
Die Strudlhofstiege (1254)
Ein Mord den jeder begeht (10083)
Die Peinigung der Lederbeutelchen (10287)
Die Dämonen (10476)
Die Merowinger (11308)
Die Wasserfälle von Slunj (11411)

Ungekürzte Ausgabe
Februar 1993
Deutscher Taschenbuch Verlag GmbH & Co. KG,
München
© 1940 Biederstein Verlag, München
Umschlagtypographie: Celestino Piatti
Umschlaggestaltung unter Verwendung eines Motivs
aus Jost Ammans ›Kunstbüchlin‹ (1599)
Satz: IBV Satz- und Datentechnik GmbH, Berlin
Druck und Bindung: C. H. Beck'sche Buchdruckerei,
Nördlingen
Printed in Germany · ISBN 3-423-11638-2

I

In den letzten Tagen seiner Haft kam über den ehemaligen Korporal Paul Brandter eine versöhnliche Stimmung. Er sah ein, daß er den Strick, der seiner wartete, redlich verdiente. Jedoch eine solche, die bloße Gerechtigkeit betreffende Erkenntnis allein hätte sein Gemüt noch nicht zu befrieden vermocht. Sondern, was er jetzt zurückblickend klar erschaute, das war eben die ganze Richtung seines Lebens: ein Umweg zum Galgen, und weiter nichts; und ihm schien, daß er dies schon oftmals gefühlt hatte. Manchen hatte er hängen sehen, der kaum die Hälfte von dem auf dem Kerbholz trug, was er selbst hätte aufzählen können; und mitunter wohl auch wirklich aufgezählt hatte, im Rausch nämlich und unter gleichgesinnten Kameraden, des Renommierens halber. Darunter die von ihm besonders bevorzugte Geschichte von den sieben Rheingauer Bauern, die er sämtlich an den Dachsparren hatte knüpfen lassen. Denn zuerst hatten die Kerle mit erhobenen Fingern geschworen, es fände sich nichts Eßbares oder Trinkbares mehr, und wenn man sie umbrächte; aber gleich danach hatte man das vergrabene Weinfaß und auch die vermauerten Käslaibe entdeckt. So hatte es denn freilich geheißen: hoch in die Luft mit solchen Vögeln!

Nun war's aber seit zwei Jahren aus mit diesem Kriege, denn man schrieb das Jahr 1650, und seit den Traktaten von Münster und Osnabrück hatte sich auch in den österreichischen Erblanden das Leben in ungünstiger Richtung verändert, wenigstens wenn man von des Korporal Brandters Standpunkt die Dinge ansah. Man fiel mit der kleinsten Kleinigkeit schon auf, und der Strick winkte im Winde über der Galgenleiter bei bloßen Vorhaben, um deren Ausführung sich vor vier Jahren, im Kriege, kein Mensch gekümmert hätte. Sie hatten unlängst zwei Bauernmädel niedergeworfen, Brandter und ein Kamerad, um »Tulpen« zu machen, wie man das spaßhaft nannte. Solch eine Tulpe war ein lustiges Ding, ein Frauenzimmer, dem man die Röcke über dem Kopf zusammengebunden hatte, um sie dann in dieser peinvollen Blöße laufen zu lassen. Als Burschen vom Dorf durch den Wald kamen und die Soldaten mit ihrer Beute sahen, zogen sie die Messer. Das kostete dreien von ihnen gleich das Leben, den Siegern aber auch, allerdings etwas später.

Der ganze Brandter war kaum fünfundzwanzig Jahre alt, ein blonder Krauskopf und sonst ein treuherziger Bursche, der aber das Mausen in keiner Weise lassen konnte. Rasch gelernt war's, vor Jahren, im Kriege, und späterhin schwer zu vergessen. Aber er wollte sich jetzt aus dem Krieg keine Ausrede mehr drechseln. Und seit er an diesem Punkte hielt, war ihm leichter zumute. Gewisse Erlebnisse seiner dörflichen Jugend schienen ihm schon aus einem verdammt ähnlichen Stoffe gemacht wie spätere Abenteuer, etwa solche im Rheingau. Als Achtzehnjähriger hatte er sich die Neigung einer jungen Großbäuerin erworben. Der Mann war im Wege, blieb abends nicht lange genug im Wirtshaus sitzen. Brandter überfiel den Bauern im dämmrigen Wald des Abends, schlug ihn halb tot, band ihn geknebelt an den nächsten Baum, ging zur Frau und blieb da gemütsruhig, ohne ihr ein Wort von dem eigentlichen Grunde seiner Ruhe und Sicherheit zu sagen. Das tat er erst im Weggehen.

Es war ein Weggehen aus dem Dorfe überhaupt gewesen. Der schwedische General Torstenson, von dem es hieß, daß er keinen Fuß vor den anderen setzen könne, stets in einer Sänfte getragen werde und dabei doch so schnell marschiere wie der Böse reitet – dieser Schwede bedrohte mit seinen Truppen damals sogar Wien; von heute auf morgen konnte man geworbener Soldat sein und über alle Berge. So unser Brandter, der damals, im Jahre dreiundvierzig, seine militärische Laufbahn begann. Und nun saß er hier im Loch, mit pfündigen Ketten an den Füßen.

Aber der Krieg war nicht schuld.

Ein wenig Sonne tastete durch das Gitter des Fensterchens und Brandter zog sich mit seinen kräftigen Armen im Klimmzug samt den Fußketten hoch, um diesen spärlichen Sonnenstrahl ins Gesicht und ein wenig frischen Wind in die Nasenlöcher zu bekommen; denn die Luft im Kotter war schlecht. Zudem drückte die Julihitze. Hier, gerade unter dem Fensterchen, stand ein Ulan Wache vor dem Garnisonsstockhaus. Der Krieg ist nicht schuld, nein, dachte Brandter und spuckte zur Bekräftigung dem böhmischen Dalk da unten auf die hohe Pelz-Tschapka und lachte, als er sah, daß jener davon gar nichts merkte.

Zwei Tage später sollte er hängen. Beim Ausführen aus dem Stockhause war ihm doch elend schlecht, und der blasse Himmel des Hochsommers über ihm und die grellsonnige Ausgedehntheit der Gassen trieb ihn noch mehr in sich selbst zurück und in die Dunkelheit seines Innern, darin die Angst rascher und rascher sich drehte. Jetzt, im Scheiden, hing die besonnte Ferne irgendwelcher Dächer dort rückwärts wie ein Gewicht an seinem Herzen, war der hohe Himmel, war der Wind an den Wangen wie eine Drohung. Dem Brandter wurde erbärmlich schwach. Der hohe zweirädrige Schinderkarren holperte, jeder Stoß fing sich im Herzen. Immer mehr Menschen zogen mit, vor das Kärntnertor hinaus. Als er, nach dem Passieren des Torturmes, bald auch den Galgen wirklich erblickte – ein geknickter Strich in der hellen Farbe frischen Holzes –, da hatte er gänzlich vergessen, was er noch gestern gewußt, nämlich, daß sein Lebensweg hier zu guter Letzt ins eigentlich richtige Geleise fiel. Vielmehr fühlte er sich als Gefangener irgendwelchen teuflischen Zufalls. Er verdummte in wenigen Augenblicken so weit, daß er leise versuchte, an seinen Fesseln zu zerren, dabei aber wohl achtgab, daß niemand von seinen Wächtern oder gar jemand aus dem Volke es merke. Die Gassenbuben liefen in Haufen links und rechts des Karrens. Und Brandter schämte sich sehr in seinem ausbrechenden Angstschweiß.

Den Verlauf der nun folgenden Hinrichtung schildert uns recht artig ein Chronist aus jener Zeit, der sich unter den Zuschauern befand; er schreibt:

»Obbemeldeter Brandter war ein Mannsbild in der ersten Blühe seiner Jugend und kaum fünfundzwanzig Jahr alt, sonsten aber von Gesicht schön und von waißen, krausen Haaren. Auf der Laiter schrie er: ›Ist denn niemand da, der sich meins jungen Lebens erbarmet?‹ Da lieffe ein Dienstmensch her, ruffte demselben hinauf: ›O mein Kind, ich will Dich heurathen!‹ Er hierauf: ›Mein Schatz, es ist mir schon recht!‹ Sie fiele zu Füßen und bate mit aufgereckten Händen um Aufzug des Erwürgens. Sie wölle gleich zu Ihrer Mayestät, dem Römischen Khayser lauffen...«

Der Henker hielt inne. Man konnte ihr nicht viel Mut machen. Der dritte Ferdinand war kein Herr, der solche mittelalterliche Sonder- und Volksrechte liebte. Mag sein, daß sogar unser Brandter hier der Anlaß wurde zu jenem strengen Verbot gegen jederlei »Fürbitt« vor dem Galgen, das sechs Jahre später, in Articulo einundfünfzig der neuen Landgerichtsordnung, herauskam. Als es gar hieß, Ihro Majestät sei schon morgens frühe nach Laxenburg gefahren, legte der Freimann seinem Delinquenten gleich wieder die Schlinge um den Hals. Aber die Galgenbraut begann erbärmlich zu schreien und mit beiden Füßen auf dem Bretterboden des Hochgerichts zu trampeln, und zugleich erhob sich, als ein dunkler Baß zu ihrer sich überschlagenden Stimme, das Gemurr des Volks. Ein spanischer Leutenant, der hier die Wache hatte, gebot dem Henker und seinen Schergen Einhalt. Ohne gerade viel Deutsch zu verstehen, schien dieser Herr doch zu wissen, um was es hier ging. Er ließ zwei Mann mit Flinten und einen Wachtmeister auf das Hochgericht treten, sagte diesen Leuten in seiner Sprache, daß sie den Delinquenten an Ort und Stelle zu bewachen hätten, unter allen Umständen und bis er selbst zurückkehre. Sodann aber ließ er der Braut des Galgenvogels begreiflich machen, daß sie nun vor seinen

Burschen aufs Pferd sitzen müsse. Sie kletterte behend hinauf und wurde, in Ansehung ihres Persönchens, von dem Dragoner nicht ungern fest und sicher um die Hüfte genommen. Dann stieg der Offizier selbst wieder auf.

Sie sprengten sofort im Galopp dahin, an den Befestigungswerken entlang, gegen das Widmertor zu. Von St. Theobald auf der Laimgruben schlug klar die Turmuhr. Der Wind wetterte der Hanna – so hieß sie – um den Kopf, ein Schwindel kam sie an auf dem hohen Pferd, dessen mächtige und schnelle Bewegung sie unter sich spürte. Sie schloß die Augen, klammerte sich mit beiden Armen fest an den Reiter und drückte den Kopf an seine Schulter. Durch ihr leichtes Gewand spürte sie kühl den Brustharnisch. Als sie vor das Widmertor kamen, wurde sie durch das heftige Stoßen des Trabes, in den man gefallen war, zu sich gebracht. Der Leutnant rief den Posten an, der, dem Offizier die Ehrenbezeigung leistend, mit präsentierter Muskete vor das Schilderhaus getreten war. Ja, der Hofzug sei durch, und sie müßten wohl den Wienerberg fast hinauf sein, der Zeit nach.

Wieder Galopp. Sie empfand's als Erleichterung. Sie faßte sich. Sie spürte jetzt erst, wie dumpf das Blut in ihren Schläfen schlug, wie sehr das Herz ihr noch immer den freien Atem nahm. Sie schloß neuerlich die Augen. Das Pferd unter ihr stürmte dahin. Der kurze, bruchartige Übergang, vom müßigen Zulauf zur Richtstatt, vom Warten und Gaffen, in diese wilde Flucht der Ereignisse, lag wie ein schwerer körperlicher Schmerz in ihr, stand wie ein trüber Hof um einen weißblonden Krauskopf, der zwischen den steigenden und sinkenden roten Flecken im inneren Augenlid auf- und niedertauchte.

Es ging bergab. Sie hatten die Wasserscheide beim »Räderkreuz« nach mehr als halbstündigem scharfem Ritte überschritten. Der Trab stieß, ein Ausruf ertönte, jetzt hielt man. Der Leutnant deutete voraus.

Dort unten, wo die Straße flach im Lande lag, ließ ein Zug von Wagen und Reitern träg abstreichende Staubwolken hinter sich. Sie qualmten dick hervor, als brenne unter den hohen Rädern und den Rosseshufen der Boden. Die geschliffenen Glasfenster einer gelben Karosse blitzten. Die schachbrettweis mit Feldern, Baumgruppen, Haus und Wiesenweg ausgebreitete Ebene verschwamm gegen die Mödlinger Höhen zu im Dunst. Sie geloppierten weiter. Hanna wurde von heftigem Herzklopfen befallen. Der Zweifel krümmte sich in ihr, die Hoffnung sank.

Als sie die Augen wieder öffnete, war man nur mehr hundert Schritte hinter den Lanzenreitern, welche den kaiserlichen Zug abschlossen. Der Leutnant bedeutete dem Burschen zurückzubleiben.

Hanna starrte dem Offizier nach, als er davonritt. Sie sah, wie er den Galopp mäßigte, den Degen blank zog, ihn senkte, und offenbar mit jemand sprach, der sich bei den Lanzenreitern befand. Dann lösten sich von dieser Gruppe zwei blitzende Uniformen los und sprengten gemeinsam mit Hannas Beschützer längs des Zuges vor, in die Staubwirbel hinein. Es war nicht auszunehmen, was dort geschah. Aber als jetzt ein Kommandoruf ertönte und der ganze Zug ins Stehen kam, setzte Hanna das Herz aus.

Der Staub legte sich. Jetzt erblickte sie den Leutnant wieder, wenn auch sehr von weitem. Er befand sich vor einem der Wagen, hatte das eine Knie ganz zur Erde, in den Staub, herabgebogen und schien zu demjenigen hinaufzusprechen, der im Wagen saß.

Der Kaiser! Hanna rang nach Luft. Sie und der Soldat hinter ihr, der sich im Sattel erhoben hatte, starrten mit weit offenen Augen.

Es geschah lange Zeit hindurch nichts. Der Offizier kniete im Staub.

Plötzlich sah man etwas Weißes. Sei erkannten, daß der Wagenschlag geöffnet worden war und daß sich durch den Spalt eine Hand vorstreckte. Man sah deutlich in der Sonne den hellen Handschuh. Der Leutnant erhob sich, beugte sich tief über diese Hand und küßte sie. Dann schlug der helle Handschuh über seinem Kopf das Zeichen des Kreuzes.

2

Unzmarkt im Steirischen, am rechten Ufer der oberen Mur, war zu jenen Zeiten noch ein kleiner Ort. Niemand wußte Näheres über das Herkommen des jungen Paares, das vor nun schon geraumer Zeit hier erschienen war und ein baufälliges, bescheidenes Haus am Ortsrande zu eigen erworben hatte. Immerhin vermochten die jungen Eheleute damals ein gewisses Interesse bei den Einwohnern von Unzmarkt zu erwecken, durch ihre Nützlichkeit nämlich; der Mann war gelernter Sattler und Wagner in einem, und die junge Frau erwies sich bald als eine tüchtige und fleißige Näherin. Besonders Paul Brandters Doppelgewerbe füllte hierorts eine Lücke aus, denn man hatte solchen Bedarfs wegen bisher nach Judenburg hinein müssen. Vor Zeiten hatte es hier wohl Handwerker gegeben. Aber als das Gegenreformieren angegangen war mit geharnischten Reitern, da hatte es der Handwerker leichter gehabt als der Bauer, fest lutherisch sich zu erzeigen, dem Rufe seines Gewissens zu folgen und abzuwandern; der einfache Landmann aber war doch vielfach geblieben, und jetzt freilich wieder unter dem Krummstab.

Darum, so fragte man den Brandterischen nicht viel nach, woher und wie. Man war's ganz zufrieden, den Mann zu haben. Sie hatten sich vor dem Pfarrherrn als christkatholisch getraute Eheleute bescheinigt, und damit punktum. Er sei Soldat gewesen, hieß es, und hätte nun abgerüstet. Und sie »ein Dienstmensch aus Wien«.

Dem Brandter kamen also seine gewerblichen Fertigkeiten hier sehr zustatten, Fertigkeiten, die er im Kriege erworben hatte, an denen also gewissermaßen der Krieg schuld trug. Ein schwedischer Reiter hatte dem Korporal einst so ausgiebig mit dem Säbel über Kopf und Schulter gewischt, daß Brandter sich durch mehr denn ein und ein halbes Jahr als Kampfunfähiger mit einer Dienstleistung beim Troß begnügen mußte. Hier eben erlernte er seine beiden Handwerke, die Sattlerei und die Wagnerei. Man kann sagen, daß jener Schwede beigetragen hatte zur Gründung von Paul Brandters gegenwärtiger Existenz.

Übrigens noch andere Menschen auch. So vor allem Ferdinand der Dritte, als Spender eines Heiratsgutes für Hanna, in der Höhe von fünfzig Dukaten. Ferner eine große Zahl von Unbekannten: denn der Wachtmeister auf dem Schafott hatte gleich nach Einlangen der Gnadenbotschaft den richtigen Augenblick für gekommen erachtet, um zwei seiner Leute unter der harrenden Menge zugunsten des jungen Paares absammeln zu lassen; mit merklichem Erfolg, denn sie brachten einen Hut voll Silbermünzen zusammen. Daneben spendeten einzelne ansehnliche Bürgersleute noch einen Betrag von insgesamt an die sechzig Gulden. Und nicht zuletzt der spanische Leutenant: er ließ seinem Schützling, der Hanna, durch den Burschen einen Lederbeutel mit Goldmünzen reichen.

An diesen jungen Offizier dachte Hanna nicht selten. Er war ein Graf Manuel Cuendias, dessen verhältnismäßig bescheidenes Vermögen nicht eben seiner hohen Abkunft entsprach. Um also seine Glücksumstände in standesgemäßer Weise zu verbessern, auch durch Erlangung der gänzlichen Steuerfreiheit, hatte sich der Graf eine Offiziersstelle im Dragonerregiment Coltuzzi übertragen lassen und tat dort Dienst, ganz wie ein anderer, minder hochgeborener auch. So erklärte es sich, daß ein Herr seines Standes bei so meschantem Anlasse, wie eine Hinrichtung, die Wache haben konnte. Das Regiment lag in Wien, wurde für Sachen der öffentlichen Ordnung herangezogen, und des Grafen Zug war damals gerade an der Reihe gewesen.

Wenn Hannas Gatte hinten in der Werkstatt schaffte, von wo sein Pochen nur entfernt herklang, und sie über ihrer Näherei saß und draußen die Hühner gackern hörte: da konnte es geschehen – etwa bevor sie einen neuen Faden durch das Nadelöhr zog –, daß, ebenso wie ihre Hände jetzt herabsanken, die Erinnerung emporstieg, und daß die unvergeßlichen und wie eh und je frischen Bilder wie aus jener Bruchstelle ihres Lebens quollen, gleich Dämpfen aus einem Spalt im Erdreich. Wie sie eigentlich dahin gekommen war, das Steuer ihres Lebensschiffleins damals so ungeahnt wie plötzlich herumzuwerfen, was jenen Augenblicken vorangegangen war, da sie sich durch die Menge gestoßen und zum Hochgericht hinaufgeschrien hatte: darüber machte sich Hanna keine Gedanken. Es war wohl Gottes Wille so gewesen; und es erschien ihr natürlich, daß sie von diesem Augenblick an sogleich um Brandter gezittert hatte als um ihren erwählten eigenen Mann, und ganz so wie um einen, den man lange schon kennt und liebt. Ihr früheres Leben war damit abgetan, und sie befand sich hier durchaus an ihrem Platze. Bezeichnend genug ist es für Hanna, wie nüchtern und entschlossen sie damals, vom Galgen weg und nach der raschen Trauung, in einen neuen Alltag getreten war, während Brandter noch durch Tage auf den hochgehenden Wogen des wiedergeschenkten Lebens steuerlos schwankte.

Ein anderes war's, was den Leutenant anging. Hier begann die Pein. Diese Stelle in ihrer Erinnerung war am schärfsten beleuchtet, fest und klar in Farb und Umriß, aber zugleich so sehr schmerzhaft, daß sich ihr, in Gedanken dabei verweilend, immer ein leichtes Seufzerchen, ein Murren oder irgendein abgerissenes Wort entrang. Sie sah diesen Mann vor sich auf seinem Pferd in eben demjenigen Augenblicke, da es ihr gelungen war, sich den Beglückwünschungen des gemeinen Volkes zu entreißen, das sie und Brandter in seiner derbtreuherzigen Art mit einem wahren Hagel liebevoller Knüffe und Püffe traktierte. Hanna war von rechts an des Grafen Roß herangekommen, sie machte drei rasche Schritte auf ihn zu, um seine behandschuhte Rechte zu ergreifen, die schlaff herabhing, und um diese Hand zu küssen.

Der Offizier würdigte sie keines Blickes. Er sah wohl in die Richtung, aus der sie auf ihn zukam, aber er sah ihr keineswegs entgegen. Er blickte unbestimmt und wie über sie hinweg oder durch sie hindurch, als sei an Stelle ihrer Person leere Luft oder durchsichtiges Glas. Und als er jetzt lässig sein Pferd abwandte und langsam davonritt – da erweckte es nicht einmal den Eindruck, als täte er dies im Hinblick auf ihre Annäherung und um diese zu vermeiden, sondern nur so schlechthin, und weil es ihm gerade jetzt so gefiel. Er verhielt sich, als hätte er sie gar nicht erkannt oder überhaupt nicht bemerkt.

Sie aber hatte ihn gerade in diesem Augenblick spät genug und plötzlich erkannt, und sein schon früher gesehenes Gesicht dorthin eingeordnet, wo es hingehörte: nämlich in das Haus ihrer adeligen Dienstherrschaft. Der Helm auf dem Haupte veränderte ihn stark. Aber sie wußte jetzt, daß sie diesem Manne mehr als einmal den Mantel umgelegt, die Handschuhe gereicht hatte, stets leutselig von ihm angelächelt. Und nachher fand sie in ihre etwas spröde und heiße Hand einen Silbergulden gezwängt.

In diesem Augenblick erst war Hanna jener Schritt hinab, den sie getan, zu Bewußtsein gekommen, und nun empfand sie Abscheu vor dem johlenden Pöbel, der sie umgab, und nun spürte sie plötzlich dessen stickigen und bisher von ihr nicht bemerkten Geruch. In diesem Augenblick hatte Hanna auch blitzartig an ihre Eltern im fernen Gailtal gedacht, die dort als ehrbare, wenn auch arme Leute lebten. Und da spürte sie denn etwas wie einen Schnitt, einen trennenden Schnitt, der schmerzhaft und unwiderruflich war.

An das Bild des Grafen Manuel aber – immer sah sie ihn noch, wie er sein Pferd abwandte, knapp bevor sie seine Hand hätte ergreifen können –, an dieses Bild heftete sich in ihr ein seltsam Doppelgefühl aus schuldigem Dank und und Haß. Hatte sie für diesen Mann wirklich nichts weiter bedeutet als eine Art Leitersprosse zu seinem eigenen Seelenheil? Gerade das reizte sie maßlos. Nein, sie war wohl für seine Gnaden nicht mehr gewesen als ein gewöhnliches »Dienstmensch«, das sich noch dazu vom Galgen einen Kerl herabgeholt hatte, und also um etwas weniger noch als leere Luft.

Sein Bursche war besser gewesen als der Herr, so schloß Hanna jedesmal ihre Betrachtung über diesen Punkt. Hatte der Leutenant sie von Anfang bis zu Ende kein einziges Mal auch nur angeblickt (der unchristliche, hochnäsige Fant!), so war ihr dafür, als einer jungen und sauberen Weibsperson, von jenem einfachen Reiter durchaus die gebührende Reverenz erwiesen worden.

Dem Paar blieb der Kindersegen versagt, und also entschlief im Fluß der Jahre allmählich diese Hoffnung. Sie lebten allein, zurückgezogen und damit ganz aufeinander angewiesen. Dem Manne schien die Kinderlosigkeit überdies fast willkommen zu sein, auch als der Haushalt sich schon zu einem gesicherten Behagen gefestigt hatte und sich sogar der Weg zu bescheidenem Wohlstande auftat. Im Scherz – ein seltsamer Scherz! – äußerte er einmal, es sei schier besser so, und sie hätten anders etwan gar ein Alraun oder Galgenmännlein in die Welt gesetzt. Sein Weib verwies ihm diesen Spaß mit Heftigkeit und sagte, er hätt' es wahrhaft nicht nötig, solchermaßen zu lästern und sie noch daran zu erinnern, was sie für ihn eigentlich auf sich genommen habe. Er schwieg und ging mit finsterem Gesicht aus der Stube und an seine Arbeit.

Ihre Eingezogenheit war schon recht sehr groß. Dem Wirtshause war Brandter kein Gast, und obwohl ihm ein kräftiger Umtrunk, nach seiner früheren Gewohnheit, sehr willkommen gewesen wäre – die Scheu hielt ihn davon ab. Die Frau sah solches Gehaben und sein ständiges Hocken am häuslichen Herd in der Freizeit und seine Enthaltung von jedem Umgang, den nicht das Geschäft erforderte, mit zwiespältigem Herzen an. Nun schien es doch fast so vor den Leuten, als hätten sie was zu verbergen und als würden sie nicht ohne Grund ängstlich beiseite treten! Zum anderen dagegen hätte sie ihm nichts hingehen lassen, sicherlich nicht, nicht die kleinste Bummelei oder Herumtreiberei und nicht den leisesten Rausch am Sonnabend. Dieses war wohl das mindeste, was sie – nach allem – zu fordern hatte. Vielleicht lag der letzte Grund, warum Brandter gar so wässerig und klausnerisch lebte, eben darin, daß er mit Herzensangst vermied, auch nur entfernt die Grenze zu streifen, jenseits derer sie bereits zum Vorwurf berechtigt gewesen wäre.

So etwa pflegte sein Weib an gewissen Tagen das Essen anbrennen zu lassen, nämlich dann, wenn sie, mit Schweißperlen auf den Brüsten, am Waschtroge stand und den Weg zwischen Herd, Kuhstall und Wäsche nicht rasch genug springen konnte. Brandter aß und schwieg. Vielleicht hätte er's geruhig heraussagen können, ja, zweimal hatte sie selbst sich schon deshalb gerügt. Aber so weit wagte er sich nicht mehr vor (besonders seit seinem mißglückten Scherz mit dem Galgenmännlein), ja, er legte ihr in Gedanken schon im voraus Worte in den Mund, die Hanna vielleicht gar nie gedacht und noch weniger gesprochen hätte, etwa so: käme es auf dich allein an, Paul Brandter, du äßest heut längst keine Suppe mehr, und nicht einmal eine angebrannte.

Nun gut so, es gingen die Jahre hin wie nichts (was enthielten sie denn auch schon?) und das zweite oder dritte glich dem ersten aufs Haar.

Das steirische Gebirg in jener Gegend hat runde und gekuppte Formen. Brandter stammte aus den österreichischen Kalkalpen, wo man, die Waldgrenze und das Krummholz hinter sich lassend und auf der ersten Geröllhalde anlangend, alsbald seltsame Türme und manch zakkig Gebild auf sich herabblicken sieht und das nahe Gewänd des Berges hundert Gesichter und Fratzen zeigt.

Dies Land hier aber schien dem Brandter fast unheimlich ruhig. Ein Höhenzug wandte sich da etwa und schlich mit einem leichten Katzbuckel davon, in den blassen Himmel der Ferne hinein. Sehr natürlich war's, daß Brandter mit der Knabenheimat verglich, obwohl er inzwischen mancher Herren Länder gesehen hatte. Jedoch hier sollte ja zum erstenmal wieder Heimat sein, wo der Fuß steht und nur das Auge schweift, aber auch das eben in der Art, wie man sich etwa im Familienkreis umblickt. Unser Brandter aber, wenn er hier vor seine Werkstatt trat und mit dem Ärmel die Stirne abwischte, sah über das schmale Tal der Mur und zu jenen Höhen hinüber, die man heute noch den »Bocksrücken« nennt, wie in ein Traumbild hinein, und trotz dahingegangener Zeit noch immer verwundert.

3

Der Zeremonienmeister stieß seinen Stab zu Boden und rief in den Saal den Namen des Grafen Manuel Cuendias, was ziemlich lange dauerte, da es nicht ohne sämtliche Haupt- und Nebentitel sowie alle Prädikate dieser Familie abging. Als Manuel nach der Präsentation sich aus dem Zirkel der fürstlichen Hausfrau wieder zurückgezogen hatte und nun im Strom der vielen hundert Gäste langsam durch die Zimmerfluchten und Säle trieb, da und dort grüßend, da und dort begrüßt und angesprochen – hier also, inmitten dieser sehr bunten und vielleicht etwas aufdringlichen Zurschaustellung von Rang und Macht oder Jugend und edler Herkunft, hier glaubte er's wieder zu spüren, daß jener interessante Beigeschmack, der seiner Person vor nun schon langer Zeit angeflogen war – nämlich durch die Rettung Paul Brandters –, sich noch immer nicht ganz verloren hatte. Einem kundigen Auge verriet sich das sehr einfach, durch die Art des Lorgnettierens, hinter dessen respektvoller und gemäßigter Geste sich zumindest Neugierde, wenn nicht gar Tratschsucht verbarg. Im ersten Winter nach jenen überstürzten Vorgängen beim Kärntnertor hatte Graf Manuel in spanischen Kreisen bis zur Unerträglichkeit unter alledem zu leiden gehabt. Ja, als durch einige böse Zungen schlechthin Empörendes über seine angeblichen Beziehungen zu jener Galgenbraut und die angeblichen Folgen dieser Beziehungen herumgesprochen worden war – solche Gerüchte nötigten den Grafen am Ende zu zwei Duellen –, da hatte sich Manuel sogar für einige Zeit vom Dienste beurlauben lassen und fast ein halbes Jahr, als vorgeblich Erkrankter, bei einer verwandten und ihm wohlbefreundeten Familie auf deren Edelsitz in ländlicher Zurückgezogenheit verlebt.

Alles das war geeignet, in ihm die Erinnerung an jenes Geschehnis immer wieder wachzurütteln, und dieses Erinnerungsbild – das wußte er, und hatte sich's eingestanden – trug die Züge Hannas.

Am heutigen Abend aber sollte in dieser Richtung noch ein übriges getan werden. Eine junge Landadelige, ein anmutiges weizenblondes Mädchen von kaum zwanzig Jahren, brachte ihm gegenüber in aller Unschuld das Gespräch geradewegs auf jenes Ereignis vom Juli des Jahres fünfzig – freilich, ohne genauer zu wissen, mit wem sie redete, denn dieses erfuhr sie erst aus dem späteren Verlauf der Unterhaltung. Ihre Ahnungslosigkeit in bezug auf die Sache war so groß, daß sie nicht einmal die Veränderung in den Gesichtern bemerkte, die sich da rundherum alsbald vollzog. Ein Kavalier nahm mit hochgezogenen Brauen eine Prise, während die neben ihm stehende Gräfin Partsch – aus dem Wallis stammend, und sowohl deshalb, als auch ihrer etwas vierschrötigen Erscheinung wegen »der Schweizer« genannt – sich veranlaßt sah, das Lorgnon zu gebrauchen, obwohl sie kaum eine Armeslänge von der Sprecherin entfernt war: aber so etwas von dieser Art, solch eine Pomeranze, die es fertigbrachte, ganz arglos nach Dingen zu fragen, über die man seinerzeit, als sie noch ständig zu Wien gewohnt und Haus gehalten, hierorts nur in den Ecken flüsternd Meinungen getauscht hatte, dies war denn doch éclatant, und das mußte man sich also genau ansehen. Die Gräfin schien das Mädchen geradezu unter die Lupe zu nehmen, wie ein seltsames, noch nie erblicktes Tierchen. Manuel aber, den die junge Dame, und zwar in französischer Sprache, gefragt hatte (ja, geradeheraus gefragt hatte!), ob jene Hanna nicht eigentlich ein ganz vortrefflicher, starker Mensch sein müsse, eine Frau von großer Entschlossenheit (»d'une force de résolution éxigeante«) und wilder Zähigkeit (»et d'une ténacité presque féroce«), Manuel also empfand in diesem Augenblick, daß ihn solche Fragen verwunderlicherweise gar nicht mehr peinigten, er fühlte sich plötzlich über das Leidige dieser ganzen Geschichten erhoben: und vielleicht gerade durch den reinen und unschuldsvollen Spiegel, welchen sie jetzt fanden. Während sein Blick durch das hohe Fenster des kleinen mit Gold überladenen Seitenkabinettes, wo diese Unterhaltung stattfand, hinausfiel über gewinkelte Dächer und auf die grüne spitze Nadel der Kirche von Sankt Michael, äußerte er in aller Ruhe nichts weiter als eine Bejahung der von dieser jungen Dame vorgebrachten Anschauungsweise (»cest ça, et je suis bien de votre avis, mademoiselle«), welche Offenheit geradezu wechselnde Wolkenzüge von Verwunderung über die Gesichter trieb. »Wenn man's nur wüßte, was jenes arme Ding eigentlich zu ihrer impetuösen Resolution hat bringen können«, äußerte jetzt eine Freifrau von Doxat und gab damit der Gräfin das gewünschte Stichwort, auf welches hin diese sogleich einfiel: »Die Wege des Herzens sind dunkel, nur Gott allein mag sie erkennen. Um so besser, wir hätten's vielleicht wenig Freude bei den näheren Observationen. Da würde dann manches sich nicht gar schön ausnehmen, was sonsten etwa recht edel hersieht. Wird's wohl selbst nicht wissen, cette pauvre sotte, oder weiß es auch gar zu gut. Nicht einmal Ihr, Graf Manuel, könntet wohl mit Sicherheit angeben, was Euch geleitet hat, jenem Flehen zu willfahren und, da Ihr denn als Kommandeur der Exekutionswacht die Möglichkeit hierzu hattet, der Galgenbraut ihren Züchtling zu retten. Und Ihr seid doch ein einsichtiger Mann, qui s'y connait bien, dans ces choses-là. War übrigens bei dem Marquis von Aranda lange – und, wie man glaubte – brav im Dienst, dieses saubere Persönchen.« Manuel schwieg und bedurfte dazu keiner Beherrschung. Es war keine Antwort in ihm vorhanden, die erst hätte hinabgeschluckt werden müssen. Er fühlte sich in diesem Augenblick sehr gealtert und erkannte klar, daß dies während jenes auf dem Lande verbrachten halben Jahres mit ihm vor sich gegangen war; oder auch, er war reifer geworden, wenn man es durchaus schonend ausgedrückt haben will. Im hohen späten Blut gibt es seltsame Vorgänge, und das Altwerden, ja, ein ganz plötzliches Uraltwerden, steht darin in ähnlicher Weise bereit wie das Gefrieren im Wasser, welches mitunter längst Eiseskälte hat, ohne daß die Kristalle sich bilden; erfolgt jedoch auch nur eine ganz leise Erschütterung, dann gerät der Zustand aus dem Gleichgewicht, und schon ist's Eis, ganz im Nu. Den Naturkennern ist diese Erscheinung vertraut. Und denen, die den Adel kennen, jene andere. Das Bild Hannas, das vor den Augen des Grafen Manuel schwebte, der ruhig und in seine Gedanken versunken durchs Fenster hinaussah – ja, er schenkte seiner Umgebung durchaus keine Beachtung mehr –, das Bild Hannas also schwebte jetzt zwischen ihm und der grünen Kirchturmspitze dort drüben. Er sah sie wieder auf den Brettern des Hochgerichts, tobend, rasend, flehend, stampfend, eine Tigerin, ein königliches Tier, ja (verglichen mit dem, was ihn hier umgab) ein beinahe halbgöttliches Wesen!

Er nahm jetzt seine Liebe zu ihr einfach hin, ohne sich im geringsten mehr dagegen zu empören. Wenn jedoch sonst die unglücklich Liebenden wie die Maus in der Falle herumschießen, gehetzt von immer neuen und immer phantastischeren Hoffnungen auf einen Brosamen Glükkes – Hoffnungen, die fast nichts in der Welt zu zerstören vermag –, so wäre diese Liebe bei dem Grafen Cuendias sogleich in einem Eisblock von Indignation eingefroren und aufbewahrt worden gleichwie die Insekten der Vorwelt im harten Bernstein, hätte er sich nur bei der leisesten Hoffnung, nur bei einem leisesten Wunsche ertappt. So stand es damals noch um ihn. Er liebte Hanna, wußte es, ertrug es, und zwar das ganze Gefühl, wie es eben war. Denn er verachtete es ebenso, die Vernunft zu mißbrauchen, um ein Gefühl zu zerkleinern, wie etwa dem Schicksal einen hoffenden Narren abzugeben.

4

Südwärts der Stadt, in der Richtung etwa, die Hanna einst geritten war, einem neuen Leben entgegen, erstreckt sich jenseits des sogenannten Steinfeldes – es hat seinen Namen von der spärlichen Erde des Ackerbodens – ein freundlicher Landstrich bis an die bläulichen Hänge eines Gebirgsstockes, heute wie vor Zeiten schon »der Schneeberg« geheißen. Dort draußen im Lande stauben die Straßen und Wege weiß, und ein einzelnes Fenster eines Gehöftes sammelt etwa – plötzlich entbrennend – alle Sonnenglut in seine Scheibe, die quer über Maisfelder und Äcker durch die Ebene blitzt bis zu dem nächsten Hügelschwung hinüber und bis an die beginnenden Berge, die schon höher und verschleiert ansetzen. Denn im Gebiete der Triesting und Piesting, zweier kleiner Flüßchen, nähert sich der Reisende allbereits den ersten bedeutenderen Erhebungen, die mit ihren steil hochwaldigen Flanken den Gesichtskreis schließen, deren Gipfelwände aber mit nacktem Fels und Schrofen die im Rücken liegenden Badener Höhen weit unter sich lassen. Wo die dunklen Kämme den Himmel schneiden, löst sich ihr Randstreifen vor dem blassen Blau bei geringerer Entfernung schon in die Spitzen der einander überstaffelnden Tannen und Fichten auf.

In eben dieser Gegend, mit den vielfach verschobenen

Berührungen und Übergängen zwischen dem Hochland und der sanft eröffneten Hügelwelt, hatten lange vor jener Zeit schon, in welche unsere Begebenheiten hier fallen, die spanischen Fremdlinge von Wien sich niedergelassen. Wie sie in der Stadt mit ihren adligen Palästen ein bestimmtes Viertel ausmachten, so waren sie auch hier, auf Burgen und Schlössern, Sommersitzen und Jagdhäusern, in der annähernd gleichen und doch so wechelvollen Landschaft vereint. Mögen nun die Gründe oder Anlässe dafür gewesen sein wie immer: eine Familie – es war die der Grafen Hoyos, die nicht wenig darauf hielten, einen Westgotenkönig ihren Ahnherrn zu nennen –, hatte den Beginn gemacht, und die anderen waren nachgefolgt: die Laso di Castilla, Aranda oder Manrique, welch letztere wieder, zum Unterschiede von den Hoyos, eine besondere Auszeichnung in weit jüngerer Vergangenheit zu betonen wußten; denn der alte Don Juan Manrique, kaiserlicher Obrist, hatte es gegen Ende der achtziger Jahre des verwichenen sechzehnten Jahrhunderts erleben dürfen, daß seine Tochter, aus Anlaß ihrer Vermählung, von einem Mitgliede des Erzhauses ein silbernes Trinkgeschirr zum Hochzeitsgeschenke erhielt. Dieser Spender war der Erzherzog Karl von der Steiermark gewesen, drei Jahre nach jenem für die Familie Manrique so bedeutsamen Akte verstorben, und nun, sechzig Jahre danach, als eine Art Familienheiliger verehrt. Dies gab auch Anlaß zu kleinen Bosheiten. Denn der alte Obrister hatte, wie jetzt noch die Legende ging, jedes Gespräch, und sei dessen Faden auch auf weitab liegendem Gebiete angeknüpft worden, früher oder später zu jenem silbernen Ehrenbecher und der damit bewiesenen Huld des kaiserlichen Hauses hinzusteuern gewußt, dabei mitunter recht gewundene Pfade wandelnd; und da man, ob nun mit Recht oder Unrecht, an den Nachfahren des Don Juan Manrique ähnliche Beobachtungen gemacht haben wollte, so konnte es schließlich nicht an Leuten fehlen, die – wenn ein Manrique der jetzt lebenden Generation es etwa geschickt verstanden hatte, von der Gemsjagd über den alten

Kaiser Max bis zum Ziele, nämlich zu jenem steirischen Karl, vorzudringen – zur geeigneten Zeit und geeigneten Ortes eine kleine Bemerkung einfließen ließen, woraus etwa hervorgehen mochte, daß jenem silbernen Ehrenpokal vielleicht die Aufgabe zufiele, einen nicht gerade übermäßig bedeutsamen Stammbaum zu überstrahlen und so unsichtbar zu machen. Daß an alledem kein wahres Wort war, wußte natürlich jedermann, der selbst auf Stammbäumen herumkletterte – und wer tat dieses zur Zeit nicht! –, gleichwohl ward die Bemerkung mit viel Vergnügen gelegentlich weitergegeben. Auch den Hoyos war ihr Westgote im Grunde weit wichtiger als etwa die sehr verdienstvolle Regulierung des Donauarmes von Nußdorf bis nach Wien herein, welche ihrer Familie verdankt wurde, und die Förderer dieses Werks, Ludwig Gomez und Ferdinand Albrecht gleichen Namens, standen familiengeschichtlich jedenfalls auf weit tieferer Staffel als etwa ihr Großvater, der übrigens auch Don Juan geheißen und sich bei der ersten Türkenbelagerung zu Wien ausgezeichnet hatte. Ob es nun aber die Vergangenheit und somit die Familiengeschichte anlangte, oder aber die jüngste Gegenwart: es lag ganz und gar außerhalb jeder Möglichkeit, daß da irgendeine Tatsache oder ein Vorkommnis von Belang – je nachdem, was man etwa dafür hielt – unbekannt bleiben konnte innerhalb dieser spanischen Zirkel; denn im Wipfel jedes Stammbaumes saßen gewißlich Leute, die nachsahen, was wohl die Vögel in der benachbarten Baumkrone treiben mochten. Das Skandalöse aber ward wohl konserviert, sei's neu oder uralt. Unvergessen blieb Don Pedro Laso's Liebesgeschichte mit dem Hoffräulein der Kaiserin, Doña Isabel de la Cueva, wenngleich zu Zeiten des fünften Karl arriviert, der den jungen Edelmann deshalb auf eine Donauinsel verbannt hatte. Dieser aber erwies dort, in der wehmütig hinträumenden Natur in sich abgeschlossener Auen, daß er nicht umsonst ein Neffe des Dichters Garcilaso de la Vega sei: und seine sehnsüchtigen Lieder hörte man jetzt noch gerne und nahm sie zum Vorbild, nicht nur unter Spaniern, denn das Dichten in dieser Sprache gehörte ja schon allgemein zum guten Tone. Unvergessen blieb ebenso etwa das Neueste, nämlich was zwischen Manuel Cuendias und jener Hanna oder Galgenbraut sich ereignet haben mochte, und die wohl einzig dastehende Art, wie er das wilde Mädchen damals an den Mann gebracht; und wenn auch diese Historie weit weniger hübsch sich ausnahm, so sorgte doch für ihre Verbreitung und gelegentliche Auffrischung, auch außerhalb spanischer Kreise, in gewissen Zeitabständen beispielsweise die Gräfin Partsch.

Denn freilich, die dunkelhaarigen Fremden, mit dem ersten Ferdinand ins Land gekommen, waren von allem Anfange an nicht rein unter sich geblieben, manche Verbindung zu dem landständischen Adel, soweit er höfisch geworden – nur die Steirer saßen überwiegenden Teiles trotzig abgeschlossen und obendrein noch lutherisch auf ihren Schlössern –, hatte sich geknüpft im Laufe der Zeiten. Schon die Ansiedlung im Gebiete des Schneeberges und der Erwerb mancher Herrschaft dort durch die spanischen Herren – alte Sitze wie Stüchsenstein und Gutenstein mit seiner Baronie waren in der Fremden Hände gekommen – brachte derlei Berührungen mit sich; ja, in den oder jenen Einzelheiten färbte die Landessitte selbst wieder auf jene ab, die ihr doch sonst in den höfischen Adelskreisen längst ein Ende bereitet hatten, gemütvolleres Wesen mit dem starren Gusse ihrer Formen, mit dem strengeren Lineament ihrer Trachten überziehend: hier auf dem Lande ein oft seltsames Bild, vor dem Hintergrunde dieser feuchtwaldigen Berge, die in einen ferneseligen Himmel hineinwanderten, oder diesen gerafft mit Winden und Wolken über dem kühnen Abbruch eines kalkigen Grats noch erhöhten.

Manuel war zur Jagd geladen.

Er ritt den gleichen Weg aus der Stadt hinaus wie damals, als es gegolten hatte, den Hofzug einzuholen, nur gemächlicher, als Soldat freilich auch für die Reise den rumpelnden Wagen verschmähend, vom Burschen und den Pferdewärtern geleitet, die auch ein mit den nötigen Bequemlichkeiten beladenes Tragtier als Handpferd führten.

Auf die Gams sollte es gehen, jetzt im endenden Herbste, an den Hängen des Schneeberges, und damit ist schon einer jener Punkte berührt, wo die adlige Landessitte sich durchgesetzt, ja, über die Fremdlinge geradezu Macht gewonnen hatte: wenn man dabei auch der schwierigen Pirsch im Fels einen jedesmal ausgekundschafteten und wohlbereiteten Ansitz vorzog.

Zu dem seinen brach Manuel schon am übernächsten Tage des Morgens um fünf auf, von dem gräflich Hoyosschen Jagdhause hoch droben im Feuchtergebirge, wo die Teilnehmer genächtigt hatten. Ein Jäger führte, und zwei Jungen als Träger und Büchsenspanner folgten ihm. Die Kälte vor Tag legte sich Manuel ans Gesicht, während die Tür hinter ihm zufiel, den Lichtstreifen verschluckend, der aus dem hell erleuchteten Vorraum breit in den leicht bereiften, weißbepelzten Wald hinausgewiesen hatte, an die Stämme prallend, die nach oben wieder ins Dunkel abbrachen. Es schien, als gehöre diese zufallende Tür nicht dem Hause an, sondern dem Walde, in welchen eingeschlossen man nun den Weg begann. Der lange nicht getragene Jagdanzug wagte es gleichwohl auch hier und jetzt, die stark parfümierte Aura eines alten mächtigen Kleiderschrankes ein wenig um sich zu verbreiten, und in einem ersten aufkommenden Lufthauche erhob sich die eine Ecke des breiten spitzendurchbrochenen Kragens über den Pelz und legte sich Manuel an das Kinn.

Der Boden war hier schon durchsetzt von Steinen, die alle aus einer Richtung her zwischen die Stämme geraten schienen, als hätte man den Wald mit solchen Geschossen kanoniert. Da und dort spießte ein zerschlagener Baum in die vor der Laterne weichende Nacht.

Zwischen den letzten Bäumen hervor trat man nun gleichsam ein zweites Mal ins Freie. Der Jäger löschte das Licht. Durch ein paar Augenblicke war die Dunkelheit fast undurchdringlich. Dann zeigte sich gegenüber als erstes der plumpe Umriß des Berges vor einem dichten Nachthimmel, der, rechter Hand im Osten, an einer kleinen Stelle nur grünlich gelüpft war. Manuel konnte bereits den Pfad durch das Krummholz erkennen, der Jäger stieg vor ihm weiter, jetzt leiseren Tritts, aller Pirschgewohnheit nach, wenn sie auch noch weit vom Ziele waren. Die Legföhren bildeten hier einen nur schmalen Gürtel um die Bergesflanke, man schritt bald über offenes Geröll und Schrofen, dazwischen federte der Fuß auf kleinen Stücken von Mattenboden, der sich da und dort weich zwischen die Steine schob. Beim Queren steilerer Hänge wandte sich der Führer mehrmals nach Manuel um, aber sie gelangten ohne Schwierigkeit und Aufenthalt empor und nach einer guten Stunde Weges zu dem bequemen Ansitz, wo man, nach der Seite des Ausschusses von einem ziemlich hohen, aber unauffälligen Krummholzverhack verborgen und gedeckt, sich niederlassen konnte.

Der Morgenwind kam jetzt kräftiger auf, gerade aus dem vorliegenden Gelände gegen den Hochsitz her streichend, und da es merklich heller geworden, nahe an Büchsenlicht, öffnete sich bald vor Manuels Augen die Ferne und Tiefe. Der Jäger kroch zu ihm vor und deutete mit gerecktem Finger wortlos den Wechsel des zu erwartenden Bockes über einen nahen Grat und eine Geröllhalde herab, die sich steil unterhalb der von rückwärts bequem zugänglichen Felskanzel hinzog, auf welcher man saß. Eben als der knochige, braune Bursche neben ihn sich hinhockte, schloß Manuel seltsamerweise die Augen, so daß jener mit Deuten innehielt und, in der eingenommenen Haltung verharrend, den Grafen, der offensichtlich irgendeine starke innere Bewegung bezwang, durch einige Augenblicke scheu und befremdet betrachtete. Nun aber öffnete der Herr die Augen wieder und atmete tief. Auf einen besorgten Wink des Waidgesellen reichte man von rückwärts die Flasche mit dem Enzianschnaps. Aber Manuel lächelte nur freundlich, schüttelte den Kopf und sah aufmerksam hinaus. Leise zog der Jäger sich zurück.

Die Landschaft war nun deutlich zu übersehen, und wenn auch das »Höllental« dort unten wie eine blaue Ader voll Dunkelheit sich hinwand, waren doch schon die gegenüberliegenden letzten auslaufenden Hänge und mit Krummholz durchsetzten Wände der Raxalpe gut zu erkennen. Rechts warf sich der Schneeberg selbst zu seiner vollen Höhe empor, als enteile einer mächtigen Schritts, einen breiten Mantel nachschleppend. Hüben und drüben im gewundenen Graben zwischen beiden Gebirgsstöcken stuften die letzten Wände und Schrofen gegen den Hochwald bläulich ab, drangen die hellen Geröllströme fingerhaft ausstrahlend durch das Krummholz nahe an die Stämme.

In dem bräunlichen, knabenhaft gedrungenen Antlitz des Grafen Manuel herrschte starke Bewegung, die ein seltsames Durcheinanderfallen äußerer und innerer Wahrnehmung widerspiegelte. Er spähte in diese Bergweite hinaus, nicht als erwartete er von dort draußen das sich nähernde Wild, sondern etwas, das in ihm selbst liegen mußte, und sein Blick glitt an diesen nahen und fernen Schründen und Hängen auf und ab, als tastete er in seiner eigenen Seele. Was er dort außen sah, schien ihm in diesen Augenblicken wie aus der eigenen Einbildungskraft kommend, was er sich aber einbildete, trat fast als handhaft hervor: die spitze grüne Nadel der Kirche von Sankt Michael; dort schwebte sie empor, zwischen ihm und den Wänden, ganz wie er sie unlängst aus dem goldüberladenen Seitenkabinette jenes fürstlichen Hauses gesehen hatte. Er zog die kleine, gerade Nase kraus: wieder war von rückwärts der Geruch der Jägersleute zu spüren; aber wer jetzt etwa glauben möchte, daß Manuel sich von solcher Aura des Bergvolks hier gestört oder belästigt fühlte, der wäre irrig. Er betrachtete den eigenartigen Geruch, jene Durchdringung von Hüttenrauch, Leder, geräuchertem Speck, Schafwolle und Nadelwaldluft ganz in der Weise, wie jemand einen seltsamen Gedanken oder Einfall betrachtet, der aus ihm selbst in unbewachtem Augenblicke kommt, und für Manuel war's eben jener Augenblick gewesen, als der Jäger, neben ihm hockend, den Wildwechsel genau und ernsthaft im Gelände gewiesen hatte: gerade da erschien der Turm von Sankt Michael zu Wien, eine grüne spitze Nadel – »wer ist sie«, dachte er, »die in ihrer zarten Jugend als einzige ein unbefangenes und raisonnables Wort fand und mir seitdem erscheint wie eine unbekannte Vertraute meiner seltsamen Not? Eine junge Dame vom Lande, nicht einmal ihr Name ist mir bewußt, aus dem Steirischen oder sonst woher wohl... Diese Gräfin! quelle formidable vieille hoîtel!... aber, wie immer: die Madonna selbst sendet mir Hoffnung, nach alledem...«

Hinter ihm tönte ein unterdrückt flüsternder Anruf. Er hatte sich jetzt, ohne dessen inne zu werden, halb erhoben, das schwere Gewehr beiseite gelehnt, und starrte in die blaue Tiefe, als könne er dort unten nicht weniger lesen als die Runenschrift seines eigenen Schicksals. Der Wind wehte stärker ihm entgegen, und eben jetzt hob sich die Sonne auf. Sie stieg, scharf abgesetzt und einsam glühend, über einen waldigen Kamm; kein feuriger Wolkentumult begleitete sie, hinter ihr war nur ein tiefes Blau, rein wie Lack.

Mit dem Gestirn fast gleichzeitig erschien, auf dem Grate, dessen scharfer Rand jetzt, vom ersten Lichtpfeil getroffen, rosig aufleuchtete, gerade über der vorliegenden Geröllhalde der Bock.

»Schiaß'n Herr, schiaß'n!« zischelte es von rückwärts. Aber Manuel achtete der Anrede nicht. Er stand jetzt beinahe aufrecht, regungslos, den einen Fuß vorgesetzt, den Blick starr in die Tiefe gerichtet, als zeigte sich ihm dort zwischen Legföhren und Schutthalden eine neue und glücklichere Bahn seines Lebens, die er eben jetzt – oder nie – enträtseln und erkennen mußte. Und, seltsam genug, ebenso unbeweglich, ebenso scharf vor sich hinäugend hielt auf dem Grate das Wild, dem harmlosen Jäger gegenüber, ein kraftvolles edles Tier, die Vorderläufe gegen den Fels gestemmt, den Kopf mit den starken Krickeln erhoben.

Ja, man kann sagen, sie standen einander in einer nicht unähnlichen Haltung gegenüber.

Indem wechselte jedoch der Bock, da nichts sich regte, langsam den Grat herab und auf das Schütt, welches vorher schon von dem rasch absteigenden rosigen Schein der Morgensonne erreicht ward. Noch immer bemerkte der Jäger nicht das Wild, ja, er war weit davon entfernt, es zu sehen. Wie der rote Wein schäumend aus eingeschlagenem Spunde bricht, so brach sich nun Bahn in ihm, was hervor wollte, was aneinander sich messen wollte, was kämpfen wollte. Zwischen Fels und Himmel schwankte hier vor dem grünen spitzen Turme schon das Hochgericht, schrie das Volk, dessen Dunst heraufschlug über den Widerrist des Pferdes, so wie hier über den Ansitz, leuchtete ein blonder Krauskopf in der Sonne, tobte die Galgenbraut, traf's den Grafen Cuendias wie ein Blitz, in Wahrheit jener »coup de foudre«, wie das die kundigen Franzosen nennen! Jedoch, flatterte nicht obenan, über all dem getürmten Tumulte, eine helle Fahne der Hoffnung?

Sie sprach zu ihm, wie gut war ihr rosigweißes Gesicht mit weizenblonden Zöpfen, frei, allzu frei, so daß man in den Sälen sich nach ihr umgewandt hatte.

Noch hielt er den rechten Arm vor die Brust gepreßt, aber jetzt warf er ihn mit einer entschlossenen und gleichsam abschließenden Bewegung nach rückwärts um die Hüfte.

In langen Fluchten sprang der Bock über das Geröll talab, rutschte auf den Keulen, riß Steine mit, sie kollerten hinter ihm her und voraus, und schlugen schon hallend auf, unten im Grunde.

»Herrgottsakra!« tönte es wie befreit von rückwärts.

Manuel wandte sich herum und lächelte. Die beiden struppigen und mageren Jungen jedoch sahen ihn ernsthaft und scheu an. Als er dem Jäger durch Gebärden zu verstehen gab, daß nun ein Trunk willkommen wäre, reichte dieser eilfertig und wohlmeinend die Flasche mit dem kräftigen einheimischen Getränk. Indessen hatte die Sonne hier alles überflutet, Manuel lehnte am Fels und streckte sich, plötzlich ermüdet, im wärmenden Schein. So verging eine gute Weile.

Jetzt tönte ein Schuß von weither durch die Wände: paum! – und es rollte nach und wollte kein Ende finden. Und noch einer, und dann ein dritter: paum – paum – –

Und nach einer kurzen Weile der langgezogene Jodler: »Holdrioh – – oh – dui – dui – dui –«

Das mußten die steirischen Herren sein, welche diesmal als Gäste des jüngsten Hoyos an der Jagd teilgenommen hatten, drüben auf ungewöhnlicher und schwieriger Felspirsch, an der nordwestlichen Flanke des Berges. Der Jäger und die Buben hatten sich erhoben und lauschten. Endlich hörte man die kakelnde gelb-blechige Weise eines Hifthorns. Die Jagd war für diesen Morgen zu Ende.

Auf der Hütte herrschte ein ungeheurer Lärm, den zum nicht geringen Teil die Steirer erzeugten, eben mit ihrer Beute einlangend, gefolgt und bedient von ihren eigenen Jägerburschen, welche sie auch hier bei sich hatten: mit diesen ihren Leuten schienen die drei jungen Muregger Herren übrigens auf einem ganz vertrauten Fuße zu stehen, und nicht wie mit Untertanen oder Bedienten. Die Kerle sahen einander zudem alle für den flüchtigen Blick zum Verwechseln ähnlich, dem Herrn wie dem Knecht fiel der gleiche weizenblonde Strähn in die braune Stirn, darunter hervor, wie ein winziges Stücklein wolkenreinen, scharfklaren Himmels, die Augen blitzten, überwölbt von dichten Brauen, denen die Sonne der Berge schon jede Farbe entzogen zu haben schien, so daß sie wie weiß aussahen. Obendrein steckten so Freiherr wie Jäger in den gleichen verschabten ledernen Hosen.

Im Vorraum empfing der junge Hoyos die Gäste (wobei nebenher anzumerken ist, daß seine Familie die Freundschaft mit den Steirischen nicht eben gerne sah, schon allein von wegen des Glaubens), beglückwünschte diejenigen, die heute zum Schusse gekommen waren, und getröstete die anderen eines Besseren für morgen oder übermorgen. Einige Spanier hatten die Jagdhütte gar nicht verlassen; sei es nun, daß die Jäger noch nichts gemeldet – das Fehlen des Schnees durch die so außerordentliche Milde dieses Spätherbstes war für die Jagd auf den Gemsbock nachteilig, da die Tiere in der Höhe blieben – oder daß diese Herren mehr der lustigen Gesellschaft und des liebenswürdigen Hausherrn wegen hier heraufgekommen waren. Sie stiegen eben langsam und plaudernd die bequeme Treppe herab, welche von den Schlafräumen nach unten führte. Unter ihnen war Ignacio Tovar, mit den Cuendias aus früheren Generationen und von der alten Heimat her verschiedentlich blutsverwandt und also Manuels Vetter geheißen, ein Jüngling von dreiundzwanzig Jahren, einer von jenen Enzersfelder Tovars, die in spanischen Kreisen teils als etwas hochmütig – dazu gehörte schon was – galten, teils auch im Rufe einer gewissen Absonderlichkeit und gewollten Abseitigkeit standen. Dieses letztere hing offenbar damit zusammen, daß die Familie Tovar, sowohl in der Stadt als auch auf dem Lande draußen, sozusagen die spanischen Viertel gemieden und sich außerhalb derselben niedergelassen hatte; auf dem Lande eben bei jenem Enzersfeld, im flachen Norden von Wien. Dort besaßen sie bedeutende Güter. In Enzersfeld hatte Manuel seinerzeit jenes ländliche halbe Jahr verlebt, nach seinen beiden Duellaffären, als vorgeblich Erkrankter und Beurlaubter.

Eben als Ignacio Tavor mit den anderen Herren am Fuße der Treppe und im Vorraum anlangte – man begab sich nämlich zu einem prächtigen und vergnügten Frühstück, als dem erfreulichen Rückhalt einer waidmännischen Unternehmung –, kehrte jener Jäger, der Manuel beigegeben worden war, mit den zwei Buben zurück. Man sah, daß Fernando Hoyos erschrak, denn er tat einen raschen Schritt auf den Waidgesellen zu und erhob beide

Hände fragend. Der Mann, mit dem Hute in der Hand, gab indessen die beruhigende Erklärung ab, daß seine gräfliche Gnaden sich wohl befänden, nur gewünscht hätten, dort oben noch allein zu bleiben, und er sei denn mit seinen Jungen weggeschickt worden. Ob Graf Manuel nicht geschossen habe, oder ob etwa gar der Bock ausgeblieben sei? fragte Fernando.

Nein, der sei nicht ausgeblieben, meinte der Mann, sondern schußgerecht erschienen, wie man sich's besser gar nicht hätte wünschen können.

Wer von den Anwesenden nicht nur die Landessprache verstand, sondern darüber hinaus auch der besonderen Mundart des Jägerburschen folgen konnte – was übrigens bei einigen Herren schon der Fall war –, hörte jetzt zu, andere traten auch heran, um zu erfahren, was es gebe. Man fragte bald durcheinander.

»Halten zu Gnaden«, sagte der Jäger, nachdem er, übrigens recht anschaulich, Manuels seltsames Benehmen geschildert hatte, nicht ohne der Ehre, die sein Enzianschnaps gefunden, hervorgehobene Erwähnung zu tun (»haben herzhaft getrunken, der Herr Graf«) – »halten zu Gnaden, aber ich mein schier, der Herr hat halt ein' Tatzelwurm gesehen. Das gibt grad solchenen Schröcken und die Starrheit.« Er bemühte sich für sein Teil redlich, dem Mundwerk eine bessere und für die hohen Herrschaften verständlichere Aussprache abzuringen. Aber hier scheiterte die Verständigung zunächst am Vokabular.

»Was hat Graf Manuel gesehen?!« rief Fernando.

»Ein' Tatzelwurm«, wiederholte der Jäger.

»Wurm?« sagte Ignacio Tovar und übersetzte seinem Nachbarn: »un gusano«.

Es entstand geradezu eine Verwirrung. Der Jäger suchte sich indessen auf eine seltsame Weise verständlich zu machen. Er zog die Arme an, so daß seine Hände in Schulterhöhe kamen, spreizte die Finger auseinander wie Krallen und wand dabei den ganzen Körper hin und her, etwa die Bewegungen einer Schlange andeutend.

»Zarpa! Garra!« rief Ignacio erregt und deutete auf des Jägers gekrümmte Finger. Andere lachten. Aber da ging jemandem sozusagen ein Licht auf, und man hörte laut das erlösende Wort, welches hier ein erstes Verständnis aufschloß: »El endriago; el dragon! Der Drache! Der Lindwurm!« Nun mußten freilich die Muregger her. Die saßen drinnen im Herrenzimmer schon beim Frühstück, das ihnen Fernando gleich nach der anstrengenden Jagd hatte auftragen lassen, kauten mit vollen Backen und begossen ihre erlegte »Gams« mit einer endlosen Kette von Weinkrügen. Sie waren hochzufrieden, diese Herren, und hatten, beiläufig bemerkt, den zarten kleinen Fernando Hoyos bei ihrer Ankunft wiederholt derart freundschaftlich auf die Schulter geklopft, daß dieser, seiner eigenen Aussage nach, es noch am nächsten Tage spüren konnte.

Alsbald drängte alles durch die Tür in die mit zahllosen Geweihen gezierte helle, getäfelte Herrenstube, den verdutzten und verschüchterten Jäger schob man vor sich her und präsentierte ihn solchermaßen den Steirern.

»Na, alsdann was hast g'äugt?!« fragte nach den ersten durcheinander gesprochenen Erklärungen einer von ihnen den Mann.

»G'äugt nix, Herr, halten zu Gnaden«, antwortete der Waidgesell, erzählte noch einmal, was er mit dem Grafen Cuendias erlebt, anschaulich und in Einzelheiten sich ergehend – auch der Enzian fehlte nicht – und äußerte am Ende seine schon einmal vorgebrachte Vermutung.

»Kunnt' wohl sein«, meinte der steirische Baron beiläufig, und die zwei anderen nickten dazu. Es ward nun, während man sich in höchst angeregter Stimmung zum Frühstück niederließ, allen eine gründliche Erklärung vom Wesen des »Tatzelwurmes« zuteil, und zwar in französischer Sprache, deren sich jener Muregger, welcher zuerst den Jäger befragt, überraschend gewandt und mit leidlicher Aussprache bediente. Danach lebte wirklich ein solches Tier hier in diesen Bergen, aber auch anderwärts, insonderheit in Obersteiermark und in Tirol, selten genug vom menschlichen Auge erblickt, jedoch immer wieder da oder dort einmal erscheinend und aus geringer Entfernung von glaubwürdigen Zeugen, auch von mehreren und übereinstimmenden, handhaft und sicher angesprochen. Ein Wurm mit Pranken oder Tatzen, daher denn »Tatzelwurm« geheißen, ein kleiner Bergdrache, ein geschupptes, glattes Wesen von grauer Farbe, mit breitem Schädel und katzenhaft starkem und scharfem Gebisse. Große Beweglichkeit, ja Schnelligkeit werde ihm nachgesagt. Manche hielten das Tier wohl auch für giftig und gefährlich. Auch »Springwurm« geheißen, und – wie ein angezogenes Beispiel aus der Muregger Gegend und aus gar nicht lang vergangener Zeit dartat – den Menschen mitunter bösartig verfolgend. Ein Bäuerlein sei damals vor zweien solchen Tieren einen weiten Weg aus der gebirgigen Einöde bis zu den ersten Häusern des Dorfs um sein Leben gelaufen, und erst dort im Tale hätten die gräßlichen Geschöpfe von seiner Spur gelassen und sich wieder in ihre Wildnis zurückgezogen. Ihr Anblick lähme mitunter den Menschen, sei's durch Schrecken, Furcht oder Abscheu, die sie erregen – manche sagen wohl auch durch den Blick des kalten Auges –, in einem Maße, daß der Betroffene, jedes Ausrufs, jedes Deutens unfähig, wie erstarrt stehe, und auch nicht imstande sei, gleich augenblicks danach den nächsten Menschen Bericht zu tun von dem, was er gesehen, vielmehr erst nach einigem Alleinsein seine Sammlung wiedergewinnen könne. Dies alles treffe nun – so meinte der steirische Freiherr – auf das Verhalten des Grafen Cuendias wohl zu; und er wäre nicht wenig begierig, ein Weiteres von diesem selbst zu hören.

Noch hatte der Steirer nicht geendigt, als sich der junge Hausherr und mit ihm Ignacio Tovar sichtlich erregt und besorgt von der Tafel erhoben, mit eindringlichen Fragen an den Sprecher, ob nicht dem Grafen Manuel, der allein da draußen sei, jetzt an Leib und Leben Gefahr drohe, angesichts der Nähe eines solchen, trotz seiner geringen Größe, doch furchtbaren Tieres? Jedoch der Muregger sagte, daß davon, und von irgendeiner Gefahr überhaupt, hier nicht die Rede sein könne; denn allermeist sei der Tatzelwurm eines der scheuesten Geschöpfe der Bergwelt, und wenn er sich, trotz der Anwesenheit von vier Menschen gleichwohl gezeigt habe, dann wäre er denn auch unverzüglich wieder in seine unwegsamen Schründe verschwunden, um jahrzehntelang nicht wieder hervorzukommen, denn es vergehe meist ein Menschenalter zwischen zweien Erscheinungen dieses Tieres. Zudem sei ja der Graf auf dem Ansitze oben außer dem Bereich jeder Bedrohung, ganz ungeachtet noch der Tatsache, daß allein die mächtigen Fluchten des Bockes ein solches Lebewesen sogleich verscheucht haben mußten. Würde es indessen Manuel Cuendias gelingen, hier etwa gar zum Schusse zu kommen, dann wäre, das müsse er sagen, diese Beute zwar nicht eben eine waidgerechte, aber durchaus wert, daß man ihretwegen zehn »Gamsen«, und sei's solche mit schönstem Bart, unbesehen ihrer Wege springen lasse! Und nach dieser wohlgesetzten französischen Rede tat er einen so tiefen Schluck aus dem umfänglichen Becher, daß es schien, als zöge man die Flüssigkeit mittels eines Pumpenhubes aus ihrem Behältnis.

Nun sagte aber Fernando Hoyos, daß Manuel ein Gewehr gar nicht bei sich führe, da er ja die schweren Büchsen mit den Jägersleuten hierher auf die Hütte geschickt habe und ohne Waffen oben im Gebirge verblieben sei. Das Befremden über ein solches, für einen adligen Waidmann recht seltsames Verhalten war nunmehr allen Herren, welche die Mitteilung des jungen Hoyos gehört hatten, leicht anzumerken. Herr Ignacio aber bestand jetzt darauf, seinem Vetter entgegenzugehen, und war rasch verschwunden, noch ehe Fernando ihm einen Jäger zur Begleitung aufdringen konnte. Tovar betonte überdies deutlich seinen Wunsch, diesen Weg allein zu machen. Die Steirer lachten und beruhigten nach dem Weggange des jungen Edelmannes aufs beste den Hausherren: von einer Gefahr sei da so wenig die Rede, wie wenn Graf Manuel mit seinem Vetter hier unter ihnen an der Tafel säße. Das Gespräch wandte sich alsbald wieder dem bisher besprochenen ungewöhnlichen und gruseligen Gegenstande zu, welchem ja, von uralter Überlieferung und ritterlicher Sitte her, eine geradezu standesgemäße Bedeutung eignete. Der oder jener hatte etwa dies oder das gelesen und gehört, und man vernahm jetzt, daß der Drache in Indien heute noch ein nicht einmal allzu seltenes Tier sei, jedoch gleichfalls immer ein Bewohner des Gebirgs und seiner Schlünde und Höhlen. Diesen letzteren Umstand hätte auch ein gelehrter arabischer Autor hervorgehoben, der vor Zeiten in einem seiner Werke davon geschrieben. Man habe zudem, vor hundert und etlichen Jahren, also immerhin zu neueren Zeiten, einmal aus der Schweiz Kunde bekommen von einem Jäger, welcher ein solches Tier, und zwar erheblicher Größe, aus der Nähe gesehen hatte. Und irgendwer wußte gar irgendeine höchst abenteuerliche Geschichte zu erzählen, wie dort in der Schweiz ein Bergbewohner in ein rechtes Drachenloch gefallen war, wo die Alten mit den Jungen hausten, und woraus er sich nur mit großer Gefahr und Schwierigkeit endlich zu befreien vermochte.

Ein anderer erwähnte mitten darunter, und scheinbar ganz ohne Zusammenhang, den Lehrer des Kaisers Ferdinand, einen geistlichen Herren von der Gesellschaft Jesu, dem erst jüngst eine ganz bedeutende Ehrung von Ihrer Römischen Majestät widerfahren sei: durch persönliche Widmung eines poetischen Opus aus allerhöchster Feder, dessen Aufführung im Profeßhause des Ordens zu Wien demnächst bevorstehe – Drama Musicum sei der Titel des Werks, und dieses werde, wie zu hören, den griechischen Helden Herkules am Scheidewege zeigen.

»Wohl«, bemerkte ein älterer Mann unter den Spaniern, dessen starker Knebelbart zwischen tiefstem Schwarz einzelne schon nicht mehr graue, sondern rein weiße Büschel zeigte, »wohl, aber was hat, lieber Gomez, der ehrwürdige Pater Kircher mit denen Würmern zu schaffen?!«

»Mehr als Ihr denken möget, Herr Oheim«, ward ihm

geantwortet. »Da ich ihn gut kenne, auch die Ehre seines Umganges genieße, hat er mir anvertraut, was jetzt den Gegenstand seiner gelehrten Studien bildet. Offen gesprochen, ich hab's nicht ganz richtig merken können, aber dieses ist mir im Gedächtnis geblieben, daß darin ein spezifiziertes Kapitel von solcherlei handelt, wie wir's hier bereden.«

»Da wird dann aus dem Tatzelwurm noch ein gelehrter Bandwurm werden«, meinte einer von den Steirern, welche der Unterhaltung wohl zu folgen vermochten, weil das Gespräch, ihnen zur Reverenz, nicht etwa spanisch, sondern deutsch und französisch geführt worden war.

»Scherz beiseite!« rief der Knebelbart, »dann wär' es fast unsere Schuldigkeit, seiner Hochwürden, dem Pater Kircher, zu melden, was wir gehört und was Graf Manuel gesehen!«

»Und wer sagt Euch jetzt, daß dem wirklich so ist?«

»Das soll uns Cuendias sagen, sobald er kommt.«

»Immerhin, des Jägers Wahrnehmungen sprechen deutlich genug, wenn man dazu hält, wessen meine lieben steirischen Gäste uns belehrt haben«, sagte Fernando Hoyos und verbeugte sich freundlich lächelnd gegen die Muregger.

»Aber, ihr Herren!« rief der Knebelbart, »wer weiß, ob der Graf uns wird einen Bericht geben wollen und können, da doch jener Jägerbursche sagte, wer einen Tatzelwurm gesehen, der sei nicht fähig, alsbald davon zu erzählen!«

»Er wird wohl nicht die Sprache verloren haben«, meinte ein junges Mitglied der Familie Manrique und fuhr alsogleich fort: »Als vor hundert und mehr Jahren der Kaiser Max sich in den Wänden verstiegen hatte und glücklich errettet worden war, mochte er zunächst auch kein Wörtlein reden...«

Unter dem Tisch stieß der Knebelbart seinen Neffen an und raunte ihm zu: »Gib wohl acht, Gomez, bald vernehmen wir vom Ehrenbecher.« Und während da und dort ein leises Lächeln auftauchte, was unter allen nur der Sprecher nicht bemerkte oder auch nicht sehen wollte, hörte man: »Da hat meinem Urgroßvater einst Erzherzog Karl von der Steiermark, der sein Freund gewesen, erzählt, ihm sei es bei Gelegenheit einer Gemsjagd ähnlich ergangen, wie dem alten Kaiser...«

»Das soll nun einer verstehen, daß er die Büchs' nicht bei sich hat behalten wollen!« rief einer von den Steirern laut. »Denk's die ganze Zeit! Hat man je so was gehört?«

»Sind vielleicht besondere Jagdgepflogenheiten der Cuendias«, meinte der Manrique, ärgerlich, weil man ihn unterbrochen hatte. Im übrigen sah allen jetzt der Spott aus den Augen.

»Sonderbare Jagdgepflogenheiten!« sagte des Knebelbarts Neffe.

»Eines sonderbaren Herren«, fügte der Oheim hinzu.

Und gleich danach fiel in spanischer Sprache eine kleine Bemerkung, die wohl nicht jedermann gehört haben mußte – Fernando Hoyos etwa schien sie in gar keiner Weise aufzufassen –, sie bildete jedoch aller Wahrscheinlichkeit nach den Anlaß dafür, daß er sich jetzt mit einer freundlichen Entschuldigung erhob, um irgendwo im Hause nach dem Rechten zu sehen, und also diese Herren im Gespräch über einen Mann, der sein Gast war, unter sich ließ.

Indessen hatte Ignacio Tovar die Waldgrenze überschritten und trat, das Gewehr unterm Arm, in die herbstkräftige Sonne hinaus. Vor ihm stieg rechter Hand die wuchtige Masse des Berges graugrün und schroffig gegen den Himmel, mit steilen Abstürzen nach links, woran vorbei der Blick weit und tief ausfiel zu dem anderen Massiv hinüber: emporleckende Waldzungen, überstiegen vom Fels nah und fern die Kämme und Kuppen gegen einen vollkommen klaren, unendlich tiefen Himmel gelehnt. Die rundum lagernde Ruhe war so mächtig, daß des benagelten Stiefels Tritt, da oder dort ein Steinchen lösend und rollend, befremdlich klang und wie erstickt von dem Druck der Stille: ein Dohlenschrei aber schien diese erst recht um sich zu versammeln, als fände sich hier ein Mund, fähig, das Lautlose anzusprechen.

Er folgte dem Jagdsteig durch das Krummholz, wie ihm bei seinem eiligen Weggange noch bedeutet worden war. Den Gürtel der grünen zähen Legföhren hinter sich lassend, begann er die Hänge zu queren, stets geleitet von der schmalen Wegmarke, die sich als ein Strich vor ihm schräg aufwärts zog, um immer neue Rippen und absinkende Vorsprünge des Berges biegend, dahinter ein weiteres Stück des Pfads, bis zur nächsten Wendung, sichtbar ward. Ignacios Absicht war's gewesen, auf halbem Wege etwa dem Vetter zuzurufen, jedoch fühlte er sich bei dem Versuche, hier den Hall eigener Stimme zu erwecken, seltsam und wie von außenher gehemmt, unterließ es also und eilte, schneller als ihm eigentlich lieb war, bergan, denn die Sonne erwärmte kräftig des Berges Flanke, von den jetzt schon knapp oberhab des Wegs ansetzenden Wänden widerstrahlend.

Er blieb stehen, lehnte sich an den herantretenden, trockenen, sonnigen Fels. Nichts regte sich. An den Ohren saugte die Stille.

Ignacio war's, der am wenigsten von all den Herren auf der Hütte da drunten jenen steirischen Märchen Glauben schenkte. Die Beunruhigung, welche ihn hier seinem Vetter entgegentrieb, war weniger handhafter Art, weit unbestimmter und daher denn auch tiefer. Für Ignacio hatte des Mureggers Erzählung um nichts mehr bedeutet als einen letzten Anstoß, der ihn alsbald in Bewegung setzte. In Manuels Seele genauen Einblick zu nehmen, war unmöglich. Tovar liebte den älteren Vetter, warb um dessen Freundschaft, sah in vielem hier ein Vorbild, ein sprödes Vorbild, dem Vertrautheit fremd schien. Zu Enzersfeld, während jenes halben Jahres, das der Graf Cuendias dort verbracht hatte, war es jedoch, bei aller Undurchsichtigkeit des Gastes, für Ignacio zur Gewißheit geworden, daß ein schwerer Schmerz, ein tiefinnerer Druck auf Manuel lastete, daß dieser so lebte, als presse er ständig mit der einen Hand eine Wunde zusammen, um sie am Bluten zu hindern; wodurch denn das ohnehin spröde Wesen des Mannes einen noch verhalteneren und steiferen Habitus erhielt. Anfänglich lag's nahe, jenen kleinen Skandal als genügende Erklärung gelten zu lassen, der am Ende mit den zwei Duellen des Grafen seinen vorläufigen Abschluß gefunden, und ja auch den unmittelbaren Anlaß für Manuels längere Anwesenheit in Enzersfeld gebildet hatte. Indessen, wer liebt, sieht mehr als ein anderer, und auch Ignacio Tovar sah bald mehr als die Nachwirkungen peinlicher Erlebnisse in der Form einer tief ins Herz gefahrenen und darin bewahrten Indignation. Zudem hatte er ja über jene ganzen leidigen Affären mit dem Vetter genügende Aussprache gehabt: welche Unterhaltungen ihm jedoch vor allem anderen zeigten, daß in ihnen vom Wesentlichen nicht die Rede sei, daß hier ein Unbekanntes als das eigentlich Wichtige neben den Gesprächen blieb. Ignacio hatte es übrigens gewagt, Manuel einen Rat zu geben, der zweifellos von Klugheit zeugte und zugleich von Anteilnahme, einer solchen nämlich, die sich für einen anderen auch den Kopf zerbricht, wie man zu sagen pflegt. Er möge doch – so hatte es der Jüngere in bescheidener Art vorgebracht – erkunden lassen, wohin sein einstmaliger Schützling und dessen Weib sich gewendet hätten und wo sie nun eigentlich lebten. Ein leichtes wäre es dann, durch deren Zeugnis dem dummen und bösen Tratsch die Giftzähne zu ziehen. Das Leben selbst würde jeden gewünschten Beweis an die Hand geben, sei es nun, daß jenes Paar schon mit Nachkommenschaft gesegnet wäre oder etwa gar, obendrein, eine solche überhaupt noch vermissen lasse. Und was den Weg der Erkundung angehe, so sei dieser ein leichter: es sei bekannt und auch von ihm, Ignacio, beispielsweise bei den Domestiken, bemerkt worden, welch eine allgemeine und selbstverständliche Verbindung zwischen allem niederen Volk bestehe und daß die Leute, merkwürdig genug, immer voneinander wüßten und weit mehr, als das etwa bei

Personen von Stande gemeiniglich der Fall sei. Und er möchte fast mit Sicherheit behaupten, daß Manuels alter Wachtmeister zum Beispiel genauere Kenntnis habe vom weiteren Schicksale jenes einstmaligen Delinquenten, und auch von seinem derzeitigen Aufenthalte.

So Ignacio; der Graf aber hatte nur kurz und lächelnd – dabei aber nicht ohne eine gewisse Schärfe – geantwortet, daß er sich, zum ersten, einer Rechtfertigung gar nicht bedürftig fühle (es sei denn notfalls wiederum mit dem Degen) und, zum zweiten, noch weniger einer solchen durch Unteroffiziers, Galgenvögel und deren Weiber.

Somit hatte denn sein Vetter dieser Möglichkeit wohlweislich keinerlei weitere Erwähnung getan. Was den Tratsch anlangte, hatte Ignacio Tovar übrigens schon lange bei sich festgestellt, daß dieser im Grunde gar nicht so schlimm, bald versiegt und über die spanischen Zirkel kaum hinausgelangt war. Zudem, die Anlässe beider Zweikämpfe Manuels waren solche, die nicht jeder Kavalier, auch sehr strenge genommen, hätte unbedingt als zu einer Duellforderung zwingend erachtet. Hier war, seiner Ansicht nach, zweifellos eine besondere Empfindlichkeit Manuels im Spiele. Dieser Umstand zuerst ließ Ignacio vermuten, daß all diese an sich nicht übermäßig belangreichen Vorkommnisse für den Grafen noch einen besonders schmerzhaften Hintergrund haben mußten. Das ahnungsvolle Gefühl eines liebenden Freundes tat bald ein übriges; und als er, zu zweien Malen, durch Zufall in Enzersfeld Gelegenheit hatte, seinen Vetter zu beobachten, als dieser sich allein glaubte – es war fast erschreckend gewesen, zu sehen, wie Manuel im Park eine starke halbe Stunde vor sich hinstarrend auf dem gleichen Flecke stand, ohne ein Glied zu regen – da brachte ihn bald eine plötzliche Eingebung zur richtigen Erkenntnis: Hanna. Das letzte ward hier vielleicht noch getan durch kaum nennbare Wahrnehmungen, eine leichte Veränderung in Manuels Augen etwa bei einem der anfangs häufigeren Gespräche mit diesem, ein kleines Verstummen, ein Verzögern der Antwort, ein wie beiläufiges Seitwärtsblicken vom Kies des Weges auf den grünen Rasen, wenn sie zwischen der räumigen Terrasse und dem Rosenparterre vor der langgestreckten gelben Front des Schlosses hin und wider schritten.

Er veranlaßte ihn dann, sich nicht länger vom geselligen Leben deutlich zurückzuziehen, einmal, weil man damit dem Gerede Raum gegeben hätte (diese letztere Erwägung hütete er sich auszusprechen, denn sie hätte vollauf genügt, Manuel zum Gegenteile zu bewegen), weiterhin aber, und dies bekannte er dem Freunde offen, weil er ihn für der Zerstreuung bedürftig hielt. Eine geheime Hoffnung mochte Ignacio dabei bewegen: daß nämlich aus dem bunten Strudel des Lebens rund um den Hof und in der Residenz auch eines Tages das heilende Gegengift in anmutiger Gestalt würde auftauchen. In den Kreisen des deutschen Hofadels waren zudem die alten Geschichten so gut wie vergessen oder, wohl möglich, überhaupt nicht viel umgelaufen. Hinzu kam, daß die beiden Dioskuren der geflügelten Fama, die Gräfin Partsch, genannt »der Schweizer«, und die Freifrau von Doxat, seit längerem schon Wohnsitz und Tätigkeitsfeld nach Paris verlegt hatten und nur zu vorübergehenden Aufenthalten die Stadt mit ihrer Anwesenheit auszeichneten, welche séjours dann allerdings meistens nicht eben freundliche Spuren zu hinterlassen pflegten. Denn beide Damen bedienten sich bei derlei Wiener Aufenthalten alsbald wieder jener alten Schlüsselstellung, welche sie seit je in der adligen Gesellschaft innegehabt, nämlich durch den Umstand, daß ihre Verwandtschaft und Verschwägerung nach zwei Seiten gleichermaßen sich erstreckte, nach der spanischen wie nach der deutschen: und so bildeten seinerzeit die Dioskuren eine Brücke zwischen Kreisen, welche damals immer noch mit einiger Deutlichkeit voneinander abgesetzt waren, ja man kann sagen, sie hatten wie Wächter oder Pförtner am Übergange zwischen denselben gestanden, und ihnen war nichts entgangen, was da etwa vorbeipassieren wollte. Nun aber gefiel's ihnen, gottlob, in der französischen Hofluft besser. Wohl möglich, daß die geringere Verbreitung oder das Versiegen jener böswilligen Gerüchte fast unmittelbar mit diesem letzten Umstande zusammenhing, so daß man in deutschen Kreisen sogar vielfach dazu neigte, des Grafen Verhalten bei jener seltsamen Hinrichtung im Juli des Jahres fünfzig als eine besonders edle und menschlich auszeichnende Handlungsweise zu sehen und so dem – freilich allgemein bekannten! – Ereignis eine für Manuel durchaus vorteilhafte und obendrein die natürlichste Deutung zu geben: was, wie man gerne einräumen wird, hier ja von allem Anfange eigentlich am nächsten gelegen wäre. Daß jene Verzerrungen einfacher und bekannter Tatsachen – die eigentliche und erfinderische Quelle der Verleumdung ist, beiläufig bemerkt, niemals zu fassen gewesen! – in jenen Adelskreisen, die vorwiegend draußen im Lande und auf ihren Edelsitzen lebten, überhaupt keinen Eingang gefunden hatten, versteht sich am Rande, und Ignacio war selbst in der Lage gewesen, dies gelegentlich festzustellen, noch lange bevor ihm Manuel neulich von dem Empfange bei der Fürstin C. und den freien Äußerungen einer blonden jungen Dame erzählte, deren Verhalten ja ein Gleiches bewies.

Immerhin, wenn auch nicht geleugnet werden konnte, daß Manuel seine Duellaffären, um's einmal kurz und grob zu sagen, förmlich vom Zaune gebrochen hatte, und zwar beide Male auf ein (seinem Dafürhalten nach) zweideutiges oder anspielendes Wörtchen hin, das vielleicht keineswegs so gemeint war, nur zufällig begleitet von einem schiefen Blick und einem Lächeln, das gerade dem Grafen Cuendias nicht gefiel – immerhin, wenn auch diese Affären zum guten Teile auf Manuels gereizte Empfindlichkeit zurückgeführt werden mußten: der Hintergrund zu alledem, gebildet aus den verschiedenen, einander überkreuzenden und ineinander verwobenen Gerüchten, war doch von überwältigender Scheußlichkeit – es schien Ignacio übrigens, als sei das Ärgste davon gar nicht bis zu Manuels Ohr gedrungen –, war eine giftig sich entfaltende Blüte aus dem Sumpfe jener kalten, lächelnden und finsteren médisance, welche die wesentliche und ständige Krankheit der spanischen Zirkel bildete. Ja, es konnte zuweilen scheinen, als hätten die Vorfahren einst jenes schlangenglatte Ungeziefer der Seele aus der alten Heimat eingeschleppt, wo das heilige Officium der Inquisition es seit eh und je in den führenden Schichten des Landes züchtete, mit Familiaren, Vertrauten, Spionen und weiß der Himmel mit was noch für Tausenden von Flüsterern und Angebern. Ignacio erinnerte sich nur allzu deutlich eines Jugendtages zu Enzersfeld, wo sein nun in Gott ruhender erlauchter Vater dem Jüngling, dessen Einführung in die Gesellschaft damals eben bevorstand, von diesen Dingen geredet hatte, allerdings ohne sonderlich viel Verständnis und Aufmerksamkeit zu finden. Und gerade damals hatte der alte Herr, nachdenklich im Garten vor sich hinsprechend, jene Anschauungsweise über die eigentliche Herkunft des Übels aus der einstmaligen Heimat geäußert. Als weise sein verstorbener Vater selbst mit zeigendem Finger auf das fressende und schlimmste Geschwür ihres ganzen Standes – so war's Ignacio zumute gewesen, als er schließlich, aus dem Munde eines Kavaliers, welcher sich dabei mit hochgezogenen Brauen einer Prise Schnupftabak bediente, den vollen Umfang des Lügengewebs erfuhr, nicht ohne daß der Sprecher betonte, er trage dies selbstverständlich nur in durchaus lehrhafter Absicht vor, weil sich darin zeige, welcher böswilligen Erfindungen die Menschen heutzutage fähig seien:

Manuel habe, in Kenntnis von Brandters bevorstehender Exekution, das schwangere Mädchen durch Zureden und durch Gold, wovon er ihr einen wohlgespickten Beutel in der Tat soll gegeben haben, bewogen, den Delinquenten vom Galgen freizubitten. Auch dieses Züchtlings hätte er sich im voraus versichert, und zwar in der Nacht vor der Hinrichtung noch. Wirklich sei (so hob der Sprecher hervor) die Wache für das Garnisionsstockhaus an jenem Tage von den Coltuzzi-Dragonern bezogen worden, und nicht von den böhmischen Ulanen, wie einige sagen. Dem Grafen müsse es also die leichteste Sache gewesen sein, des armen Sünders Zelle zu betreten, ja, der künftigen Galgenbraut Gelegenheit zu geben, diesen – einen wohlbeschaffenen Burschen, wie man weiß – mit eigenen Augen zu sehen. Für den Fall der Heirat hätte er weiteres Geld versprochen und solches dann den Leuten auch wirklich reichen lassen. – Er für sein Teil (und damit schob der Sprecher die zweite Prise in das andere Nasenloch) könne die Entstehung dieses ganzen böswilligen Lügengewebes insofern verstehen, als er, nach einem Empfange bei der Familie Aranda – dort eben sei jene Hanna als Kammermädchen bedienstet gewesen –, in der Vorhalle selbst beobachtet habe, daß Manuel dieser Person mit, das müsse gesagt werden, ungebräuchlicher Leutseligkeit begegnet sei, als sie ihm den Mantel umlegte, und, bei Darreichung des üblichen kleinen Geldgeschenks – in diesem Falle sei's ein ganzer Taler oder etwas von dieser Größe gewesen –, durch ein paar Augenblicke ihre Hand gehalten habe. Wohl möglich, daß in dem Grafen das hübsche Ding in jenen Minuten ein flüchtiges und bald vergessenes Gefallen erweckt habe, und wer in aller Welt möchte das unter Kavalieren verargen? Aber es seien eben mehrere Personen durch ihren unvermuteten Eintritt Zeugen dieser kleinen événements geworden, darunter Damen – nicht aber die Freifrau von Doxat, der man ganz ungerechterweise Schuld am Gerede gegeben habe –, und so sei hier einer jener Punkte zu erblicken, mit denen es schon durchaus richtig stehe, und deren es ja wohl etliche gebe, wie eben vorhin dargetan: daran aber hätten denn, bei dem allgemeinen Aufsehen, welches die Sache später machte, die Klatschbasen und Gerüchtemacher sich sehr wohl erinnert und gerade solches und obendrein Wahrens zum Ausgangspunkt ihres Geredes gemacht, indem sie hier gewissermaßen den Faden des Gewebs einschlugen. Wer aber jener Schurke eigentlich sei, der damit zu allererst begonnen, das werde man leider nie erfahren und somit demselben auch nicht die wohlverdiente Regalierung zuteil werden lassen können.

Ignacio aber hätte, nach Anhörung des Berichtes über Manuel, den Züchtling und die Galgenbraut, am allerliebsten jenem Schnüpfling eine gute Faust ins Gesicht geschlagen. Hier quoll also der kalte, finstere Sumpf, hier konnte man tief hineinsehen. Wie lebhaft gedachte er seines Vaters! Ihm schien, als sei es diesen Menschen ganz unmöglich und ihrer Art stracks zuwiderlaufend, einmal auch gute Beweggründe einer Tat für denkbar zu halten, das schlechthin Gegebene einfach hinzunehmen, und den Blick in die natürlichste Richtung zu wenden. Nein, denn die Giftküche mußte ihre Arbeit haben; aus ihr floß das schwarze Gerinne bösen Sudels, solange sich noch Wesen fanden, wie jene Doxat und Partsch, die – ob nun aus angeborener Niedertracht, aus maßloser Langeweile oder einfach aus Narrheit, das blieb sich gleich – nichts Besseres wußten, als ihre zufällige Stellung innerhalb dieser Stadt und ihrer Gesellschaft dahin zu benutzen, dem elenden Zeug noch Wege zu bahnen in weitere Kriege, wohin es ansonst vielleicht gar nicht gelangt wäre. Ignacio war sogar gerne bereit, ihrer Dummheit den besten Glauben zuzubilligen und ihrer Aufgeblasenheit die ehrliche Überzeugung von dem Berechtigten ihres Tuns: indem sich jene vielleicht als Wächterinnen über die Gesellschaft allen Ernstes fühlten und als Rachegöttinnen gegenüber begangenem Frevel.

Dieses alles ging Ignacio Tovar ungeordnet und sprunghaft durch den Sinn, während er hier, auf halbem Wege, in der Sonne am Felsen lehnte. Rechts voraus führte die ausgetretene Spur unter die Wände hinein, sanftere Schutthalden und Mattenboden benützend, was beides sich allenthalben zwischen den eigentlichen Abstürzen einschob. Ein weites Stück des Pfades war diesmal zu übersehen, der erst in einer Entfernung von fünf- oder sechshundert Schritten wiederum bog, um die Ecke einer Felskanzel verschwindend.

Eben dort oben geschah jetzt eine kleine Verdunklung – und Manuel war's, dessen Gestalt sich scharf von der Sonne abhob. Ignacio winkte, der Graf antwortete in gleicher Weise, blieb aber stehen, wo er stand.

Der Jüngere eilte dem Vetter entgegen, im raschen Schritt bergauf, erstaunt über Manuels Warten, der ihn heraufkommen ließ, ohne sich zu regen. Als Ignacio nur mehr etwa fünfzig Schritte zu tun hatte, hörte er jetzt ein vielfaches Rufen und Schreien von Dohlen, gerade hinter Manuel stieg der Schwarm auf, über dessen Haupt für einige Augenblicke wie ein Fächer sich erhebend, ausbreitend und nun verweilend; der Graf war für Sekunden beschattet von den sonst so scheuen schwarzen Vögeln. Ignacio erinnerte sich viel später noch, wie wenig angenehm ihn dieses Bild damals berührt hatte.

»Nun, da bist du!« sagte Tovar etwas außer Atem. Manuel gab ihm die Hand. Er hatte den Pelzrock abgelegt und ihn wohl dem Jäger mitgegeben, trug jetzt sogar das knapp um die Mitte geschnittene Wams, sehr gegen sonstige Gewohnheit, am Halse und bis über die Brust herunter aufgeknöpft, so daß die Seide des Hemdes daraus hervorbauschte. Sein Gesicht schien klein und schmal, wie das eines Knaben.

»Sag, was ist dir widerfahren?« sprudelte Tovar hervor. »Was sahst du dort oben? Sie reden allerlei auf der Hütte, von einem gefährlichen Tiere, das dir begegnet sei, der Jäger erzählte solches...«

Jetzt erkannte Ignacio, daß sein Vetter völlig abwesend war. Der Blick lag unbestimmt draußen in der Bläue des Himmels.

»Ein blondes Mädchen«, antwortete er endlich.

»Wie denn?« fragte Ignacio verwirrt.

»Sie wird mir vielleicht helfen«, setzte Manuel hinzu.

»Dort oben – wo?!«

»Nein, hier.« Der Graf legte die Hand auf das Herz. Es war ein Augenblick unerhörtester Offenheit. Ignacio begriff sofort. »Wer?« rief er.

»Ich kenne ihren Namen nicht und sah sie ein einziges Mal – bei jenem Empfang im Hause der Fürstin.«

»Ah!« rief Ignacio und faßte Manuel heftig an der Schulter, »wir werden sie finden, wir müssen sie ja finden. Du sagtest damals, der Marquis von Caura sei mit dabeigestanden, bei jenem Gespräche? Dieser weiß immer alles!«

»Ich fragte ihn alsbald, leider, und hätte es nicht tun sollen«, erwiderte Manuel, nun endlich ganz erwachend. »Er antwortete, daß jenes Mädchen eine ihm und den beiden Damen – Doxat und Partsch meinte er – gänzlich unbekannte Landpomeranze sei.«

»Warum denn hättest du es nicht tun sollen?« fragte Ignacio verwundert.

»Man sucht und erkundet nicht. Es muß sich fügen«, antwortete Manuel.

»Wie?! Ach, nein!« Ignacio war auf das lebhafteste anderer Meinung. »Wenn sie vom Lande ist, weißt du«, fuhr er rasch zu sprechen fort, als sie schon den Abstieg begannen, und wandte sich in währendem Reden dann und wann halb nach seinem Vetter um, »wenn sie vom Lande ist, dann war sie, wohl möglich, für kurze Zeit nur in der Residenz, etwa lediglich, um auf dem Empfange der Fürstin erscheinen zu können, wohin man sie wahrscheinlich zu ihrem oder ihrer Eltern großem Glücke eingeladen hatte, und sonst etwa noch da oder dort. Man sieht sie jetzt häufiger in Wien, diese Steirer oder Kärntner Herrschaften, allesamt lutherisch übrigens, drängen aber doch allmählich auch in des Hofs Nähe. Der Kaiser, so hörte ich, hätte neulich Tränen der Freude vergossen, weil einer von diesen Herren zur römischen Kirche zurückgekehrt war, und er soll ihm wörtlich geschrieben haben: ›Wenn ich bei Dir wäre, würde ich jetzt Deinen Kopf küssen.‹ Es heißt, daß er sich über nichts in der Welt mehr könne freuen, als von wegen einer solchen Bekehrung –«

»Gib auf den Weg acht, Ignacio«, unterbrach ihn Manuel von rückwärts, da jener sich wieder umwandte. »Wär' ich, im übrigen, ein steirischer Landherr und nun schon einmal lutherisch und verdammt, bei Gott, der Kaiser bekäme mich nicht zu sehen. Aber sie lecken am Ende alle zu Wien die Stiefel.«

Tovar schwieg einige Augenblicke hindurch, und zwar verschüchtert durch den plötzlich so harten Klang in Manuels Stimme. Dann aber plauderte er weiter:

»Sie wird also bald in die grüne Heimat zurückgekehrt sein, auch ist bei heutigen Zeiten der Aufenthalt zu Wien für eine fremde Standesperson allemal mit nicht geringen Kosten verbunden. Da heißt es, Sänfte und Läufer und Wagen und Zofe haben... Es sind übrigens einige vom deutschen Hofadel, wie bekannt, damit befaßt, solche jungen Wildlinge, seien's Herrchen oder Damen, in Wien zu konvertieren, will sagen, in den Schoß unserer Kirche zu führen. Dazu gehört vor allem die Freifrau von Woyneburg, jene, weißt du, bei der meine Schwester Ines neulich wieder zu Besuch war. Die Kaiserin soll das gerne sehen, man könne durch derlei bei Ihrer Majestät leicht in Gnaden und Huld kommen, heißt es. Welcherlei Mittel man dabei sich bedienen mag, ist eine andere Sache. Die Partsch, so wird gesagt, habe es vor Zeiten auch einmal betrieben. Dürfte jedoch gelogen sein! Hat übrigens Wien wieder verlassen, vor ein paar Tagen erfuhr ich's. Von der ist's beinah zu glauben, daß sie in Paris rechtzeitig anspannen läßt, weil zu Wien eine Fürstin Gäste empfangen wird. Der Böse reitet schnell und schläft nie, so heißt's ja. Nun sind wir ihrer ledig, wenn auch nur bis zum Frühjahr oder Sommer.«

»Was gibt's da im Sommer?« fragte Manuel von rückwärts.

»Ein großes Ballett in der Hofburg, man spricht jetzt schon davon. Die Kaiserin will ein altes römisches Gedicht des Ovidius durch kaiserliche Musici vorstellen lassen, wobei man die ganze Geschichte von der Daphne und dem Lorbeerbaum wird sehen können, und die Hofdamen werden sich dabei in Bäume verwandeln müssen oder umgekehrt, mehr weiß ich nicht. Dieses aber weiß ich für gewiß, daß die Partsch dabei nicht wird fehlen können, erstlich wegen des Empfanges bei Hof, und zum anderen, weil sie's gewißlich wird einzurichten wissen oder schon eingerichtet hat, daß ihre Nichte, ein Fräulein von Lequord, die doch bei Ihrer Majestät dient, dabei werde vor dem Publico als Hauptakteurin auftreten können.«

Er blieb plötzlich stehen und wandte sich um, da Manuel nichts geantwortet hatte und einige Schritte zurückgeblieben war. »Nun aber«, rief er ihm zu, »ich muß dir ja berichten, was unten auf der Hütte in deiner Abwesenheit vor sich gegangen ist, das mußt du wohl wissen.«

Sie standen jetzt beide auf dem schmalen Pfad einander gegenüber und Ignacio erzählte dem Vetter mit einiger Eile (da er irgendeine Ungeduld Manuels zu spüren glaubte), welche wilde Vermutungen des Jägers Bericht bei den Herren hervorgebracht hatte. Der Graf schwieg, lächelte nur, schüttelte den Kopf.

»Nun höre, Manuel«, sagte Tovar, »meines Erachtens solltest du die da unten bei ihrem Märchen lassen. Glaub mir, ich rate dir gut. Sie werden sich mit dem ›Tatzenwurm‹ oder wie das Ding schon heißen mag, gern und gut abfinden – alles wird sich solchermaßen trefflich erklären! –, schwerlich aber ohne ihren Wurm mit deinem seltsamen und für sie unverständlichen Verhalten bei der hochwichtigen Jägerei. Sag ihnen, du hättest etwas dergleichen gesehen. Das erspart jedwedes Gerede.«

»Es liegt mir ferne, Lügengeschichten aufzutischen«, sagte Manuel.

»Indessen – was wirst du sagen?«

»Nichts.«

»Jedoch – sie werden dich fragen, alle werden sie dich mit Fragen bestürmen!«

»Dann werde ich sagen, daß es mir nicht beliebte, zu schießen, und daß es mir späterhin beliebte, allein zu sein.«

Noch einmal wollte Tovar, ein wenig ratlos vor dem Grafen stehend, zum Sprechen ansetzen: da ertönte aus den Lüften über ihnen ein heller Schrei. In Manuels Gesicht zuckte ein kleines Leuchten. Er hob den Arm und wies in den Himmel. Ignacio wandte sich um:

Mit reglosen Schwingen, das rostbraune Gefieder gespreitet, ohne sichtbaren Flügelschlag gegen den Wind sich in weiten, geruhigen Kreisen emporschraubend, stieg ein einsamer Bussard in das Blau. Wiederum pfiff jetzt sein schneidender Ruf über den Wänden und Schründen, den Geröllströmen und heraufstaffelnden Tannenwipfeln der freien Heimat.

5

In die Stadt zurückkehrend, war's für Manuel, als sähe er diese zum erstenmal. Die rauchigen Vorstädte in der Herbstsonne, Gemüsegärten und Äcker dazwischen, ein Huhn, das gackernd über den Weg lief, der schon abendliche Schein des späten Nachmittages auf dem aus roten Ziegeln gemauerten Schornstein einer noch durchaus ländlichen Hütte – noch bevor er zwischen all dies eintritt, mehr vorausahnend als schon wahrnehmend, im Halten auf der kahlen Höhe des Wienerberges, berührte es ihn mit dem Zauberschlage einer plötzlichen Entschleierung und dem Empfinden, als hätte er in diesem Lande, dieser Gegend, dieser Stadt dort unten gar nie gelebt und käme nun auf Rossesrücken daher, wie ein Entdecker oder Abenteurer. Die gleich danach für ihn bemerklich werdende bessere und leichtere Verfassung des Gemütes blieb aber auch späterhin von Dauer, etwa angesichts der so wohlbekannten, graugelb und schräg, wie vorgesetzte Füße des festen Stadtkernes, in die Abendsonne ausladenden Basteien und Vorwerke, angesichts der bereits blauschattigen, nun stark von Fuhrwerk und Menschen belebten Gassen, welcher wimmelnde Strom sich im Durchlaß des Torturmes zusammenpreßte und jenseits über die Brücke quoll. Die lässigen und weichen Laute einer ihm fremden Mundart umflatterten Manuel wie ein würzender, zugehöriger Beisatz zu der kräftigen, aber noch lauen Herbstluft, und er beugte sich im Gewühl beim Tor ein wenig vom Pferd herab, ja, es gelang ihm dabei, trotz seiner nach Jahr und Tag noch immer recht mäßigen Kenntnis der Landessprache, kleine Bruchstücke eines just vor ihm lachend geführten Gesprächs zu verstehen, während zugleich der Dunst und Duft des vielfältigen Getümmels – hier ward Gemüse auf einem Wagen geführt, dort ein Weinfaß, und danebenher ein ganzer Berg von Äpfeln – kräftig, ja wie das Leben selbst über den Widerrist seines Tieres herauf und über ihm zusammenschlug. Zwei Mädchen, die auf dem Obstwagen saßen, dunkelhaarig und stark, mit kleinen Stupsnäschen, wie man sie hierzulande häufig sah, wandten sich herum und antworteten geläufigen Mundwerks einem Kerl, der ihnen lachend was nachgerufen; und während sie beide in einem Atem eilig ihre Worte nur so hervorsprudelten, war in den blanken Kirschenaugen ein königlich keckes Blitzen, und die von den geschürzten Lippen entblößten starken und weißen Zähne erinnerten in ihrer Frische an das Gebiß kleiner Raubtiere.

Er langte an. Im Vorgarten des bescheidenen Palais eilten die Domestiken. Als er sein Schreibzimmer betrat, dessen vier hohe schmale Fenster sich gegen den kleinen Park öffneten – man sah über eine mäßige Terrasse und auf die graue, zerfallene Sandsteineinfassung eines Teiches –, schien ihm dieser gedämpfte Raum, mit der blassen, grünen Seidentapete, wie der künftige und erst jetzt einzunehmende Mittelpunkt bevorstehender Geschehnisse und Erlebnisse, die bis weit in das bunte Getümmel der Stadt ihre Fäden ziehen würden, ja, als bauchten sich die Wände gleichsam unter dem Andrange und Drucke dieses wartenden und kommenden Lebens.

Er war, in solchem Sinne, heiter wie noch nie, gemessenheiter, und inwärts wie voll Formen, die sich einem erfüllenden Einströmen darbieten wollten.

Der Graf Manuel Cuendias de Teruel y de Casa-Pavón,

jetzt im einunddreißigsten Jahre stehend, hatte dergleichen eigentlich noch nie gekannt. Nach einer auf kastilischen Schlössern, bei Verwandten, dahingegangenen Knaben- und Jünglingszeit, die der Frühverwaiste unter dem Drucke einer Strenge verbraucht hatte, welche den jungen Menschen beinahe nötigte, seine Kindheit sozusagen auf einen späteren und freieren Abschnitt des Lebens zu verschieben und vorläufig, den Erwachsenen zuliebe und aus Achtung vor diesen, ebenfalls schon wie ein Erwachsener sich zu halten – nach einer solchen Jugend, welche der Mutter entbehrte und ihrer die Sitte der Zeit und des Standes mildernden Hand, war Manuel, in den Fertigkeiten und Künsten eines jungen Herren seines Standes bereits vortrefflich unterrichtet, von den Verwandten zunächst am Kaiserhofe zu Wien untergebracht worden. Sein Vermögen, Güter, Häuser und was es sonst eben war, machte man in der alten Heimat flüssig und übertrug so alles in die neue, wo man's – wie es scheint, nicht ohne einigen Verlust – wiederum in Pachtgütern und sicheren Renten anlegte. Von daher stammte nebenbei auch das kleine Stadtpalais. Gar nicht lange nach seiner Übersiedlung in die kaiserliche Residenz ward Manuel endlich volljährig, gelangte in den selbständigen Besitz seines Erbes und bewarb sich um eine Offiziersstelle, welche er denn im Coltuzzischen Regimente erhielt, gerade ein Jahr nach dem großen Frieden, also sechzehnhundertundneunundvierzig.

Die Dienstverhältnisse waren jetzt, nach dem Kriege, mehr als bequem. Freilich mußte auch ein Herr vom Stande Manuels vorerst einige Zeit als Leutenant in der gewöhnlichen Weise dienen, aber da ja in solchen Fällen eine Offiziersstelle nichts anderes bedeutete als die Vorstufe für baldige Übertragung eines Regimentes, so dauerte es auch mit der Beförderung zum Rittmeister nicht lange, welchen Rang, oder etwa noch den des Obrist-Leutenants, man nun solange innehatte, bis eben ein Regiment frei ward. Diese Staffel des Wartens als Rittmeister erreichte Manuel just zwei Jahre nach der vereitelten Hinrichtung

Paul Brandters, und gelangte somit unter anderem auch außerhalb des Bereiches der Möglichkeit, bei derartigen Anlässen paradieren zu müssen. Vielmehr oblag ihm jetzt wesentlich nur ein im allgemeinen wohl tägliches Inspizieren des Reit- und Fechtexerzitiums der Mannschaft, welches von den Leutenants und Fähndrichen mit Hilfe der Unteroffiziers geleitet wurde. Beiläufig gesagt, verlangte man indessen vom gemeinen Reiter damaliger Zeit nicht weniges, was heute nur in der sogenannten Hohen Schule vorkommt; und Bewegungen, wie etwa die Courbette und andere, fanden denn wieder im Fechten zu Roß ihre häufige Anwendung, mußten also dem Dragoner vorher in Fleisch und Blut gebracht worden sein.

Nicht lange vor Manuels seltsamer Jagd auf den Gemsbock übrigens hatte das Coltuzzische Regiment durch einige Zeit in halber Alarmbereitschaft gelegen, einer Weisung entsprechend, die vom Hofkriegsrate herabgelangt war, ohne daß dieser freilich sich benötigt gesehen hätte, hierfür Gründe irgendwelcher Art anzugeben. Die letzteren erfuhr man indessen durch die zu Wien umlaufenden Gerüchte, welche im ganzen ein mehr oder weniger verworrenes Gemengsel dargestellt hatten aus Erzählungen von schon ausgebrochenen oder drohenden bäuerlichen Unruhen in der Steiermark und den dazwischen wieder auftauchenden Vermutungen von einer bedenklichen Haltung des Türken. Dieses Gerede beruhigte sich den ganzen Winter hindurch nicht mehr, verschwand wohl zeitweise, tauchte jedoch alsbald mit neuen Einzelheiten wieder auf und wurde gegen den Sommer immer häufiger; und bald hieß es, lutherische Prädikanten hätten die Landleute aufgehetzt und täten's noch immer, bald hörte man, mit den Lutherischen hätte die Sache rein gar nichts zu tun, sondern nur durch die von den Grundherrschaften geforderten übermäßigen Abgaben und Leistungen sei das Bauernvolk gereizt: dem wurde aber entgegengehalten, daß ja die steirischen Landherren allermeist lutherisch seien, und somit wäre eben doch der Ketzer schuld. Oder aber der

Türke! Es läßt sich unschwer vorstellen, wie albern das Gerede mitunter ausartete, ohne daß jemals Tatsächliches und Handhaftes beigebracht werden konnte. Genug, es hielt an; und ein Regiment Dragoner war wegen dieser Dinge schon in Alarm gewesen, welcher Umstand nur geeignet sein konnte, derlei Vermutungen neue Nahrung zu geben.

Jedoch, selbst diese vorübergehende Alarmbereitschaft hatte für einen Herrn in Manuels Stellung, also den Chef einer Eskadron, keine wesentliche Verschärfung oder Erschwerung des Dienstes gebracht.

Er lebte einsam. Den durch die Verquickung mit seinem Stande notwendig gewordenen Verkehr in den Adelskreisen, den spanischen insbesondere, beschränkte er, soweit das angehen mochte; eine gesellschaftliche Beliebtheit hatte der spröde Mann recht eigentlich nie besessen, und jene seit dem Juli des Jahres fünfzig angegangenen Affären waren nicht geeignet gewesen, eine solche, wo sie etwa vorhanden, zu erhalten oder zu steigern. Vertrauteren Umgang hatte er nur mit den Tovars, mit Ignacio und dessen älterer Schwester Ines, zu Enzersfeld oder in deren Stadthause, welches weit weg von jenem an der Löwelbastei gelegenen Viertel der spanischen Paläste sich befand. Ines, ein kluges und seelengutes, wenn auch mehr anmutiges als schönes Mädchen, hatte ursprünglich, als Manuel nach Wien gekommen, gegen dessen steife, ja damals fast finstere Art nicht geringe Abneigung empfunden; jedoch ihrem Bruder zuliebe hielt sie sich freundlich zu dem Grafen, und es blieb ihr freilich im Laufe der Jahre nichts anderes übrig, als sich selbst und auch Ignacio einzugestehen, daß an Manuels Person sehr achtenswerte Seiten nicht geleugnet werden könnten. Späterhin kam darüber hinaus ein – soweit das bei unserem nunmehrigen Rittmeister überhaupt möglich war – sogar recht freundschaftliches Verhältnis zwischen den beiden zustande.

Er lebte einsam. Jetzt, seit jenen seltsamen Stunden am Schneeberg, hatte diese Einsamkeit einen lichteren Schein, den sie früher nicht besessen. Seine Träume des Nachts, seit Jahr und Tag immer in dieselbe tiefhöhlende Sehnsucht und Qual hinabführend – wo er dann Hanna spanisch anrief und sie, die Lippen geschürzt und blanke Zähne wie ein kleines Raubtiergebiß entblößend, stets in ihrer ihm kaum verständlichen Sprache antwortete –, diese Träume waren seit jüngster Zeit mitunter überstiegen von einem hellen Wimpel der Hoffnung, wie eine aus der glasgrünen Wassertiefe sich aufwerfende Welle von Schaum. Mit diesen Träumen stand in einem, man kann wohl sagen, leicht begreiflichen Zusammenhange sein durch Jahre gehegter Wunsch, das Deutsche zu erlernen und, noch mehr als das, der hiesigen Mundart einigermaßen mächtig zu werden, was wenigstens das Verstehen derselben anging. Indessen, wach und klar geworden, begegnete dieses Bestreben in ihm stets einer unwiderstehlichen Hemmung, ja, diese ging so weit, daß er Gelegenheiten zur Übung und Vermehrung seiner geringen Kenntnisse förmlich vermied: der Träumende liebte, der Wache haßte die Sprache. Jetzt übrigens änderte sich auch dies. Er beschloß sogar, einen Lehrer zu suchen. Indessen, wer sollte das sein? Vor Ignacio verschloß er seinen Wunsch mit Sorgfalt; und in der Einsamkeit seines grünen Schreibzimmers aus Büchern zu lernen, schien ihm nicht recht möglich.

Der späte, in den Winter hinauszögernde Herbst verging still. Eine zweite Einladung zur Jagd von seiten des Grafen Hoyos, die eigentlich zu erwarten gewesen wäre, blieb aus. Manuel wußte auch schon, daß er anfing, heute obendrein noch als Sonderling zu gelten. Aber, bei alledem: er wurde heiterer, die gemessene Heiterkeit verließ ihn nicht mehr ganz. Vielleicht kam jetzt die Zeit, da er etwas von seiner verlorenen Kindheit nachholen sollte? Es geschah, daß er mit Ignacio und Ines in seinem kleinen Park auf einer Wiese hinter dem zerfallenen Steinrund des Teiches Wurfreifen spielte und in der Sonne des späten Jahres glücklich war und in dem halben, zarten, immerwährenden Bewußtsein, die innerste Kammer des Lebens doch unangetastet und heil noch zu besitzen, so daß sie getrost ihrer Eröffnung warten und er auf diese hoffen durfte. Er glaubte daran. Er stand in seinem grünen Zimmer mit den hohen schmalen Fenstern, die jetzt durchschienen waren von dem Goldbraun des letzten Laubes draußen, und sah schräg seitwärts und inwärts in irgendeine Helligkeit, die ihn streifte.

In solche Stille trat eines Tages, nachdem ihn der Diener bei Manuel gemeldet, ein junger Jesuit vom Profeßhause bei den neun Engelschören, schlank und wie ein dunkler Schatten hereinwischend und mit vor die Brust gelegten Armen in tiefster Reverenz sich vor dem Grafen verneigend: und sodann überreichte er einen Brief des ehrwürdigen und hochgelehrten Paters Athanasius Kircher, Societatis Jesu, Seiner Geheiligten Römischen Majestät Unterweiser in den freien Künsten und in den Wissenschaften. Der junge Ordensbruder, welcher da eben noch vor Manuel gestanden, wie ein in den herbstsonnigen goldbraunen Vormittag verirrtes und verwehtes Stücklein dunkler Nacht, war inzwischen, während Manuel das Schreiben erbrach, sozusagen in seine eigene tiefe Verbeugung hinein und gleichzeitig hinterwärts zur Tür hinaus verschwunden.

Es war ein lateinischer Brief von ziemlichem Umfange, mit unendlicher Sorgfalt geschrieben und in derartigen Umschweifen verfaßt, daß der Graf Cuendias beim Lesen in den ellenlangen Perioden erst hilflos herumirrte, sich dann mit nicht geringer Mühe zurechtfand, und endlich, nach sehr gründlichem Studium – wobei der geplagte Mann bereits seine sämtlichen gehabten und erlittenen Schulmeister mit dem Bakel in der Hand um sich herumstehen sah – den Sinn des Schreibens erfaßte.

Dieser war einfach. Der Pater ersuchte Manuel um eine Unterredung in gelehrter Sache (»... quum, impigro labore in studia nocte dieque incumbens, nihil, seu litteras, seu scientias de arcanis naturae, seu scilicet cosmographiam in genere concernens, obliviscere sive ex quaquam lassitudine practerire et perdere, arditer semper decisus fui, praesente littera, e manu discipuli, quem ad aedes vestras misi, benigne, ut spero, a vobis recepta, vestram nobilissimam, celsissimam, clarissimam personam implorare ausus sum...«).

Zudem bat er den Grafen ergebenst um das besondere Entgegenkommen und Wohlwollen, daß er ihm die Ehre seines Besuches schenken möge, da Unpäßlichkeit ihm selbst den Ausgang verbiete, ansonst er Seiner Gnaden gewiß die Aufwartung gemacht hätte (»...tum autem in museo meo non solum maximo labore sed etiam nunc valetudine non optima remanere coactus...«). Manuel vermutete nun freilich in des Pater Athanasius Unpäßlichkeit das harmlose und richtige Mittel, dessen sich ein Kleriker von seiner hohen Stellung und Wirksamkeit bedienen mußte und durfte, um auf artige Weise und ohne sich was zu vergeben – noch auch der erlauchten Abkunft des Grafen die Reverenz schuldig zu bleiben – durch jenen Engpaß möglichen Vorranges der einen oder der anderen Person zu gelangen.

Er beschloß den Mann aufzusuchen, aus Connivence und auch aus Neugier, im übrigen wohl wissend, daß es sich bei alledem um nichts anderes handeln konnte, als wieder einmal um jene »Tatzenwürmer«, oder wie sich das Viehzeug schon schreiben mochte; und so sandte er denn einen Läufer, sein Kommen für den morgenden Tag ankündigend. Knapp, nachdem er den Bedienten abgefertigt – jedoch nicht etwa mit einer lateinischen Epistel, sondern mit einem französisch geschriebenen, kleinen, wappengezierten Billette –, fiel ihm ein, daß hier die beste Gelegenheit geboten sei, einen geschickten und geeigneten Lehrer der deutschen Sprache zu erkunden.

Das Haus, in welchem der berühmte Mann wohnte, war alt und schön, außen bunt bemalt, in einer abseitigen Gasse der Altstadt gelegen, wo kein Räderrasseln oder Hin-undwider-Rennen die Tauben störte, welche allenthalben auf dem Pflaster und den Gesimsen saßen und also auch überall ihre Spuren hinterließen. Des gelehrten Paters Studierstube oder »Museum«, wie es damals hieß, als ob die Musen bei einem Bücherwurme nur so aus- und eingingen, lag in einem höheren, lichten Stockwerk, und auch hier erschien, auf das Schellen des vorausgeeilten Läufers hin, alsbald ein sanfter Jüngling im Ordenskleid und verschwand in seine tiefste Reverenz. Manuel ward unter raschem Voraushuschen und Öffnen aller Türen sowie mit einer nicht geringen Zahl von Verbeugungen in ein geräumiges Arbeitszimmer geführt, welches durch die Bogen zweier Fensternischen über das rostbraun kreuz und quer geschachtelte besonnte Dächergewirre der Stadt Ausblick gewährte.

Der weite, niedere Raum war freundlich, wenn auch großenteils erfüllt mit zahllosen Dingen, vor allem Büchergestellen, aber auch riesenhaften und kleineren Erd- und Himmelsgloben, deren Manuel gleich fünf in einer Reihe stehen sah, sowie schweren, freistehenden Repositorien, die einzelne Folianten, aufgeschlagene und geschlossene, in einer für den Gebrauch bequemen Weise darboten.

Sogleich erschien der Gelehrte, ein würdiger Mann, nicht glatten Gesichts, sondern mit einem ergrauten Kurzbarte, das Haupt vom kleinen, schwarzen Barette bedeckt. Er hatte offenbar in einem anliegenden Zimmer sich befunden, durch dessen Tür er nun eintrat, Manuel in geläufigem Französisch begrüßend. Der Graf, welcher sich eben noch im Raume umgesehen, war durch den schnellen und leisen Eintritt Kirchers gleichsam überrascht worden. Er antwortete seinerseits mit einigen freundlichen Worten, und man nahm Platz, während nun Wein gebracht wurde, und zwar Tokaier, dazu Zitronat, das »dessert à la mode«.

Manuel, in dem Bestreben, den phantastischen Irrtum aufzuklären, welcher sich, trotz seiner klaren Ablehnung dieser ganzen Geschichten auf der Jagdhütte, seit damals, wie es schien, doch an seine Person geheftet hatte, wollte alsbald auf den Gegenstand eingehen, da ihm diese Stelle hier – wenn die Märchen nun schon einmal so weit gedrungen waren – als die beste erschien, um dem »Tatzenwurme« ein für allemal das Lebenslicht auszublasen. So begann er denn damit, daß er zu wissen glaube, in welcher Sache Seine Hochwürden ihn hergerufen. Doch Kircher lenkte gleich ab – und benützte dazu den Einwand, daß er gewißlich niemals gewagt hätte, den Grafen Cuendias hierher zu bitten, würde er selbst sich nur einer festeren Gesundheit erfreuen. Und Manuel blieb weiterhin nichts anderes übrig, als alle jene Fragen und Redensarten auszuhalten, die folgten, Fragen nach Dingen, von denen er unmöglich annehmen durfte, daß ihre Beantwortung für den gelehrten Mann auch nur vom allermindesten Interesse sein könne: etwa nach der Stärke der von Manuel befehligten Abteilung, ferner, ob der Dienst von großer Schwere sei, wie lange Manuel nun diene, und ähnliches, bis zu Einzelheiten reiterlicher Art, wobei während jeder Antwort der Rittmeister die deutliche Empfindung hatte, unnötige Aufschlüsse an eine leere Wand zu sprechen. Es folgten nun Erkundigungen danach, wie es denn mit Gottesdienst und Frömmigkeit bei den Reitersleuten stehe, und schließlich mündete alles in eine Lobpreisung dieser Waffe, als den Kern und Rückhalt christlicher Heere, sei's gegen Türken oder gegen Ketzer, ja, es schien am Ende, nach Kirchers Worten zu schließen, daß Kavallerist zu sein eine höchst sichere, ja beinahe unumgängliche Vorstufe zur ewigen Seligkeit darstelle.

Manuel war über das letzte, zumindest bisher, eher gegenteiliger Meinung gewesen. Er begann nun seinerseits absichtsvoll unschuldige Fragen zu stellen, zunächst die Globen und ihre Einrichtung betreffend, und wies endlich auf das ihm nächste Repositorium, wo ein mit den kaiserlichen Wappen gezierter Lederband besonders bevorzugter und sichtbarer Weise aufgestellt war. Nicht ohne Kenntnis vom »Drama Musicum« und dessen Widmung an Kircher, nahm er die Erklärung des Sachverhaltes doch ehrfürchtig erstaunt entgegen und erwähnte dann, ihm werde jetzt erinnerlich, daß vor einem halben Jahre etwa, bei einer stattgehabten Geselligkeit, gerade von diesem Werke und der Widmung an den Lehrer Kaiserlich Römischer Majestät viel die Rede gewesen sei. Die nächste Frage aber brachte endlich doch an den Rand des eigentlichen Gegenstandes dieser Unterredung, denn Manuel war ein zweibeiniges, langgeschwänztes Wesen aufgefallen, das oben auf einem der Büchergestelle hockte, und so erkundigte er sich unverzüglich, was dieses wohl sei?

»Ein junger Drache – draco bipes et apteros – zweifüßig und ungeflügelt –«, erwiderte der Gelehrte.

»Ist wohl ausgestopft?«

»Nein. Es ist nur eine Nachbildung. Vor hundert Jahren etwa ward solch ein Tier zu Bologna gefangen und ist dort im Museum eines berühmten Gelehrten zu sehen gewesen.«

»So gibt es denn solche Tiere wirklich, oder es gab sie zumindest einmal?!«

»Existunt. Sie existieren. Und in größeren und mannigfaltigeren Formen, als Ihr glauben mögt.«

»Jedoch – wo?!«

»In den Bergschründen und Sümpfen ferner Länder, vielleicht sogar hierzulande, vor allem aber« – Kircher wies mit dem Zeigefinger senkrecht gegen den Boden – »sub terra, unter der Erde.«

Der Graf schwieg ein Weilchen. Dann sagte er ruhig:

»Es ist vielleicht hier der Ort, ehrwürdiger Vater, Euch zu sagen, daß alles, was man über die angeblich von mir auf der Jagd gemachte Beobachtung eines solchen Tieres etwa erzählen mag, erlogen und unsinnig ist. Ich habe nie dergleichen gesehen.«

»So dachte ich schon, wollte nur dessen von Euch noch versichert sein«, sagte der Gelehrte. »Ihr mögt aus diesem Beispiele ersehen, wie wichtig und nützlich die Zusammenkunft und Unterredung ernster Männer in allen Sachen gelehrter Studien ist, weil dadurch manches Unkraut der Fabel ausgereutet wird, als welches sonst nur des Unsinns noch mehr hervorbringt.«

»Gleichwohl belehrt Ihr mich, Vater, eines Bessern und Euere Rede muß mir mehr gelten, als jeder eigene Zweifel. Was ich selbst nicht gesehen, kann deshalb wohl in der Schöpfung vorhanden sein, dieses ist gewiß. Wie gern würde ich ein mehreres erfahren! Es gibt, wie Ihr mich eben wissen ließet, wirklich den Drachen oder die Drachen, mit denen manch ein ritterlicher Vorfahr frommer Überlieferung nach gekämpft« – Manuels Antlitz wies jetzt die Zeichen echter Nachdenklichkeit, aber ganz urplötzlich huschte eine gleich wieder verschwindende Belustigung durch seine Züge – »ja, es gibt solche Wesen wirklich! Warum aber zeigtet Ihr vorhin« – er wiederholte des Paters frühere Bewegung – »gegen den Schoß der Erde? Sind sie etwa dort vornehmlich zu suchen?!«

»Ja«, antwortete Kircher, »und es sind die schrecklichsten und größten, die unterirdischen Drachen, dracones subterranei. Der Gegenstand bildet einen Teil meiner jetzigen gelehrten Anstrengungen. Denn diese Welt im Innern unseres Erdballs, die unterirdische Welt, mundum subterraneum, hab' ich in einem umfänglichen Opus eben mir zu beschreiben vorgenommen. Ihr seht, hochwerter Graf« – und er wies mit einer gemessenen, aber ausholenden und umfassenden Bewegung des Armes über die mächtige Breite des Arbeitstisches am Fenster, welcher überdeckt war von Büchern, teils geöffneten, teils gestapelten, wovon ein jedes viele längliche Streifen Papiers eingelegt zwischen Seiten und Deckeln hatte –, »Ihr seht hier, wie ich beschäftigt bin, aus denen alten und neuen gelehrten auctoribus herauszuziehen omnia ad rem pertinentia, alles, was zur Sache gehört« (dies war der Augenblick, da Manuel den Gedanken, einen Lehrer deutscher Sprache hier zu erkunden, allwo, wie ihm dünkte, die Bücher sich selbst fortpflanzten, indem etwa aus dreißig alten ein neues ward, endgültig verabschiedete).

»Nun aber, wenn ich Euch früher recht begriffen habe, ehrwürdiger Vater« – so nahm der Graf den Faden wieder auf –, »dann sagtet Ihr, daß es außer jenen unterirdischen auch solche Drachen gebe, die der Erde Angesicht bewohnen?«

»Und auch dort zur Welt kommen, das heißt, aus dem Eie kriechen oder sonst auf andere, geheimnisvollere Weise, entstehen – gewiß! Das letztere bildet überdem einen besonderen Gegenstand gelehrter Untersuchung, wovon ich denn in vorhabendem Werke auch handeln werde. Der Drache lebt in vielerlei Ländern: vornehmlich in Indien und in Arabia. Uns am nächsten aber liegt das alte Drachenland der Schweiz.«

»Die Schweiz?!« rief Manuel, und man hätte als unsichtbarer und wissender Zeuge des Gesprächs wohl sehen können, wie er sich mit einiger Mühe beherrschte, und vornehmlich deshalb auch so schnell und lebhaft weitersprach, weil das Lachen sich auf diese Weise leichter zurückdrängen ließ. – »Die Schweiz?! Das ist wohl mehr als merkwürdig! Ein doch vielfach bebautes, bewohntes und gesegnetes Land! Allerdings, die hohen Berge mögen manchen Unterschlupf und allerlei Höhlungen enthalten, wohin solches Gewürm sich zurückziehen kann.«

»So ist es«, sagte Kircher ernsthaft. »Seht her, dies bedeutsame Werk« – er tippte mit dem Finger auf einen der Folianten am Arbeitstische, einen mächtigen Band, zwischen dessen mit Metallspangen versehenen Deckeln zahllose längliche Papierstreifen heraushingen, wie viele Zungen aus einem einzigen Maule –, »dies bedeutsame Werk hier nimmt gerade auf die Mirabilia und Sehenswürdigkeiten des Schweizerlandes besonderen Bedacht, alias, es handelt in genere davon. So kömmt denn der gelehrte und gründliche Auctor auch auf unseren Gegenstand in extenso zu sprechen und bringt zudem noch manche Abbildung bei. Dies Exemplar kann ich Euch nun nicht zeigen, da es voll meiner geordneten Excerpta stecket; wenn Ihr jedoch nach dem Büchergestelle just hinter Euch blickt, so seht Ihr dort ganz den gleichen Band, will sagen, ein anderes Exemplar desselben Werks, da ich kürzlich benötigt war, es für jemand anzuschaffen. Wollt Ihr's betrachten? Dann ruf' ich meinen Famulum, und er hebt's für Euch aus dem Regale.«

Jedoch Manuel hatte, die Hilfeleistung Kirchers, der rasch herantrat, untertänigst abwehrend, geschickt und schnell den Band herausgenommen, auf ein seitwärts stehendes freies Repositorium gesetzt, und etwa in der Mitte geöffnet.

»Ihr trefft's, Graf, auf den ersten Griff!« rief der Gelehrte lachend. »Seht her, gerade das in Rede stehende Hauptstück habt Ihr aufgeschlagen.« Und er wies auf das Buch. In diesem Augenblicke ward rückwärts, ohne das allermindeste Geräusch, die Tür geöffnet, ein schlanker Schatten wehte lautlos an Kircher heran und flüsterte ihm, weit vorgebeugt, ehrfürchtig etwas ins Ohr.

»Verzeiht, hochwerter Graf«, wandte sich Kircher nun an Manuel, »man bedarf meiner in einem anderen Raume nur für einen kurzen Augenblick. Es sind das meine Schüler und zugleich Hilfskräfte bei meinem Werk, welche jedoch, wie es scheint, eben jetzt mit der oder jener Einzelheit nicht zurechtkommen mögen und wohl eine Anweisung brauchen werden.«

»Ehrwürdiger Vater«, erwiderte Manuel rasch und zuvorkommend, »ohnehin hab' ich Eure Zeit über Gebühr in Anspruch genommen, und ich will Euch darum nicht länger stören. So gestattet denn, daß ich gleich jetzt mit vielem Danke für so außerordentliche Unterweisung mich beurlaube: und entschuldiget mein langes Verweilen mit dem Umstande, daß im Leben eines simplen kaiserlichen Reitersmannes leider allzu wenig Gelegenheit für solche Nahrung des Geistes sich bietet, wie sie hier bei Euch von Eurer kundigen und gesegneten Hand bereitet und gereicht wird.« Jedoch Kircher, der an dem jungen hochgeborenen Herren, seiner Bescheidenheit und Wißbegierde, wahrscheinlich Gefallen gefunden hatte, antwortete diesmal in einer unverkennbar aufrichtigen Weise: »Hochwerter Graf, und wenn ich Euch nun bitte, noch ein wenig zu verziehen und mir altem Manne Gesellschaft zu leisten, werdet Ihr's dann abschlagen? (Manuel verbeugte sich langsam und stumm.) So nehmt denn für wenige Minuten nur vorlieb; ich darf Euch wohl noch ein Gläschen dieses Ungarn einschenken? Und Ihr vertreibt Euch, bis ich wiederkomme, die Zeit mit Blättern in jenem Werke.« Er setzte die Weinkaraffe nieder, wies mit einladender Handbewegung auf den am Repositorium ruhenden Folioband und war sogleich, lautlos wie er gekommen, aus dem Zimmer gegangen.

Manuel wandte sich, alleingelassen, für einen Augenblick zur Aussicht durch die Fenster; das Rostbraun der Dächer lag jetzt erhöht und gegoldet in der Sonne des vorgerückten Nachmittages, und hinter den fernsten Giebeln stand eine Gruppe weißer Federwölkchen reglos am Himmel, gesträhnt wie aufgekämmte Wolle. Es war hier vollkommen still. Von links und inwärts her, aus einer unbestimmbaren und doch wirksamen Region seiner eigenen Seele, ward Manuel wiederum von Helligkeit und Heiterkeit gestreift, als meldete sich neuerdings, nach Leben haschend, die verlorene Knabenzeit.

Er trank den Wein auf einen Zug hinab und trat vor das aufgeschlagene Buch.

Was er hier als erstes erblickte, war kraus und merkwürdig. Ein Drachenbild mit langem Hals und Schweif, Flügeln und bekrallten Pranken, einer spitz und scharf aus dem geöffneten Rachen hervorkommenden Zunge und seltsamen, wie lauschend aufgestellten Ohren. Über dem ganzen stand obenan: Draco Helveticus bipes et alatus – »Zweibeiniger und geflügelter Schweizer Drache.« Als verrichte er eine durchaus nötige und von der Vernunft erforderte Hantierung, so nestelte Manuel rasch den Crayon von der dünnen goldenen Kette, woran jener im Verein mit der Lorgnette hing, und schrieb deutlich und sauber zwei Zeilen darunter, so daß nunmehr dort stand:

Draco Helveticus bipes et alatus
seu contrafactura Comitissae de Partsch
portrait de la Comtesse de Partsch.

Er lachte nicht eigentlich; der Junge betrachtete nur vergnügt und zufrieden sein Werk, hob das Buch vom Repositorium und stellte es ins Regal an den Platz, wo es früher gewesen war.

Bald danach trat Kircher wieder ein, noch mit nachträglichen Worten der Entschuldigung wegen seiner Abwesenheit. »Ich hab' mich derweil gut erlustiert, mit jenem Werk, das Ihr mich ansehen ließet«, bemerkte der Graf, »nun stellte ich's wieder in Ordnung, um Euch keine Mühe zu machen.«

»Ich dank' Euch, Freund«, sagte Kircher. »Da habt Ihr wohl ersehen, wie sich's mit denen Schweizer draconibus verhält?«

»Freilich! Jetzt weiß ich's genau, und hier gibt es keinerlei Zweifel. Euch aber, Ehrwürdiger Vater, könnte man durch Tage und Nächte zuhören, und mit welchem Gewinne! Ich will jene Stunde, die in Eurem Museum zu verbringen mir vergönnt gewesen, gewißlich niemals vergessen. Fast möchte ich selber zu den in der Jugend wohl getriebenen, jedoch späterhin vom harten Dienste gänzlich verdrängten Wissenschaften wiederum Lust empfinden!«

Sie hatten sich beide zum Abschied erhoben.

»Es sind nicht wenige Eures hohen Standes, mein Sohn«, sagte der Gelehrte, »die solcher Lust Folge geben, und das lieber als anderen und weniger förderlichen Wünschen Leibes und der Seele. So habe ich die Ehre, einigen davon Anleitung zu erteilen, Herren wie auch Damen.«

»Beneidenswerte, denen ihre Muße solches erlaubt!« rief Manuel, während er, von Kircher zum Vortritte genötigt, den Raum verließ.

Der Hausherr geleitete den Grafen Cuendias bis zur Treppe.

Als Manuel aus dem buntbemalten Hause des Jesuitenpaters trat, um in seine Sänfte zu steigen, wußte er plötzlich, wo ein Lehrer für die deutsche Sprache am besten würde zu finden sein. Er befahl den Trägern, ihn an der Universität vorbei und zu den sogenannten Koderien oder Bursen zu bringen: dies waren Studentenhäuser, die den Söhnen der Alma Mater Rudolfina zur Heimstatt dienten, insonderheit, wenn solche Söhne ortsfremd die hiesige Hohe Schule bezogen hatten und schmal am Geldbeutel waren.

Die Burse »zur Rose« lag unweit der Stadtmauer und des »Biberturms« – so wurde der mächtige Wehrbau samt der zugehörigen Bastei benannt, nach den Tierchen, welche vor Zeiten hier an einer Uferstelle des nahen Stromes ihre seltsamen Bauten bewohnt hatten. Als Manuels Sänfte um die Ecke kam, bog sie geradewegs in eine bedeutende Keilerei hinein, man kümmerte sich einen blauen Teufel um des Grafen livrierte Bediente, die alsbald vorausliefen, Platz schaffen wollten und darauf hinwiesen, daß hier eine hohe Standesperson des Weges käme, ja, einer von der Livree wäre beinahe in den Dreck getreten worden. Manuel befahl sogleich zu halten und sah, nicht wenig belustigt, hinaus.

Der Lärm war ungeheuer, ja maßlos. Es schien das Gefecht um den Eingang der Burse zu gehen, welcher nur über eine frei emporführende alte Steintreppe mit eisernem Geländer erreicht werden konnte. Seltsamerweise geschah alles unter dem schallenden Gelächter großer Haufen von Studiosen, die sich als Zuschauer rundherum versammelt hatten und nun anfeuerten oder Lob und Tadel in kräftigen Ausdrücken spendeten. Auf der Treppe selbst und vor dem Eingange ging es jedoch weit weniger heiter zu: denn hier wurde ernstlich gefochten. Die blanken Hieber klirrten wild gegeneinander, und aus der Tür heraus fuhren die Klingen den Angreifern entgegen, von denen einige schon blutend herabwankten und von ihren Gefährten rasch beiseite geführt wurden, während andere und frische Kämpfer rudelweise in immer neuen Anläufen emporstürmten, um mit aller Macht die Sperre zu durchbrechen und in den Hausgang einzudringen: jedoch auch diese kamen mit blessierten Köpfen zurück, aufgefangen und bald aufs neue zum Ansturm verstärkt von ihren Parteigängern, die, heftig gestikulierend, haufenweise die Treppe umlagerten, um sich alsbald selbst einer neuen Sturmwelle wiederum nachdrängend anzuschließen. Es waren durchwegs starke und grobe Burschen, Wallonen, wie Manuel sogleich an der Sprache erkannte, denn er hatte nicht wenige dieses Volks in seiner Schwadron.

Jedoch geschah jetzt von oben ein Ausfall und Durchbruch, und zwar unter plötzlichem und derart ungeheuerlichem Gebrüll (Manuel wunderte sich, wie unsichtbar hier die städtische Rumorwache blieb!), daß selbst die johlenden Rufe der Zuschauer darin untergingen. Einen riesenhaften strohblonden, krausköpfigen Burschen an der Spitze, der den eben wieder zurückgeworfenen Bedrängern unmittelbar nachsetzte, brach die wilde Rotte aus dem Hause und warf sich, während immer mehr Streitmacht hervorkam, welche in deutscher Sprache aufs äußerste durcheinander schrie und fluchte, auf die um die Treppe gescharten Wallonen. Es ward nun derart von beiden Seiten mit den Hiebern gearbeitet, daß Manuel ernstlich besorgte, man würde Tote vom Platze tragen. Jedoch geschah, wie sich bald zeigte, niemandem eine ernstliche Verwundung, nur kamen, trotz aller Tapferkeit, die Wallonen vor der aus dem Hause flutenden Übermacht ins Laufen und stoben durch die Gasse davon, nicht weiter verfolgt, nur von den gellenden »Abzug!«-Pfiffen und »Pereant!«-Rufen der Gegner und eines Teiles der Zuschauer begleitet.

Alsbald trat auch schon Ruhe ein, und man zerstreute sich unverzüglich. Auf der Treppe standen die Sieger, atmend und sich die Stirne wischend, zu unterst ihr langer Anführer, den bloßen Hieber noch in der Faust, aufgeschnürten Wamses, die Brust glänzend vom Schweiß, ein Kerl wie eine Tanne.

Manuel winkte den Bedienten und ließ sich nahe an die Treppe herantragen.

»Heda, Ihr, Longinus flavus!« rief er hinauf und setzte, da der Bursche sich herwandte, in gutem Latein hinzu: »Ich bitte Euch, näher heranzutreten, da ich an Euch ein Anliegen habe.«

»Was soll's?« fragte der Student und kam einige Stufen herab. Manuel sah, daß sein hübsches und festes Gesicht einen unverkennbar trotzigen Zug wies, was vielleicht von der auffallend starken Vorwölbung der Brauenknochen herrührte.

»Wollt Ihr, Herr Studiose, ein schönes Stück Geld verdienen?« sagte der Rittmeister.

»Fragt sich, womit?« (»quaeritur quomodo?«)

»Durch Unterricht.«

»Und was soll tradiert werden?«

»Deutsch, Eure Muttersprache, wie ich glaube.«

»Ist's.«

»Wollt Ihr's also tun?«

»Nun denn – ja!« sagte der Student nach einer kleinen Pause, während welcher er Manuel beinah durchdringend angesehen. Und dann: »Wer seid Ihr?«

»Cuendias, kaiserlicher Rittmeister.«

»Wohl. Und ich bin der Studiosus der Arznei Pleinacher Rudolfus, scilicet Rudl.«

»Jetzt sagt, Herr Studiosus Pleinacher, was fordert Ihr für eine Stunde Unterricht?«

»Für fünfe einen ungarischen Gulden.«

»Ich stimme bei«, sagte Manuel, zog den Handschuh ab und streckte die Hand aus der Sänfte. Pleinacher nahm den Hieber unter den linken Arm und schlug ein.

Wenige Tage später fiel endlich des Nachts der erste, bald wieder zergehende Schnee.

Manuel kehrte von einem Empfange bei Aranda zurück.

Der Schritt der Sänftenträger klang gedämpft. Sie schwenkten von der Löwelbastei in die Schenkenstraße.

Der Schnee legte sich in großen, nassen, schweren Flocken an die kleinen Glasfenster.

Manuel saß steif aufrecht, etwas nach vorne geneigt, als stemme er sich gegen ein Unsichtbares.

Nein, die Medisance glitt an ihm ab. Ein Furchtbareres erhob sich braun und brauend im Hintergrunde. Wo bist du? flüsterte er vor sich hin. Wo bist du? Im Unbekannten draußen. Was tust du? Nun kam sie, von rechts her, auf ihn zu. Er saß auf dem hohen Pferde.

In der Vorhalle des Palais Aranda hatte ihm eben jetzt ein Kammermädchen den Mantel umgelegt. So sah die Leere aus, ganz so wie dieses neue Kammermädchen. (Und, im Augenblicke, wie weit war Manuel davon entfernt, zu denken, daß diese »neue« Bediente schon bald wieder fünf Jahre in ihrem Dienste stehen würde!) Die silberne Harfe des Nichts erklang, hinter einer glatten kleinen fremden, dienernden Frauensperson.

Der Vorgarten voll Schnee. Die Domestiken eilten. Auf dem Mantel die Flocken.

Das Zimmer war hoch, sechs Kerzen brannten still aufwärts, der Diener stand wie ein Stock.

»Geh schlafen«, sagte Manuel. Er verblieb, wie er war, den Mantel umgelegt, der einzelne kleine feuchte, jetzt eben noch glitzernde Stellen hatte. In dem Lichtschein konnte er draußen, vor der Glasscheibe, einen schwarzen, kahlen Ast sehen.

»Wo ist sie, jene, die Blonde, die Vertraute?« flüsterte er.

Fort. Er wußte sie nicht mehr. Hinter ihm öffnete sich ein furchtbarer Rachen der Sehnsucht, die alles Leben mordete, ein Rachen, der in seiner braunen Tiefe die Zukunft verschlang, wie eine Charybde die Fluten.

Er stand inmitten des großen Vierecks, des Reitübungsplatzes der Kaserne. Die Dragoner trabten kurz: jauk – jauk – jauk. Links hinter ihm der die Reitschule haltende Fähndrich. Er wandte sich zu diesem:

»Sag', René...«

»Zu Befehl, Herr Rittmeister!« Der junge Herr stand stramm. Manuel winkte ab.

»Sag', René...«

Der Fähndrich beugte den Oberkörper respektvoll vor und lauschte.

»Du... du hast doch dieses Pferd, dein neues, die Remonte Bellefleur...«

»Jawohl, Herr Rittmeister.«

»Du hast es vorläufig gut angeritten, René... von deinem eigenen Gestüt wohl...?«

»Jawohl, Herr Rittmeister.«

Manuel schwieg. Dann sagte er:

»Es schien mir... es bleckt mitunter so seltsam die Zähne, wie? Ich meine – gar nicht wie ein Gaul. Scheint wie ein kleines – Raubtiergebiß, wie?«

»Jawohl, Herr Rittmeister«, sagte der junge, blonde, stets wohlgelaunte Herr, »ist mir gleichfalls schon bemerklich gewesen.«

Sehr zur rechten Zeit erschien in diesen Tagen – der Schnee war ein zweites Mal gefallen, liegengeblieben und schlug vom Parke her durch die hohen Fenster das Zimmer voll weißen Lichts – der Studiosus Rudolfus Pleinacher (»scilicet«, also »mit Verlaub«, Rudl genannt). Er trat unbefangen und recht als ein freier Mann bei Manuel ein – das Wams, über welchem ein sauberes Hemd hervorsah, diesmal zugeschnürt, das Barett in der Hand, den Hieber an der Seite – und schüttelte dem Rittmeister die Rechte, was jener herzhaft erwiderte. Manuel wußte in diesem Augenblick – und es war wie ein Ruf aus einer ihm unbekannten und doch wirksamen Region seiner eigenen Seele –, daß der helle Tag jetzt erst an ihn wieder herandringen konnte.

Unverzüglich begann der Unterricht.

Nach einigen Lehrstunden zeigte sich schon, daß Manuel weit mehr des Deutschen bereits in sich hatte, als ihm wissentlich gewesen. Pleinacher brauchte es nur zu heben, gleichsam aus dem unbewußten Traumschutte des Lebens, wo sich von dieser Sprache, deren Klang ja nun seit Jahr und Tag dem Grafen im Ohre lag, erhebliche Vorräte angesammelt hatten. Er müsse – so sagte Rudl – gotische Vorfahren dort drüben in Spanien gehabt haben, da ihm die Vox germana so gut im Munde liege!

So lernte der Graf bald sprechend die Sprache und immer mehr konnte des Lateinischen Hilfe in den Unterrichtsstunden zurücktreten, die nun vorwiegend vom Deutschen bestritten wurden, auch bei Erklärung des Satzbaues oder einzelner Wörter. Der Studiosus schien aller grammatischen Weisheit ein wenig abgeneigt. So etwa ließ er, als sie eben den bestimmten und unbestimmten Artikel durchgenommen hatten, folgenden lateinischen Satz durch Manuel ins Deutsche übertragen: vir ad bellandum aptus est. »Der Mann ist zum Kriegführen geeignet«, übersetzte der Graf, fragte aber sogleich, ob's denn auch so richtig sein könne, da doch hier augenscheinlich nicht ein einzelner und bestimmter Mann gemeint sei, sondern die Gesamtheit allen Mannesvolks in seiner natürlichen Beschaffenheit; müßte somit also heißen: »Ein Mann ist zum Kriegführen geeignet« –?

»Und doch habt Ihr richtig übersetzt«, sagte Pleinacher, »nur war hier zu zeigen, daß es mit denen Regulis grammaticis ähnlich steht, wie mit den Lehren der guten Kindmütter und Ammen: fährt man ins offene Meer des Lebens aus, so sieht's dann recht anders her. Ganz ebenso auch am offenen Meer der Sprache, der ewig beweglichen, immer neu sich bildenden. ›Ein Mann ist zum Kriege geeignet‹, würde wohl auch zurechtstehen, nur hat's beinah einen anderen Sinn, nämlich etwan als ein Widersatz auf erfolgte gegenteilige Behauptung über des Mannes Natur und Wesen. Wenn ich indessen sage: ›Der Mann ist zum Kriege geeignet‹, so zeige ich im Geiste gleichsam auf das Urbild aller Männer, scilicet einen allegorischen Riesenkerl, die Sohlen am Erdboden, die Stirn schon von Sternen umkränzt, der alle übrigen Mannsbilder samt deren vornehmsten Tugenden in sich aufgenommen hat: und zu diesen gehört nun einmal die Kriegstauglichkeit. Wollte ich diese aber von einem einzelnen Menschen aussagen, dann müßte besser schon das hinweisende Fürwort gebraucht und also gesprochen werden: ›Dieser Mann ist zum Kriege geeignet.‹ Oder aber, bei Anwendung des sogenannten bestimmten Artikels, wär' es nötig, durch die Betonung nachzuhelfen: ›*Der* Mann ist zum Kriege geeignet‹ – was Ihr etwa von einem Eurer Reiterleute sagt, wenn Euch der Kerl gefällt.«

Ein andermal, als sie zur Übung eine Stelle aus den Schriften des Kirchenvaters Cassiodorus ins Deutsche übersetzten, kamen sie an den schönen Satz. »Qui autem tacentem intelligit, beatitudinem sine aliqua dubitatione conquirit.« Manuel übersetzte: »Wer aber den schweigenden versteht, gewinnt ein Glück, das ohne Zweifel ist.« Pleinacher erklärte: »Wer hier der schweigende ist, ergibt sich aus dem Zusammenhange. Wäre aber auch ohne diesen fast klar, wenn wir das Wort durch eine Capitalis, einen großen Buchstaben zu Anfang, selbständig und unabhängig machten. Denn der Schweigende schlechthin ist der Herrgott selbst, womit hier auch der bestimmte Artikel zu Recht besteht. Einen anderen und, wie mich dünkt, auch nicht unebenen Sinn, würde dieser Satz gewinnen, wollten wir etwa den bestimmten durch den unbestimmten Artikel ersetzen und sprechen: ›Wer aber einen Schweigenden versteht, gewinnt ein Glück, das ohne allen Zweifel ist.‹ Dieses kann bedeuten, im ganzen und in Kürze, die Liebe zu den anderen Menschen. Und da denn ein schweigender Mensch Gott immer am nächsten ist, so begreift, wer ihn versteht, diesen in jenem.«

Er verstummte, nahm einen Schluck von dem aufgetragenen Weine und streifte den Rittmeister mit einem freundlichen Blick.

So hielten sie denn schon im halben Winter an dem Punkte, daß erstmalig ein deutscher Autor zur Übung herangezogen werden konnte. Eines Tages kam Pleinacher mit einem stattlichen Quartanten unterm Arm: es war ein

Band der großen Ausgabe sämtlicher Schriften des Theophrast von Hohenheim, und zwar der fünfte. Rudolfus, scilicet Rudl, freute sich gar sehr, als er vernahm, daß der Rittmeister gründlich wußte, wer jener gewesen, und den großen deutschen Arzt, Naturforscher und Denker zumindest nach Ruhm und Namen kannte. Pleinacher schlug das Volum bei pagina 154 auf, und sie lasen, zu des Grafen betroffenem Erstaunen, einen kleinen Abschnitt – über Verzweiflung und Selbstmord. Darin hieß es unter anderem:

»Viel schwätzen ist nicht aus der Gab' Gottes: denn Gott selbst ist kein Schwätzer. Darum, was Gott nicht ist, dazu macht er auch uns nicht. Darum die Kürze der Red' Christi und seiner Apostel ist eine Fürbildung, daß die Natur im Kurzen steht. Denn der die Ehe geboten hat, so schnell mit Ja und Nein zu sein, unverrückt weither: der hat auch in anderen Dingen kurz abgebrochen. Der da weiß, was wir wollen, ehe wir bitten: der will auch kein Maulgeschwätz von uns han, kein Oration, kein Rhetorik. Darumb diese Ding alle nicht seind aus dem Weg des wahren menschlichen Eigentums, sondern seind auf dem Weg der Verzweiflung.«

Wie aus einem Gusse geschüttet, stürzte es durch Manuel: der Empfang bei Aranda, des gelehrten Kircher »Museum«, die Gespräche der Gräfin Partsch mit dem Marquis von Caura vor Zeiten im Hause der Fürstin C. – eine Überladenheit, die jedermann für unumgänglich hielt; ihm aber schien, als eröffne sich jetzt, von seitwärts und inwärts mit seltsamer Helligkeit ihn streifend, wie durch einen Schlitz der Ausblick in eine neue Welt.

Zwischen solchen Studien empfing er zuweilen den Besuch Ignacios.

Der junge Tovar fühlte wohl, daß mit Manuel eine Veränderung vor sich ging: jedoch war auch das Schwankende, Unsichere dieser Veränderung für den Freund spürbar, die Qual des Tastens oder des plötzlichen Erlöschens eines schon gewonnenen Scheins. Manuels Verschlossenheit ließ eine Aussprache über so Tiefliegendes nicht zu, und vielleicht wäre sie auch einem minder spröden Manne noch unmöglich gewesen. Daß Ignacio aber sehr wohl ein – seines Erachtens – in diesem Falle gewisses Mittel wußte, die Dinge ins Rollen und in die förderliche Richtung zu bringen, ohne aber dieses Mittel anwenden zu können: eben das machte den Kummer des getreuen Vetters aus.

Denn allen seinen Umfragen und Bemühungen zum Trotze (deren raschen Erfolg er für unzweifelhaft gehalten) war – sie, nämlich jenes rätselhafte weizenblonde Mädchen, nicht aufzufinden, ja bisher war es Ignacio nicht einmal gelungen, festzustellen, wer denn das nun eigentlich gewesen sei. Wohl, der oder jener erinnerte sich, bei dem Empfang im Hause der Fürstin C. ein solches Landkind bemerkt zu haben, niemand aber von jenen, die Ignacio so weit kannte, um eindringliche Fragen unbesorgt tun zu können, hatte mit ihr gesprochen oder gar ihren Namen behalten. Man sah ja zudem mehr solche von ihrer Art neuerdings zu Wien, und so kam es auch, daß Ignacio – mit neu beflügelter Hoffnung – durch einige Zeit eine falsche Spur verfolgte, an deren Ende sich eine Verwechslung aufklärte: denn die hier in Frage kommende blonde Dame hatte an dem Empfange bei der Fürstin C. überhaupt nicht teilgenommen.

Er kam zum Beschlusse auf die Folgerung, daß jenes Geschöpf weder durch Gaben der Schönheit noch des Geistes ausgezeichnet gewesen sein könne, da ihr so geringe Aufmerksamkeit zuteil geworden.

Als er nun eingesehen hatte, daß seinen Bemühungen kein Erfolg blühte, berichtete er's dem Vetter, nicht ohne seiner Verwunderung und seiner Enttäuschung Ausdruck zu geben. Manuels Bemerkung aber, die dieser hierzu machte, schien dem Freunde seltsam und unverständlich. Der Rittmeister sagte: »Es erscheint mir zunächst nicht so bedeutend, ob wir sie obendrein auch noch wirklich finden.«

Und damit wechselte der Graf Cuendias den Gegenstand des Gespräches.

Einmal traf Ignacio bei seinem Vetter auch Pleinacher an, der ihm wohl gefiel und dessen stillschweigende und verborgene Anteilnahme an des Rittmeisters innerem Ergehen sein zur Zärtlichkeit neigendes Herz alsbald erkannte. Im Gespräche zeigte sich zudem auch bei mancher knappen Bemerkung des Studiosen Verstand und Bildung.

»Daß der Schwed' ein Reichsstand geworden, wäre im Grunde so uneben nicht«, meinte Pleinacher, da Ignacio, die vielen ungünstigen Aspekte des vor nun sieben Jahren geschlossenen großen Friedens beleuchtend, auch dieses Umstandes Erwähnung getan hatte, »nur gehört er vom deutschen Boden gedrängt. Dann mag er Reichsstand bleiben.«

»Wie versteht Ihr das?« meinte Manuel.

»Dahin versteh ich's, daß heute einer Reichsstand ist, weilen er ein Stück an sich gerissen, und so ist's ein schöner Name, de iure et lege, für einen Fremden, der sich ins Haus gedrängt und da breitgemacht hat. Sollte aber so sein, daß jedweder schön bei sich daheim bliebe und bei seiner Art, und so wenig dem Deutschen was nehme, wie der Deutsche ihm, und so wenig dem Kaiser, wie der Kaiser oder ein Kurfürst ihm. Gleichermaßen aber sollten alle die Standschaft haben, so Pole, wie Schwede, wie Franzos.«

»Nun hört«, rief Ignacio, »Ihr wollt ja den Statum Imperii noch schlimmer machen, als er ohnehin ist. Reden für Euch die Fremden noch nicht genug mit, daß Ihr aller Welt wollt die Standschaft nachwerfen?«

»Nein, Herr, so ist's nicht zu verstehen«, sagte Pleinacher langsam. »Das Reich ist oberhalb aller, selbst über denen einzelnen confessionibus, mögen sie da wie immer Namen haben, und vor allem auch oberhab der Deutschen. Das Reich, in meinem Verstande, ist wohl nur zum

Teil von dieser Welt, und wird aus ihr allein nicht begriffen. Muß demnach von allen untergangen werden, das heißt, sie müssen darunter sein, der Schwed' wie der Deutsche, aber niemands nebenan. So hat jeder König, sei's der hispanische oder der Franzos, sein ungekränkt Regiment, bleibt auch sein Volk ungekränkt in seiner Art und seinen Grenzen. Jedoch im Reiche müssen sie sein, weil dessen Marken zusammenfallen mit jenen der Christenheit.«

»Die hätten sich vor zwei Jahren am Reichstag zu Regensburg was gewundert«, meinte Ignacio lachend, »wär man ihnen mit einem solchen Begriff de statu imperii aufgefahren, wenn anders die Herren dort an dem von Giovanni Buonacini dekorierten Theatrum mitsamt denen Balletts von Giganten, Drachen und Geistern nicht im Grunde mehr Interesse genommen haben als am ganzen Theatrum politicum. Indessen, Herr Studiosus, ich glaube recht zu verstehen, was Ihr meint, und scheint mir wohlgesprochen.«

Er wandte sich zu Manuel und fragte ihn, etwas besorgt, was jenen immer wieder auftauchenden Gerüchten von der Unruhe unter der steirischen Bauernschaft an Wahrhaftigkeit beizumessen sei? Und ob es richtig wäre, daß kommenden Frühjahrs oder Sommers dort unten würde mit bewaffneter Macht eingeschritten werden? Da müsse ja seines, das Coltuzzische Regiment, am Ende auch dorthin, denn es sei davon geredet worden, daß just diese Truppe dazu ausersehen wäre, weil nicht durchwegs aus Deutschen bestehend, sondern zum guten Teil aus geworbenen Fremden?

Manuel, welcher, bei der bereits den Raum erschleichenden Abenddämmerung, in seinem schweren eichenen Armstuhl sitzend, sehr schlank und im Gesicht beinahe zart wie ein Knabe aussah, zog die Brauen zusammen und sagte, gegen den Boden blickend:

»Ja, wir werden vielleicht reiten müssen, zur bloßen Sicherheit. Mit den Unruhen soll's aber nichts auf sich haben!«

Und nach einigen Augenblicken des Schweigens fügte er in französischer Sprache, die er denkend oder redend merkwürdigerweise meist dann gebrauchte, wenn er unmutig und geärgert war, hinzu:

»Les pauvres gens! Cela serait détestable.«

Pleinacher saß mit weit vorgebeugtem Oberkörper, die Ellenbogen auf die Knie gestützt, den Kopf gesenkt. In dem bleichen Licht, das noch durch die hohen Fenster einfiel, sahen die Buckel seiner Stirn über den Brauen auffallend stark aus.

Wenn sie beim Schein der hoch und still brennenden Kerzen über ihren Sprachstudien saßen, geschah es nicht selten, daß Manuel des jungen Studiosen Leben, der da neben ihm redete und schwieg und wohl auch einmal des längeren nachdachte, ohne zu sprechen, als einen fremden, geahnten, ja fast begehrenswerten, wenn nicht gar beneidenswerten Raum voll Freiheit, Streben und Abenteuer fühlte. So kam es, daß der Graf durch einige, wenngleich sehr zurückhaltende Fragen Pleinachern auf dies und das brachte, und am Ende einiges erfuhr, über die Schenken, wo man gern trank, die Musikanten, die man gern aufspielen ließ, die Mädel, mit denen man gerne tanzte.

Da denn der Graf aber öfter davon anfing, als ihm selbst vielleicht bewußt war, so faßte sich Rudolfus, scilicet Rudl, ein Herz und fragte Manuel, ob er nicht einmal mithalten wolle? Die Wirkung dieser Frage war überraschend, und hintnach schien es dem Rudl, daß der Rittmeister sie schon erwartet und sich alles bereits zurechtgelegt haben mochte. Denn er sagte gleich, sie müßten für diesen Fall einen gemieteten Wagen, der somit nicht durch Wappen und Farbe kenntlich sei, hinten halten lassen, wo der Park ein kleines Gittertürchen in einen Gassenwinkel hinaus habe, um sodann zu fahren, wohin es ihnen beliebte, auszusteigen und das Fuhrwerk – welches natürlich als ein gänzlich geschlossenes zu denken sei – irgendwo an sicherer Stelle für die Heimkehr warten zu lassen. Außerdem aber müsse der

Rudl ihm, Manuel, ein Studentenhabit verschaffen, ein Wämslein und ein Barett, wie er's auch trage; mehr sei nicht vonnöten, denn einen Hieber und Stiefel besitze er selbst. Nicht aber die Kenntnis im einzelnen, wie sich in solchen Zirkeln und an den Örtlichkeiten, die sie besuchen wollten, zu verhalten sei, ohne daß man auffalle: hierin müsse ihm vorher einige Unterweisung erteilt werden. Und endlich wäre es ja erforderlich, einen Decknamen zu führen; den möge sich Rudolfus ausdenken und ihn dann aber auch, ohne sich zu irren, stets verwenden.

Es schien, daß der Graf beim Aushecken all dieser Einzelheiten allein schon ein großes Vergnügen empfunden hatte.

So taufte denn Pleinacher seinen hochgeborenen Schüler zunächst auf den Namen Ruy Fanez – da denn jener seine spanische Nation der Sprache wegen behalten sollte – Ruy Fanez also, Baccalaureus der Rechte. Solcher Grad müsse sein, schon des Respekts wegen! Das übrige versprach Rudl bestens zu besorgen. Als er am nächsten Tage ein Schnürwams und Barett brachte, legte der Studiosus Fanez beides gleich begierig zur Probe an, dazu die Stiefel, und schnallte den Hieber um.

Er sah gut aus: Pleinacher war ernstlich betroffen von der Anmut dieser Erscheinung.

6

Der Frühling wächst, und bald in die Hitze: sie erregt die Menschen, die Häuser brechen auf, überall geht der Zugwind durch Türen, Fenster, flatternde Wäsche, wehende Vorhänge, und selbst in den Hinterhöfen liegt der Sonnenschein blank. Die ersten grünen Schleier zittern vor dem Gelb und Grau der Häuser oder draußen an den Hügelrändern, wo das gesträubte Haar winterlich-durchsichtiger Baumwipfel sich neuerdings belebt. Jedoch dauert aller

Frühling nur einen Augenblick, der sich noch niemandem hat zu fassen gegeben. Nun zeigt schon das glasig-zarte Grün den dunklen Kern der Reife. Die Abende werden warm, bereits sommerlich, während alles noch blüht.

An solchen Abenden feierte der Adel zu Wien seine Feste in der Schottenau, einem Gartengelände mit luftigen Lusthäusern, Park und Laubengängen, welches alles anmutig sich rings um den inmitten gelegenen mäßigen See oder größeren Teich herum ausbreitete. Man pflegte zudem auch im Freien zu tanzen, wofür an einer Stelle der Boden entsprechend bereitet war, und sonst gab es noch verschiedene Lustbarkeit für vornehme Leute.

Ignacio ging mit seiner Schwester Ines am Ufer entlang.

Überall hingen zwischen den Bäumen an Schnüren bunte Lichter, deren eine solche Unmenge in allen Farben erstrahlte, soweit das Auge ging, daß man den geheimnisvoll glühenden Schatz im Berge zu sehen vermeinte. Rauschende Ruderschläge zogen rechts vorbei, und nun erblickten die Geschwister vier hohe prunkvolle Barken, eingehüllt in ein Übermaß von Licht. Sie glitten langsam und breit nacheinander daher, das Wasser plantschte an den steinernen Uferrand, und nun plötzlich, im Chorus, stieg zum Saitenklange ein spanisches Lied in den dunklen hohen Nachthimmel.

»Vielleicht ist dein Freund Manuel auf einem dieser Schiffe«, sagte Ines, »denn die Unsrigen haben sich darauf fast völlig zusammengefunden.«

»Nein«, antwortete ihr Bruder, »zu seinem Leidwesen hat er an einer von den Lasos veranstalteten Tierhatz heute abend teilnehmen müssen: sie haben doch erst jüngst ein hierzu geeignetes Gebäude im unteren Werd aufführen lassen. Dabei weiß ich, daß für Manuel diese Sache kein Vergnügen bedeutet. Das Geschrei der Treiber, der Geruch der Bestien – für seine empfindliche Nase eine Qual –, zudem das Schießen im geschlossenen Raume durch die Schlitze, dies alles ist für ihn höchst widerwärtig, er klagte mir's vor einigen Tagen. Ich riet ihm gleichwohl zu gehen, du magst dir leicht ausdenken warum.« Er setzte nach einer Pause lachend hinzu: »Außerdem besteht bei solchem Spektakel kaum die Gefahr, daß er in Gedanken verfällt, wie etwa bei jener Jagd heuer im Herbste, und so den Schuß versäumt. Die Lasos sollen, wie ich höre, sogar zwei Tiger gekauft haben; ob's freilich wahr ist, das ist eine andere Frage.«

»Dort sitzt, wie allein und verlassen, die alte Freifrau von Woyneburg mit einer jungen Dame und sonst niemand dabei«, sagte Ines und wies ihrem Bruder unauffällig eine jener halboffenen Lauben, darin sich die Gesellschaften zusammenzufinden pflegten.

Ignacio sah in die angedeutete Richtung.

Neben der alten Freifrau saß ein ihm unbekanntes weizenblondes Mädchen und betrachtete den vorbeiziehenden Festestrubel.

Tovar blieb stehen, sprach aber nichts.

»Willst du bei der Woyneburg dein Kompliment anbringen?« fragte Ines ein wenig verwundert, weil ansonst Ignacio die schrullige alte Frau lieber vermied, welcher Ines nur der Mutter zuliebe dann und wann ihre Aufwartung machte, weil sie deren ältere Jugendfreundin gewesen.

»Ja!« sagte Ignacio mit einer Betonung und Entschlossenheit, welche dieser Sache gar nicht angemessen schienen. Denn jene kleine Blonde dort konnte doch – nach Ansicht Ines' – auf den Bruder einen so starken Eindruck nicht hervorbringen?!

Das Geschwisterpaar steuerte alsbald auf die Laube zu (während die Tovarsche Livree sogleich auf einem Bänklein daneben, bei dem schon dort sitzenden Woyneburgschen Diener, sich niederließ). Ines sank in den Knix, Ignacio zog mit tiefer Verbeugung, die linke Hand am Degen, vor den Damen seinen Federnhut, das junge blonde Fräulein knixte gleichfalls vor diesen Herrschaften da, und die alte Freifrau schien erfreut, endlich Gesellschaft zu bekommen.

»Da sitzt man mit einem solchen Kind vom Lande«, tuschelte sie Ines ins Ohr, welche im Hintergrund bei ihr Platz genommen hatte, »ganz verlassen, und niemand bekümmert sich um das arme Ding, welches doch auch seine Freude haben will.« (Freilich kam es der alten Dame nicht in den Sinn, daß wohl auch ihr etwas monströses und nicht gerade freundliches Äußere zu solcher Vereinsamung beigetragen, das heißt, dem armen Kind vom Lande die Kavaliers fernhalten mochte.) »Sie wohnt bei mir zu Gaste, die Kleine, eine Randegg ist's, halbe Bauern und obendrein lutherisch, welches zu sein ja die vom Adel draußen annoch immer die Freiheit haben. Aber ein gut Kind. Ihr wißt, ich seh' es gern, wenn bei mir im Hause irgendwer, sei's wer immer, zur allerersten Messe geht, bei den Minoriten, die doch geradewegs an unseren Park stoßen, wie wir denn auch von diesem aus eine besondere Treppe auf die Emporia haben. Also kann man dergestalt – über die Freitreppe hinab, dann ein vierhundert Schritt durch den geschlossenen Park und schon ins Türchen zur Emporia hinein – in die Kirchen gehn, und dabei chez soi daheim und ganz negligiert bleiben. Nun hab ich's früher immer so gehalten, aber heute leidet das meine Gesundheit nimmer« (beiläufig angemerkt: sie trank um zehn Uhr ihre Schokolade und aß um zwölfe gebratenes Wild zum zweiten Frühstück, um ihre schwachen Glieder zu stützen), »aber glaubst du, Ines, ich bring' eins von diesen Lausviechern von Domestiken – quel bagage! – dazu, die allererste Mess' zu hören?! Und wär's für meine Ruh und mein Gemüte noch so nötig, daß irgendwer vom Hause dabei sei – wenn ich's denn selbst nicht mehr kann, obgleich meine Seele danach schreiet! – meinst du, sie täten's?! Für eine arme alte Witwe?! Nichts. Sie schwindelten, die chiens, plauderten mir was vor und schnarchten bis in den Tag; ich kam wohl dahinter. Dies gute Kind aber vor uns, das tut was für eine alte Frau, hat noch keine Frühmesse versäumt, wenn's gleich noch so dunkel ist oder gar regnet – obschon lutherisch! Ist ein guter Anfang, denn, im Vertrauen gesagt, sie logieret großenteils deshalb bei mir und das noch obendrein auf allerhöchsten Wunsch.«

»Ei, wie denn solches?« fragte Ines, die aber von der Missionstätigkeit der Woyneburg längst gehört hatte.

»Ihro Majestät, unsere allergnädigste Kaiserin, sehen dies gern und haben dem so gerichteten allerhöchsten Wunsch und Willen geradezu Ausdruck verliehen. Also, daß die Jugend vom Lande soll, part à part, hereingezogen werden und selbiger dabei zugleich ins Gewissen gearbeitet wird. Hat aber überdem mit der kleinen Randegg Margret noch eine andere Bewandtnis. Aus ihrer weiteren Sippschaft ist einer übergetreten vor gar nicht allzulanger Zeit, das ist jener gewesen, dem der Kaiser daraufhin geschrieben, ›er möchte seinen Kopf küssen, wenn er jetzt bei ihm wäre‹, davon habt Ihr gewißlich auch schon gehört, ist ja allenthalben herumgeredet worden. So denkt man nun durch besondere Huld auch die anderen zu gewinnen. Die Kaiserin ist nun in allen diesen Sachen zu einer Inspiration gekommen, welche sowohl die christliche Gesinnung Ihrer Majestät als auch dero erhabene Klugheit aufs beste ins Licht stellt. Hast du, kleine Ines, von dem vorhabenden Ballette bei Hof schon was vernommen?«

»Doch«, sagte Ines Tovar, »da soll irgendein Stück eines alten Römers in der Musik sowohl als auch im Tanze vorgestellt werden.«

»Ganz recht, ganz recht, mein Kind«, brabbelte die Alte, »nun, und da hieß es zuerst, die Frauenzimmer Ihrer Majestät sollen's ausführen, was den Tanz angeht. Läßt sich denken, daß alle, so Kinder bei Hof haben, als dames d'honneur bei der Kaiserin und sonst, voll Freude waren, denn, weilen es ja ein groß öffentlich Spektakel wird, so ersahen sie dabei für ihre Fratzen Gelegenheit, sich auszuzeichnen und sich was hervorzutun, und war schon ein groß Geschwätze sogar von wegen der einzelnen Rollen, wer die und wer jene von denen alten Heidinnen und Göttinnen vorstellen wird. Indessen hat nun den meisten Ihro kaiserliche Majestät ein' Strich durch ihre Rechnung getan.«

»Und wie das?« fragte Ines artig, deren Anteilnahme an all diesem Gerede jedoch gering war.

»Indem nämlich Allerhöchstdieselben sich so resolviret, daß man hier das Schöne mit dem Nützlichen und Förderlichen verknüpfen möge und alles somit am Ende zu des Herrgotts größerer Ehre ablaufe, wenn's gleich auf dem Theatrum dabei nur Heiden gibt. Das heißt, zu jenem Ballette werden eben von den Landkindern ihrer einige herangezogen werden, damit auch des kaiserlichen Hofs Prunk, Würde und Größe auf etwas noch verstockte Herzen wirke, zur Mitwirkung herangezogen, versteht sich: denn man probieret schon recht fleißig in der Hofburg und sogar jetzt vornehmlich mit dem mir allerhöchst anvertrauten Schützling, der Margret, weilen man sogar gedenkt, sie ein Haupt-Stück agieren zu lassen.«

»Und was sagen dazu jene jungen Damen bei Ihrer Majestät, welche vormals und zu Anfang für solches Agieren bestimmt gewesen?«

»Wiederum ein Exempel von der sublimen Klugheit unserer allergnädigsten Herrin! Denen hat sie den Nipf gleich genommen, welchen zu machen sie freilich samt all ihrer Sippschaft bereit waren. Denn da hieß es: wer bringt ein freiwillig Opfer zum Zwecke der Bekehrung verirrter Seelen und Rückführung derselben zum alleinigen und einigen Glauben? Wer also, mes dames, tritt von Euch zurück – weilen sie ja auch in dem alten römischen Stück nicht ungezählte Haupt-Personas und Frauenzimmer haben werden, sondern nur wenige – wer also will durch einen edlen Verzicht die Huld des Himmels und die besondere Gnade der kaiserlichen Majestät in einem gewinnen? Nun, du kannst dir wohl denken, Ines, daß es hier geheißen hat, ordre parieren, und so haben sie am Enden denen Trampeln Platz machen müssen.«

Während Ines solchermaßen im Hintergrunde der Laube artig das Geschwätz der alten Frau ertrug, bemühte sich vorne Ignacio, das Fräulein von Randegg zu unterhalten, welches auch nicht schwer hielt, denn das Mädchen war, den Blick in das dicht an ihnen vorüberziehende Treiben des Festes gesenkt – wie in einen schwindelnden, vielfarbigen Abgrund –, ohnehin im Zustande ständigen Staunens, und Ignacio kam mit den Antworten kaum ihren Fragen nach, welche zudem oft gewissermaßen von außen her gestellt und gar nicht so leicht zu befriedigen waren, etwa:

»Ist der Kaiser 'leicht gar auch hier?«

Und: »Darf er wohl aus der Burg, wann er mag?«

Ignacio hatte sich gleich von Anfang an aus Höflichkeit der deutschen Sprache bedient und war köstlich amüsiert von Margrets Redeweise und Aussprache.

»Jei!« sagte sie plötzlich und erhob sich halb: »Dort drüben tan's tanzen! Aber selles ist ein gespaßiger Tanz, den könnet ich nicht.«

»Es ist ein neuer Tanz, der eben erst aufgekommen, Demoiselle, er heißt Menuetto und ist jetzt zu Paris à la mode geworden.«

Die Hörner bliesen eine lange gedrehte Verzierung, ein warmer Wind trug den Hall der Musik herüber.

»Il faut rester assise, ne pas se lever à demi dans telle manière, mon enfant«, sagte die Freifrau mahnend von rückwärts.

Margret wandte sich herum, ein wenig errötend, aber mit leuchtenden Augen: »Excusez et pardonnez bien, ma bonne mère, mais il y a tant à voir ici de nouveau – j'en suis parfaitement pertourbée!«

Bei solchen geläufigen und überraschend gut ausgesprochenen französischen Worten aus dem kräftigen roten Munde erinnerte sich Ignacio augenblicks an des Grafen Hoyos Jagdhaus hoch am Schneeberge, an die drei steirischen Herren dort und ihre Erzählung, welche sie ebenso fließend in derselben Sprache vorgebracht hatten. Er fragte das Fräulein von Randegg, ob sie jene Muregger-Familie und etwa gar die drei jungen Leute selbst kenne?

»Wohl, wohl!« rief sie lachend, »die bösen Lotter! Han mir ein' Igel unter die linnene Ziechen in die Bettstatt geleget, als sie bei uns waren zum Jagen!«

»Mais, mon enfant«, sagte die Freifrau, der offenbar trotz ihres Wisperns mit Ines kein Wort von dort vorne entging, »quel vocabulaire!«

Schon lange hatte, unter anmutigem Geplauder, Ignacio alles erfahren, was zu erkunden er gleich anfangs begierig gewesen war. Ja – so hatte das Fräulein von Randegg gesagt – sie sei nun schon zum zweiten Male in Wien, und es gefalle ihr ganz augezeichnet hier. Auf dem Empfange bei der Fürstin C. im Herbst sei sie gewesen: und (obendrein!) sie erinnere sich jenes Herren (»ein schön brauner Mann«), seines Vetters, wie sie nun mit Freuden höre, sehr genau, ein sehr edler Herr müsse er sein, weil er vor Zeiten jenem armen Teufel und dessen tapferen Braut so herzhaft geholfen –

»Es sind alte Geschichten«, bemerkte Ignacio beiläufig, »ich glaube, er möchte daran nur ungern erinnert sein.«

»Ist er nicht hier?« hatte die junge Dame gefragt.

»Ich denke, er wird noch erscheinen, und wenn Ihr mich für ein kleines Weilchen später beurlauben werdet, will ich ihn suchen gehen und hierher bringen.« So war ihr von Ignacio geantwortet worden – welchem gerade im Augenblicke ein glücklicher Einfall gekommen sein mochte.

Diesen zu verwirklichen aber schien ihm nunmehr an der Zeit, denn eben sah er des Marquis von Caura hagere Gestalt vorbeispazieren, gefolgt von zweien seiner Livrée und natürlich die Tabaksdose in der Hand. Ignacio wandte sich rasch nach rückwärts:

»Edle Frau«, sagte er zu der Baronin – während Ines bei den nun folgenden Worten verwundert dreinblickte – »ich bin meinen Vetter, den Grafen Cuendias, hier erwartend, besorge aber, er möchte uns nicht finden; und bitte die Damen um Urlaub für ein Weilchen, da ich denen Lakaien am Eingang des Parks, deren ihn gewißlich ein oder

der andere von Angesicht kennt, auftragen möchte, ihn hierher zu weisen – unter Voraussetzung Eurer Billigung, hochwerte Freifrau.«

»Euer Vetter, der Graf Cuendias, der Rittmeister Coltuzzischen Regiments? Vortrefflich! Ich muß sagen, daß ich Euch geradezu obligieret wäre, Ignacio!« Und, zu Ines gewandt, wisperte sie, nach Tovars Weggange, dieser ins Ohr: »Hat noch Glück, ce petit Trampel, und bekommt am Ende die vornehmsten und glänzendsten Cavaliers zur Gesellschaft, wie Euren Bruder etwa oder den Grafen.«

Ignacio hatte den gravitätisch stolzierenden Marquis bald eingeholt. Beide Herren verbeugten sich vorerst in der zeremoniösesten Weise, die Hand am Degen, den Hut gezogen und weit ausholend geschwenkt. Dann erst schüttelten sie einander die Hände.

»Verzeiht, edler Herr«, sagte Ignacio – so schwer's ihm augenblicklich, dem »Schnüpfling« gegenüber, fiel und so ungern er's tat – »wenn ich Euch molestiere, mit der Bitte, mir ein groß Gefallen zu tun!«

»Einem Tovar zu dienen, ist mir immer Ehre und Vergnügen«, erwiderte Caura, der gleichzeitig seine Worte in geschickter Weise abschwächte, indem er die Lorgnette einen Augenblick lang vor das eine Auge hob und wieder an der goldenen Kette herabfallen ließ.

»Darf ich Euch, Marquis, eine etwas indiskrete Frage stellen?«

»Nur gefragt, Herr Ignacio.«

»Sagt mir: Wie seid Ihr gekommen, zu Roß oder zu Wagen?«

»Ich kam in der Kalesche hierher, habe jedoch zwei von meiner Livree voran reitend gehabt.«

»Dieses eben ist's, was meine Bitte anlangt. Ich habe eine genötige und eilige Botschaft zu bestellen, jedoch meine Kerle nur zu Fuß hier, da sie hintauf am Wagen standen. Würdet Ihr die unschätzbare Güte haben, mir einen Reiter zu leihen?«

»Ihr beglückt mich dadurch, daß Ihr einen Dienst verlangt, den ich zu leisten imstande bin«, sagte der Marquis, sich neuerlich verneigend. Und dann, zu seinen Lakaien gewandt: »Heda, Lebold! Der gnädige Herr hier wird dich lassen eine Botschaft zu Roß bestellen. Daß mir flugs aufgesessen und rasch geritten werde!«

Er begrüßte noch einmal Ignacio und ging. Dieser überlegte durch einige Augenblicke und befahl dann dem einen Lakaien, der vor ihm stehengeblieben war, ins untere Werd zum Lasoschen Hatzhause zu reiten, allwo zwar die Jagd längst vorbei, wohl möglich aber die Herren noch anwesend wären, und den Grafen Cuendias (»Kennt Er ihn?« – »Sehr wohl, gnädiger Herr«) in seinem, des Herren Ignacio Tovar, Namen zu bitten, auf das eilendste hierher zu kommen, und zwar zu jener Laube, die bei der ersten Einbucht des Sees liege und durch ein Standbild der von Apoll verfolgten Daphne gekennzeichnet sei. Da es aber nun Ignacio einfiel, der Graf könne von selbst darauf verfallen, nach geendigter Hatz noch das Fest in der Schottenau zu besuchen, von dessen Statthaben er wußte, so schärfte Tovar dem Bedienten ein – einem übrigens sehr klugen und aufgeweckten Wiener Strick, der sich sogleich verständig anließ und sogar die Namen »Apoll« und »Daphne« richtig wiederholte! –, auf dem kürzesten Wege, donaulängs und dann über die Schlagbrücke beim roten Turm zu reiten und dabei wohl acht zu haben, ob ihm etwan der Graf zu Wagen oder zu Roß begegne. Indem Ignacio so sprach, fiel ihm ein, daß Manuel zum anderen Zwecke, nämlich zur Hatz, gekleidet sein dürfte. Aber dies blieb nun übrig und gleichgültig. Er reichte dem Lakaien ein Silberstück und kehrte sogleich wieder zu den drei Damen zurück.

Bei den Lauben hatte man indes allenthalben kleine Fäßchen mit Marzenin und Canarifekt aufgestellt, welche Weine von den Bedienten in zierliche Gläslein gefüllt und so den Herrschaften, zusammen mit dem üblichen Zitronat, aufgetragen wurden. Als Ignacio seinen Platz neben dem Fräulein von Randegg wieder einnahm, war ihm wohl dabei, und er wurde sich augenblicks dessen bewußt, daß er die ganze Zeit hindurch, während er mit dem Marquis von Caura und dann mit dessen Lakaien gesprochen, schon hierher zurückverlangt hatte. Sie saßen nun wieder im Geplauder. Er fühlte eine rasche warme Zuneigung diesem Kinde gegenüber, und ihr putziges Kauderwelsch erfreute sein Herz. Er vergaß einen Augenblick hindurch gänzlich, daß er eben noch Anstalten getroffen hatte, um Manuel hierherzubringen: und im jetzt und hier gegebenen Zustande schon wohlig beheimatet, mußte, als ihm des Grafen mögliches Kommen wieder in den Sinn trat, rasch ein neues kleines, schon aufgesprungenes Türchen der Zärtlichkeit in seinem Inneren geschlossen werden, um dem Öffnen eines anderen und, wie ihm schien, bedeutenderen, nicht im Wege zu sein. Er lächelte bei solcher Selbstertappung ein klein wenig, und wohl auch ein wenig traurig.

Die Musik vom Tanzplatz lockte. Jedoch eben als Ignacio seine Dame bitten wollte, mit ihm einen der Reigentänze zu schreiten, ertönten weit hinter dem Parke fünf schwere Kanonenschläge: wie ein Vorhang, der von unten nach oben steigt, statt zu fallen, so erhob sich jetzt eine bunte wallende Farbenwand am Himmel, hing dann gleichsam an den Sonnenrädern, welche sich am oberen Rande, Sterne versprühend, drehten, und ward letztlich überwachsen von mehr als zwei Dutzend Raketen, die ruckweis und sich in verschiedene Richtungen teilend in den vom Farbenlichte zerspaltenen Nachthimmel stiegen, endlich in bengalischem Schein zerplatzend, mit fallenden Feuertränen: alles Licht hier und der Prunk des Parks erschienen grau, wie im silbernen Monde. Mit dem Feuerwerk gleichzeitig tönte von überall her harmonisches Blasen, Trompeten, Posaunen und Hörner, nah und auch ganz fern, in der lauen Nacht draußen, deren Weite im Nachhall doppelt fühlbar ward: Stoß und Fanfaren. Alles stand still, dem Feuerwerke zugewandt, von vorn bestrahlt, von rückwärts platten schwarzen Rückens.

Margret von Randegg faßte Ignacio am Arm:
»Ist's am Ende wegen dieses Herren, der jetzt kömmt?«
Durch die Menschenreihen, welche zufällig wie ein Spalier dastanden, eilte raschen Schrittes ein Kavalier, ganz in Weiß und Silber gekleidet, auf die Laube zu. Margret hatte den Grafen Cuendias nicht sogleich wiedererkannt.

Die berittene Caurasche Livrée hatte des Grafen Karosse kaum fünfhundert Schritt vom Eingange des Parks schon angetroffen: Manuel war nicht wenig erstaunt gewesen, von solchen Farben eine solche Botschaft zu erhalten, denn ihm ahnte gleich, um was es ging.

Er hatte das Lasosche Hatzhaus zeitig verlassen und war, da er Pferde und Reitknecht mit sich geführt, rasch heim gelangt. Dort aber, in dem hohen blaßgrünen Zimmer, dessen Fenster gegen den atmenden, neu erwachten Park offengestanden waren, hatte ihn die Einsamkeit urplötzlich mit solchem Drucke getroffen, daß er ihm wich, ein neues Festkleid in den Farben seines Stammes (eben diese waren Weiß und Silber) anlegte, schon bei der Toilette wohlgelaunter, und einspannen ließ, um in die Schottenau zu fahren.

Und nun war's ihm – nachdem er zuerst mit Ines getanzt – gelungen, das Fräulein von Randegg zu einer Menuette zu überreden, wenngleich sie wiederholt sagte, dieser Tanz sei ihr gänzlich unbekannt und neu. Jedoch, nach einigem Zusehen schien's ihr recht einfach – und war's auch – besonders da Manuel sie nun so sicher führte.

Das Paar fiel auf. Ihr schlanker Wuchs, von seiner Größe im richtigen Maße überragt, der scharfe Gegensatz zwischen ihrer weizenblonden, in Milch und Blut stehenden Lieblichkeit und der bräunlichen, strengen und zugleich knabenhaften Erscheinung des Grafen, dazu noch ein seltsamer Zufall, der sogar die verschiedenen Farben der Gewandung zum wohltuenden Akkorde fügte und erhöhte – ihr Kleid war von zartem Blau –, das alles genügte, um die Lorgnons und Lorgnetten vor die Augen steigen zu machen.

Was Manuel empfand, war Bewunderung für die freie Anmut dieses Mädchens (wenn die Woyneburg »ce Trampel« sagte, so war sie's höchstens selbst, das möchte man füglich hier anmerken). Und die klare, rasch und im Kopf sich einstellende Überzeugung von der zweifellosen Wohlbeschaffenheit und Vortrefflichkeit dieses Geschöpfes sagte ihm – und das vielleicht mit einer zu hellen, dem vernünftigen Denken allzu verwandten Stimme –, daß hier der richtige Weg seiner Rettung vor ihm liege.

Sie promenierten nach geendetem Tanze unter vielen anderen Paaren auf den Wegen zwischen den Taxushekken, wie es denn der Sitte und allgemeinen Gepflogenheit entsprach, nicht ohne vor solcher Promenade von der Freifrau Urlaub zu nehmen, die sich hatte an den Tanzplatz tragen lassen und nun, von Ines und ihrem Bruder geleitet, wieder zur Laube zurückkehrte: wie sich leicht denken läßt, hochzufrieden. Für sie bedeutete, im Hinblick auf ihren Schützling, dieser Abend einen erheblichen Erfolg.

Manuel hatte das Fräulein von Randegg zunächst bei der Annäherung an die Laube so wenig wiedererkannt wie sie ihn, als er da weiß und silbern bei aufwallendem Feuerwerke und blasenden Fanfaren zwischen den schwarzen und bunten Reihen der schauenden Menschen eilends gekommen war. Sie beide waren einander in jenem winzigen ersten und doch so oft entscheidenden Augenblicke fremd, wenn nicht befremdlich erschienen. Dann freilich, bei währender Belebung der Züge durch Sprechen, Lachen und Tanz, ja durch die Mitanwesenheit so guter und vertrauter Menschen wie Ines und Tovar allein schon, hatte sich dieser ursprünglich erlebte Abstand aus dem Gemüte verflüchtigt. Und jetzt, während sie zwischen den Hecken hinschritten, über denen an Schnüren die bunten Lichter schwebten, oder da und dort stehenblieben, wo das Buschwerk, zurücktretend, Raum gab und Ausblick gewährte über Wiesenflächen und große Beete zunächst des Weges, aus welchen der Duft stieg – in solchen Umgebungen baute sich eine andere Brücke des ersten Einverständnisses zwischen den beiden, deren Pfeiler wohl weniger tief unter die Wasser des Lebens hinabreichten, deren freundlich geschwungenes Joch aber einen leichten und wohltuend bequemen Übergang erlaubte. Denn da dem Grafen die deutsche Sprache an diesem Abende so leicht wie noch nie vom Munde ging – was allein ihn bereits froh machte –, so fühlte er sich nun, durch das Mädchen, noch inniger verbunden mit einer Welt und einem Geiste, welche immer mehr in den letzten Zeiten sein Herz besessen und erfüllt hatten. Dieses eine war nicht Täuschung, nicht Enttäuschung: sie erwies sich in Wirklichkeit als seine »Vertraute«, mit welcher er hier, von der lauen Nachtluft umweht, in der Sprache seiner Träume, in seiner Traumsprache fürwahr, sich unterreden konnte, ohne von Bestimmtem zu sprechen oder bei irgendeinem Gegenstande zu verweilen, ohne ein Bestimmtes zu meinen oder zu irgendeinem Ergebnis dieser Zwiesprache zu streben: nein, sie verweilten einzig auf dem freundlich geschwungenen Joche dieses Brückengeplauders, ja, das allein war Lust genug, und – für Manuel zumindest – zogen tief unten und gefahrlos die dunkelnden braunen Wasser.

So empfand er sie neben sich, und blickte sie von seitwärts an und sah – vielleicht allzu deutlich – daß sie ein hübsches Mädchen war.

Späterhin gingen sie noch einmal zum Tanzplatz, und jetzt, im Reigen, den man trat und schritt, und bei dessen immer wieder in sich selbst zurückkehrender singender Weise, die weniger prunkvoll daherkam wie die jenes neuen Tanzes à la mode und nicht so sehr mit Horn und Pauke und langen Verzierungen prahlte, hier war's, daß ein erster Anhauch von Zärtlichkeit Manuel aus der Natur brach, wie denn auch Gras wächst nicht nur am Erdboden selbst, sondern auch auf Mauerkronen, Dächern, Brücken und sonst von Menschen künstlich und verständig errichteten Gebilden. Ja, in dem rundum schon lauter, ungezwungener und gelöster wogenden Treiben des Festes hob sich dieses Gefühl, gleichsam getrillt und befeuert von den Flöten und Becken der Spielleute, so weit, daß Manuel mehrmals die Hand seiner Partnerin mit leisem Drucke hielt.

Und auch, daß er beglückt war, als sie diesen erstmalig erwiderte.

Sie kehrten zur Laube zurück. Die Freifrau meinte – das herankommende Paar war von ihr lorgnettiert worden, wobei sie mehrmals das Wort »charmant« vor sich hinmurmelte –, es sei wohl nun für die jungen Damen an der Zeit, nach Hause zu fahren; dabei warf sie einen Seitenblick durch ihr Lorgnon auf den breiten Kiesweg, der an den Lauben vorbei und das Seeufer entlang lief: hier war die Bewegung stärker, rascher, flutender geworden. Man sang, man lief, man haschte sich. Aus dem Gelächter der Männerstimmen hörte man da und dort, von den verschlungenen Wegen hinter den Hecken herüber, weibliches Gekicher aufspringen wie einen hellweißen Bogen. Ein Teil der bunten Lichter war längst erloschen, und statt seiner hing die Dunkelheit des Nachthimmels tiefer in den Park, wie eine eingebrochene Decke.

Bevor man sich zu den Kaleschen begab – der Woyneburgsche Diener hüllte seine Herrin ein, und die Träger mit dem Sessel warteten bereits –, ward noch von den jungen Herrschaften ins Auge gefaßt, im Laufe der nächsten Woche einen Spazierritt in die Donau-Auen zu unternehmen. Von Ines ging dieser Vorschlag aus; und von ihrer Teilnahme wäre wohl auch seine Durchführbarkeit abgegangen, hätte ihn einer der beiden Herren gemacht. So war's die Freifrau sehr zufrieden, um so eher, als man vorher noch in ihrem Hause ein oder das andere Mal zusammenkommen wollte. Manuel aber warf Ines einen dankbaren Blick zu und küßte ihr bei dem nun folgenden Aufbruche – wobei es einigen Umstand gab, bis die Frau von Woyneburg glücklich in ihren Sessel zu sitzen gekommen war – rasch und unvermerkt die Hand.

Seines Weges gewiß, von dessen Hoffnungen bestrahlt, erkannte Manuel im Rückblick doch wohl das Unzulängliche einer Äußerung, die er einst Ignacio gegenüber getan: daß es nämlich nicht allzu bedeutend sei, ob man jenes Mädchen »nun wirklich und obendrein noch« finden würde!

Schlägt sich ein dem Menschen innewohnender Gedanke nach außen und erhält Fleischesgestalt, so hat er damit – niemals wird sich der Punkt genau zu fassen geben, wann und wo – ein anderes Reich betreten und sieht schon beinahe fremd von dort außen herüber auf das, was er einst nur inwärts war. Jedoch, alles gewinnt auf solche Weise an Kraft: war einer bisher nur innerlich besessen, nun wird er auch von außen her gezogen und gedrängt. Kämpfte er bisher nur gegen Teufel oder Engel, so sind diese jetzt in die Menschen oder Umstände gefahren, und auch Hölle oder Himmel haben eine seltsame Verwandlung durchgemacht.

All dies zusammengenommen bildete den einzig wesentlichen Vorsprung Margrets vor Hanna.

Da sich nun auch äußerlich Sprosse auf Sprosse darbot, welche aus den verschlungenen und lockenden Talen des Todes emporführten zu dem schmalen Stück blauen Himmels über ihnen, so konnte sich Manuel nicht mehr im Zweifel darüber sein, was ein Fall, ein Rückfall, hier zu bedeuten haben würde, wäre er nun aus einer den Steigenden anwehenden Schwäche kommend, oder, aber durch ein Brechen der Leitersprossen, ein Nachgeben oder Versagen des äußeren Haltes verursacht: und ein Kleines mußte hier schon genügen. Dieses aber war dem Grafen zutiefst bewußt: stürzend würde er nimmer auf jener Ebene eines so langen und mühsam bewahrten und immer wieder errungenen Gleichgewichtes landen und bleiben können; sondern, den dünnen Spiegel durchschlagend, ins Verderben fahren, ja, am Felsgrunde des Lebens selbst zerschellen, wo dieses mit dem Tode nur mehr ein einziges, aderweis ineinander verwachsenes Gestein bildet.

Mit solchem dumpfen Wissen, das sein halbverschleiertes und nur beiläufig und seitwärts blickendes Aug' aus den Träumen aufschlug oder aus sonst einem, nicht gerade Namen habenden, winzigen Teilchen wachen Lebens – etwa wenn der Barbier mit der Klinge um Kinn und Mund ging, oder beim Auftreffen eines kleinen Lufthauchs vom Garten her auf die Stirn –, mit solchen Splitterchen von Augenblicken hing es zusammen, daß Manuel neuestens, wenn auch nur in kleinen inneren Ansätzen ohne tathafte Folgerung, zu einem Verhalten neigte, das seiner Natur sonst fremd gewesen: zur Vorsicht; nämlich zu einer solchen, die nicht nur der Vernunft gibt, was der Vernunft ist, und dem Leben, was des Lebens – so etwa hatte er ja seine Ausflüge mit Pleinachern auch nicht dummdreist unternommen, sondern mit geschlossenem Mietwagen und rückwärtiger Gartentür und Vermeidung von Aufsehen –, sondern zu einer leis geängsteten Vorsicht, die doch weiß, daß sie nichts wird ausrichten können, weil der Stolz ihren Anstalten wehrt. Für den Grafen war sozusagen das Eis des Lebens plötzlich durchsichtig geworden: und der Fuß, neben dem das Auge die Tiefe sah, trat weniger fest auf: aber er trat am Ende doch auf, ja, ihm wurde nicht einmal erlaubt zu zögern oder gar zu tasten.

Und aus diesem Eck her kam's denn, daß dem Grafen vor jenen harmlosen Unterhaltungen, die der Student ihm bot, nicht mehr so wohl zumute war wie früher.

Gerne hätte Ines Tovar ihrem Bruder einen Wunsch erfüllt, den er am Morgen nach dem Gartenfeste, als die Geschwister gemeinsam beim Frühstück saßen, ihr vorgetragen: daß sie nämlich mit der jungen Randeggerin in Freundschaft zu kommen trachten möge. Ines versprach's, und frohen und leichten Herzens. Denn das Mädchen schien ihr von guter Art, liebreizend, unverfälscht, frisch und fest in ihrem Wesen. Und es war leicht zu verstehen, daß Ignacio sich eine vorteilhafte Wirkung von solcher Freundschaft versprach, im Hinblick auf die raschere Förderung von Manuels Sache.

Da man in den nächsten Tagen ein oder das andere Mal in dem alten Woyneburgschen Palais zusammentraf, so fehlte es nicht an der Gunst äußerer Umstände, welche die beiden Frauen einander hätte näherbringen können. Daß dieses jedoch in keiner Weise gelang, gab Ines Anlaß zum Nachdenken.

Der Sitte entsprechend, war die alte Dame bei den in ihrem Haus statthabenden Zusammenkünften der jungen Leute stets zugegen. Sie ließ sich sogar in den Park hinaustragen, wenn man dort Wurfreifen oder Federball spielte. Ines und Margret allerdings mochten getrost, wenn die beiden Kavaliere der Freifrau Gesellschaft leisteten, sich abgesondert in den Wegen ergehen, und also war Gelegenheit zu manchen Gesprächen vorhanden.

Aber eben diese Unterredungen, oder eigentlich die zahllosen Fragen, welche das Fräulein von Randegg dabei stellte, befremdeten Ines durch eine Richtung, welche ihnen allermeist innewohnte, und dies um so mehr, als die Art der Vorbringung – in demselben putzigen Deutsch, welches Ignacio schon beim Gartenfeste so sehr entzückt hatte – durch ihre Unschuld seltsam von der Zielstrebigkeit dieser Erkundungen abstach. Das ging etwa so:

»Welches sind eigentlich die besten Leut' hier zu Wien?« (Diese Frage verstand Ines nicht gleich. Margret meinte die »vornehmsten«.)

»Habt denn ihr auch bei Hof ein' guten Stein im Brette?«

»Und der Graf? Geht der auch zu Hofe?«

»Was? Ganz alleinig und einsam lebt er? Ja, wie will er denn sein' Sachen da weiterbringen? Kriegt er ein Regiment?«

Ines versuchte zum Beispiel von Pleinachern zu erzählen (den sie einmal flüchtig bei Manuel gesehen, von welchem ihr aber Ignacio so manches berichtet hatte) und von Manuels Studium und seiner Liebe zur deutschen Sprache und Art. Margret sagte:

»Aber es wird doch allermeist nur französisch parlieret, auch in der Burg.«

Es schien irgendeine Süchtigkeit nach wohl im einzelnen noch nicht ganz klaren Zielen in dem Mädchen entfacht worden zu sein; und vielleicht war das überhaupt erst in diesen letzten Tagen geschehen? Die Ziele waren für eine junge Dame wie Ines freilich – unverständlich. Aber das Neue und Frische der Bestrebtheit empfand sie: und es stieß sie ab. Bezüglich Pleinachers sagte Margret:

»Jei, was soll denn aus solchem Lotter auch werden? Ein Doktor? Weilen man Blutigel brauchet oder zur Ader zu lassen oder eine Purganz, ruft man ihn. Und tut's der Bader bei uns auch. Wer viel pfarzt, braucht kein' Arzt, so spricht man.«

Das letzte hatte Ines allerdings nicht verstanden. Aber dieses verstand sie, daß in Margret, deren Liebreiz gleichwohl für sie bestrickend blieb, eine tüchtige Härte und zugleich die natürlichste Kindhaftigkeit eng verschwistert beisammen lagen, unschuldsvoll wie ein Paar schlafender Zwillinge in der Wiege.

»Aber seid nicht ungehalten«, sagte sie plötzlich, »daß ich Euch so Vieles und Verschiedenerlei frage. Jedoch, man muß wohl wissen, woran man ist. Und denen daheim werd' ich's schon noch zeigen, wie man's recht machet zu Wien. Sollen sie ihre Facken mästen. Ich halt' dafür hier die Löffel offen.« Und nun lachte sie wieder so blond und frisch, daß man sie hätte küssen mögen. Das »vocabulaire« war für Ines beim letzten Satze allerdings wieder unverständlich geworden.

Aber sie fragte nicht. Sie gehörte zu jenen Menschen, welche nie zu fragen brauchen, und deren Anteilnahme nicht ins Unwesentliche und schon gar nicht in die Neugier abfällt, sondern sich stets in den wahren Bahnen des Lebens in aller Stille und Sicherheit hält. Diese Bahnen, an ihr vielfach und faßt immer vorbeifließend – da ihr denn jene blendenden äußeren Vorzüge fehlten, welche die Eignerinnen solcher unverzüglich hineinreißen –, sie wurden von Ines unverzerrt und unbeirrt wahrgenommen, wie etwa ein Gassentumult von einem Beschauer, der ans Fenster seines stillen Zimmers getreten ist.

Aus solchem stillen Zimmer blickend, hatte sie freilich längst schon erkannt, welch ein Türchen der Zärtlichkeit bei ihrem Bruder sich geöffnet hatte, und auch, wie es zur Not wieder geschlossen worden war. Schon deshalb, aber auch weil Ignacio gleichwohl mit ganz echter Freude der Verbindung zwischen seinem Vetter und dem Fräulein von Randegg entgegensah – ja, es schien ihn jetzt nichts anderes auch nur im entferntesten so sehr zu beschäftigen! –, äußerte sie dem Bruder gegenüber nichts von ihren gehabten Eindrücken und gemachten Beobachtungen. Still lächelnd mußte Ines wieder einmal bei sich feststellen, wie sehr die Kenntnis von Frauen und jedes Urteil über deren Personen so ganz und gar nur wieder bei den Weibern angetroffen werden können: und wie der Mann, unfähig über Gefallen oder Mißfallen hinauszugelangen, nicht sieht, was ihm jenes stören oder dieses mindern würde. Ein einziges Mal aber schien ihr Ignacio denn doch betroffen zu sein: als nämlich beim Federballspiel Margret, die an der Reihe zum Schlagen gewesen und von Tovar irrtümlich nicht mit dem Ball bedacht worden war, sogleich ganz harte blaue Augen bekommen, mit dem Fuße gestampft und gerufen hatte:

»Herrgottsakra! Marquis! Könnet Ihr nicht besser herlosen!? Verschmeißt mir den schönsten Wurf!«

»Mais Marguerite, ma mignonne, quel vocabulaire...«, klang es von rückwärts, wo die Freifrau im Armstuhle unter einem Kastanienbaum saß.

Ein Anderes war's, was Manuel anging. Hier stand Ines innerlich sozusagen ganz auf Margrets Seite: da ihr nämlich bedünkte, daß der Graf in keiner Weise eifrig genug jenen reizenden Aussichten zustrebte, die sich ihm eröffneten. Ja, seine Art schien Ines jetzt wieder sehr viel Ähnlichkeit zu haben mit jener seltsam verhaltenen und finsteren, die er vor Jahren, während seiner ersten Zeit zu Wien, gezeigt hatte. Und so war ihr jetzt, bei seinen verschiedentlichen und sogar häufigen Courtoisien und Komplimenten der Randeggerin gegenüber, nie recht wohl zumute, wenngleich sie sich deshalb wiederum schalt: denn der Graf schien von dem Mädchen wirklich entzückt zu sein. Und doch spürte Ines jedes so geartete Wort von ihm wie eine zwiespältige und brüchige Sache; zwiespältig obendrein dadurch, daß man's, auch innerlich, kaum wagen konnte zu tadeln, weil doch wieder offensichtlich aus ehrlichem Herzen kommend, und durchaus so gemeint oder gedacht wie gesprochen. Zwischendurch beobachtete sie einmal sein Gesicht, während er Margret ansah: es war ruhig, klar und es trug das Zeichen der Entschlossenheit.

Von den meist wenig erfreulichen kleineren Erbschaften, welche der große Krieg den Nachlebenden hinterlassen hatte – etwa das Überhandnehmen von Buben und Huren, oder die ins Maßlose gesteigerte Spielwut bei Würfel und Piquet, ganz zu schweigen von den Horden entlassener Soldaten, die allermeist auch nicht eilfertig betend in des Lebens frömmste Gleise fielen – von diesen Erbschaften war eine der verhältnismäßig harmloseren, aber dafür auch die seltsamste, eine große Zahl von Militärkapellen, Musikbanden, welche nun auf eigene Faust, oder besser gesagt, mit zivilem Spielauf, Fiedeln und Blasen, sich wenigstens wohltönend durch dieses Leben brachten, welches ja, nach allgemeinem Zeugnis, damals nicht eben leicht gewesen sein muß.

Jene Kerle also dudelten überall herum, in den Wirtshäusern, jedoch auf der Straße zur wärmeren Jahreszeit, und hinter ihnen strömte vielköpfiger Anhang; alles konnte man hier hören: einen Oberländer, einen Hupfer, oder gar auch einen schwedischen Reitermarsch: der Taktstock hob sich, fiel nieder, das Holz pfiff, die Pauke pumperte, die Becken schellten, süß klangen die Glöckchen, und jetzt zog, gehüllt in den wahrhaft erzernen Klang der Trompeten, die alte Pracht vorüber. Wo ein Wirt solche Kapelle bei sich einstehen hatte, staute sich's im Tanzsaal wie dicke Suppe im Kochtopf, an deren Oberfläche schmatzende Blasen mühsam sich öffnen, rann das Bier flotter an der Schank, stand die Schweißperle an des Burschen Stirn und zart und hell auf der weißen Haut jener süßen Kugeln, die seinem fest umgefaßten Mädchen bei währendem Tanz ein wenig aus dem Mieder stiegen.

Die Studiosen Fanez und Pleinacher liebten solcherlei Unterhaltungen.

Sonderlich seit der Baccalaureus in denen popularen Tänzen bereits einige Übung gewonnen hatte.

Der Baß rülpste behaglich, und bei der wiederkehrenden Verzierung, welche die Trompete blies, machte man einen halben Schwenker nach rechts: ihr Gesicht mit der kleinen Stumpfnase sah schräg aufwärts, es war, als hielte sie das Mündchen hin, welches bei auseinanderweichenden Lippen scharfe weiße Zähne wies, wie von einem kleinen Nager oder Raubtier. Aus Achselhöhlen und Mieder stieg der reine frische Schweißdunst, aus dem letzteren überdies eine Pracht, die – und das spürte der Herr Ruy – sich mitunter absichtsvoll gegen ihn drängte.

Und während er hier tanzte, wischte dem Grafen ein Wort Pleinachers durch den Kopf, das jener unlängst ganz beiläufig gesprochen, damit gleichsam in ein bedrücktes und verworrenes Herz einmal versuchsweise den Balsam einer einfachen und unwiderleglichen Weisheit träufelnd. »Denkt, Graf«, hatte der Student gesagt, »eine andere Mutter hat auch ein schönes Kind! So spricht man zu Wien.« Konnte solcher Balsam nicht am Ende doch eindringen? Manuel fühlte in seltsamer, ja eigentlich verrückter Weise, während er hier tanzte, als verliefe sich Hanna jetzt sozusagen in die Breite, wie verschüttetes Wasser, oder als walze man sie platt, und so als würde sie nunmehr aus ihrer gefährlichen schluchtigen Tiefe gehoben, in welcher sie saß, glühend und leuchtend wie der Schatz im Berge, ans breite Licht des Tages, und allerenden hingestellt. Manuels Herz lüpfte sich im Augenblicke, von den Hoffnungen seines Weges bestrahlt.

Ohne daß er's wußte, lag dann und wann Pleinachers Blick auf ihm, der ihn suchte, wenn im Trubel »sein Graf« ihm aus den Augen gekommen war: ja, der Student ließ bei solchen Anlässen nicht selten das Mädchen, mit dem er gerade tanzte oder trank, ohne weiteres stehn, um den Baccalaureus Ruy Fanez zu finden. Sonderlich anfangs war er um diesen, zwar unmerklich, aber voll Anteil besorgt gewesen. Es ist zu glauben, daß »scilicet Rudl«, wäre der Graf in einen Handel, welcher Art immer, gezogen worden, wie ein Wildschwein neben ihm gerauft, und vielleicht sich bemüht hätte, gleich für zweie den Klingen zu wehren.

In der großen Wirtsstube ward die Suppe dick: das heißt, die Paare kamen nimmer von der Stelle, man rieb sich Rücken an Rücken, man stieß sich Ellenbogen bei Ellenbogen. Einer plötzlich in die Menge geratenen Bewegung folgend, schob sich daher alles gerne ins Freie hinaus, die Musik zog nach, nahm jetzt den Vortritt, und man marschierte – während die Wirtsleute schon eilig Fässer und Bänke schleppten – zu einem nahe gelegenen Plätzchen, zwischen niederen, alten und fast zerfallenden Häusern, wo einige breitkronige und dicke Bäume den schönsten Ort zum Anschlagen eines neuen Fasses, zum Aufstellen der Sitze boten. Da die Musik jetzt an die Spitze gelangen sollte, um dort einen gehörigen Marsch zu trompeten und zu pauken, kam einige Stockung in den Zug, die so lange währte, bis die Spielleute, welche als die letzten das Wirtshaus verlassen, an ihren Ort gekommen waren. Man stand also in der schrägen Abendsonne, jeder sein Mädel im Arm, und Manuels Tänzerin hatte gar ihren hübschen Kopf dem Grafen an die Schulter gelehnt. »Das geht schon, wie sich's gebührt«, dachte Pleinacher, im Hinblicke auf das Paar.

Jedoch mit einem Male fühlte er sich seitwärts und hinterrücks geradezu wie von einer Degenspitze berührt und wandte sich rasch herum.

Durch den auf der Straße, infolge des Herausströmens einer solchen Menschenmenge, entstandenen dicken Trubel war einer Sänfte der Weg verlegt worden und wurde jetzt erst, da sich der Zug geordnet hatte, wieder für Livrée und Träger frei. Aus dem Fenster blickte ein Herr, welcher mit der linken Hand die Lorgnette vor das Auge hielt, während seine Rechte einer offenbar schon vorher ins Nasenloch geschobenen Prise Schnupftabaks mit dem Daumen gehörigen Nachschub erteilte. Dieser Mann sah geradewegs scharf und aufmerksam zu Manuel herüber. Jetzt aber, während dem Pleinacher schon die Zornesader schwoll und er, wohl ohne es zu wissen, mit der rechten Hand an die linke Hüfte tastete und bereits am Korb des Hiebers mit den Fingern spielte – jetzt mußte jener Kavalier den starr gegen ihn gerichteten, harten, unter den dikken Brauenknochen hervorkommenden Blick auf irgendwelche Weise doch gespürt haben, denn er sah plötzlich Pleinachern an und dann sogleich zum anderen Fenster hinaus: während nun Becken und Pauken vorne einschlugen, der Zug in Bewegung geriet und die Sänfte, alsbald um die nächste Ecke schwenkend, schnell verschwunden war.

Voll schmetternden Erzes bliesen die Trompeten.

Dem Rudl jedoch war der Abend gehörig verdorben; aber er ließ sich, und sonderlich dem Grafen gegenüber, nichts anmerken.

»Bleib«, sagte Ines, und setzte sich auf einen gestürzten Baumriesen der Au nieder, dessen gebrochene Krone tief über dem Spiegel eines verschilften Wasserarmes hing – »bleib«, sagte sie leise, und faßte den Bruder an der Hand.

Von rückwärts klang in Abständen das Stampfen eines Pferdes, die Stimme eines Reitknechts, das Klirren einer Kinnkette.

Manuel und das Fräulein von Randegg verschwanden,

im langsamen Schritte des Spazierganges, um die nächste Biegung des in den Auwald hineinlaufenden Wiesenplans.

Sie ging schlank und zart neben ihm, klein in dem großen Umfang des Kleids schreitend, mit den breiten Broderien der Ärmel.

Ein graugrünes Meer von besonnten Baumwipfeln stand vor dem fernen Blau.

»Margret«, sagte er plötzlich; er wagte es.

Sie blieb stehen, hob das Köpfchen und sah ihn an. Ihre Augen waren wie zwei herabgelangte Stücklein des wolkenreinen Himmels.

Er bewegte den Arm. Sie hielt stand, und ihre Züge schmolzen. Dann lag sie an seiner Schulter.

Er bat, und mit wirklicher Innigkeit, wann und wo er sie, auf ein kurzes nur, allein treffen und mit ihr sprechen könne? Aber sie zierte sich gar nicht und sagte ihm klar und genau die Zeit und die Gelegenheit des Orts, nämlich im Park, wenn sie zur ersten Messe ginge, fast vor Tage noch. Er müsse neben dem Chor der Kirche den Park betreten, dort sei das Gitter zerfallen und offen; er finde eine steinerne Bank unweit unter den hohen Bäumen. Nah davor würde sie auf dem breiten Kieswege vorbeikommen. Freitags: denn Mittwoch abends sei das große Ballett bei Hofe, und da werde sie des folgenden Morgens auf Wunsch der alten Dame länger schlafen und die Messe unbesucht lassen.

»Auf Freitag. Liebste...«

Sie küßten einander nochmals.

7

Langsam vergeht die Zeit auf dem Lande. Die Sonne ist die Uhr, der Kirchturm spricht ihr nach und sagt die Zeiten des Tages beflissen aus, sein Getön und Geläut steigt zu den Stunden des Gebets wie wolkiger Opferrauch empor.

Eine Pflugschar blitzt fern im Feld, die Ochsen schreiten dunstumhüllt unter dem Joche, dahinter verschiebt sich gemächlich die Gestalt der Wolken.

Ob sie nicht doch zu Hannas Eltern einmal reisen sollten, nach Kärnten, das war die Frage. Eine langjährige Frage, die man immer wieder ein Stück vor sich herstieß, so wie jemand ein Faß rollt, das er allemal einholt, wenn es wieder still liegt, quer über dem Weg. In Abständen also lag diese Frage quer über dem Weg. Auch würde die Reise Geld kosten. Hanna wies auf die Ersparnisse hin. Aber die sollte man nicht angreifen, meinte der Mann. Jedoch wäre da der Beutel mit den Geldstücken des Leutenants. Deren könnte man ja einige dransetzen. Davon aber wollte das Weib wieder durchaus nichts wissen. Dieses Geld war für sie ein Ding, das man nicht berühren durfte. Anders hätte Brandter etwa längst einen Gesellen und Lehrling gehabt. Wohl hätte man dazu mehr Werkzeug anschaffen müssen, aber dann auch mehr Arbeit leisten können. Drei oder vier von diesen Dukaten hätten wohl gereicht. Hanna wurde böse, sie stampfte mit dem Fuße auf und schrie, sie sei des Lebens, wie sie es jetzt führten, ganz zufrieden, und es sei eitel und nicht vonnöten, höheres Verdienst zu suchen mit Gesell und Lehrbub; auch so wüchse ja der Sparpfennig. Und für wen? Ja, wenn sie Kinder hätten, dann wär's anders! So aber – sie wollte von diesen Dukaten nichts hören und nichts sehen. Brandter dachte vielleicht: »Hättest sie gar nicht, würde ich sie nicht mit meinen schweren Ängsten verdient haben«, aber er hielt den Mund, wie es jetzt seine Gewohnheit war. Nun kam es bald dahin, daß die Eheleute über diese beiden Gegenstände schwiegen und nicht mehr redeten: nämlich über die Reise nach Kärnten und die Vergrößerung der Werkstatt.

Paul Brandter rührte sich noch immer kaum vom häuslichen Herd. Die Hanna hielt es schon ein wenig anders. Durch ihre Näherei kam sie in der Nachbarschaft herum, beim Liefern der Arbeit oder wenn sie der dicken Frau des Krämers ein Kleid zur Probe anlegte; gerade dort, bei der

Krämerin, war der Mittelpunkt des Dorfes, und hier deponierte das kleine kreisende Leben seine Neuigkeiten. Hanna war wohlgelitten, man plauschte mit ihr gerne. »Wird lüftig«, dachte Brandter einmal, als sie zum Feierabend nicht daheim war. Er nahm das Essen, das sie vorbereitet hatte, zu sich und ging allein schlafen. Als sie kam, fragte er nicht, wo sie gewesen sei.

Jedoch, manche glückliche Nacht blieb dem Paar auch immer wieder beschert, und wenn Brandter seine Hanna in den Armen hielt, und sie ihre Augen gelöst zu ihm aufschlug, die dunkel waren, wie zwei herabgelangte Stücklein des gestirnten Himmels draußen – da schien ihm mehr als einmal, daß er nun doch und endlich im richtigen Gleis seines Lebensweges fahre. Und gerade etwa an diesem Abende, da er allein zu Bette gegangen und Hanna spät erst gekommen war, lockten ihn die geöffneten Lippen wie noch nie, zwischen denen die weißen scharfen Zähne hervorsahen, fast wie ein kleines Raubtiergebiß.

Am nächsten Morgen hatte er nach Judenburg hineinzufahren, um Bandeisen einzukaufen. Mit dem Pferd und dem schmalen Wäglein auf der Landstraße dahinkleppernd, war ihm wohl zumute, und als die letzten Hausgiebel von Unzmarkt hinter einer Krümmung von Fluß und Weg verschwanden, begann er zu pfeifen. Der Frühjahrstag war zudem köstlich. Die Wasser der Mur neben ihm schäumten schwarzblau.

Auf dem Markt zu Judenburg hielt Brandter vor der Schmiede. Als er sein Eisen, nicht eben viel, aufgeladen und festgemacht hatte, bog er zum Einkehrgasthof ab. Es gab nicht wenig Menschen hier und viel Geschrei, hüh! und hott! In die helle Frühjahrssonne vor ihm schneidet schräg eine sehr vertraute Gestalt, Brandter weiß nicht gleich, wohin damit, aber er stellt die Zügel an und erinnert sich plötzlich, daß er hinter diesem Mann, hinter diesen mächtigen Schultern einst polternd und ingrimmig die Treppe eines Hauses hinaufgerannt war, eines Hauses, aus dessen Oberstock man auf ihre vorbereitende Abteilung geschossen hatte. Dann sah er einen Augenblick lang die Stube wieder vor sich, Schüsse gellten ihnen entgegen, Balgen, Blut, und dann lagen sie auf den Brettern und waren hübsch still, die Bauernkerls... »Brandter!« klang es lautschallend. Er hielt jetzt. Die alten Kameraden begrüßten einander mit Knüffen und Püffen. Da tauchte ja noch einer auf. Das Halloh war groß. Sie grölten vor Vergnügen. Und bald danach, als Roß und Wagen versorgt waren, lümmelten die drei um einen weißgescheuerten Eichentisch. Es ging ans Erzählen. Einer hatte überdies zu Wien von Brandters Schicksal vernommen. Sie beredeten die Sache ohne viel Ziererei auf ihre Art. »Selbiges hat dir behagt, wollens glauben, vom Strick ins Brautbett, du Strick! Geschieht nicht jedem so, nur den Glückspilzen. Warst immer so einer. Mich hätten sie statim gehängt, und Fürbitterin wär da gewißlich keine gewesen« (solches war ihm gerne zu glauben, wenn man sein grobes vernarbtes Gesicht ansah). Und so ging's weiter, ein Langes, ein Breites, Brandter mußte den ganzen leidigen Vorgang von damals wieder auskramen. Und Fragen und wieder Fragen, nach dem Wohnsitz und dem Handwerk und der Frau, und wie es denn jetzt mit der Ehe sei? Die Kerle brüllten und wieherten, die halbe Wirtsstube mußte an ihrer Unterhaltung unfreiwilligen Anteil nehmen.

Brandter trank nicht. Er tat Bescheid, aber er nippte nur, sein Glas blieb voll. Die andern jedoch schienen schon vorher des Guten zuviel getan zu haben. Die Menge ihrer Fragen stürmten auf ihn ein, er fühlte einen Druck im Herzen. Endlich gelang es ihm abzuschneiden. »Und ihr? Und ihr? Jetzt redet ihr einmal, Herrgottsakrament!«

»Coltuzzi ist's Panier!« sagte der Kleinere von ihnen, seiner Herkunft nach ein Schwabe. »Wir haben's genug und ausgedient in der Landwirtschaft, wo dir der Bauer das Mark aus den Knochen preßt. Es lebe die christliche Reiterei!

»Was, wieder geworben?!« sagte Brandter.

»Jawohl ja, Coltuzzi, Coltuzzi!« brüllten beide, »Coltuzzi wirbt alten gedienten Ersatz. Der Türk wird wieder unruhig. Hauen wir ihn, den Türken!«

»Und schon Handgeld genommen?« fragte Brandter, der sich weit über die Tischplatte vorbeugte.

»Und nicht wenig!« brüllte der Lange mit den mächtigen Schultern. »Und dazu Quartiergeld und Fourage hierorts für fünf Wochen.«

»Hier?«

»Ei ja doch. Eine Eskadron Coltuzzischen Regiments kommt hier durch in nächster Zeit, sie marschieren aufs Windische hinunter, weiß nicht wozu. Da sitzen wir gleich mit auf. Die neuen Monturen haben wir schon im Quartier, die hat der Werbeoffizier uns ausgegeben. Rösser und Waffen bringt die Schwadron. Sind unser Sechse hier auf Wartgebühr, lauter gediente Burschen.«

Während der Lange noch sprach, bemerkte Brandter, der sich halb umgedreht hatte, zwei Unzmarkter Bauern, die hinter ihm am Nebentisch saßen, ob lange schon, oder ob sie eben jetzt erst hergekommen waren, das wußte er freilich nicht. Er grüßte, sie nickten. Als Brandter sich wieder seinem Kreis zuwandte, mußte selbst den angetrunkenen Kameraden die plötzliche Verdüsterung seiner Miene auffallen.

»Nun, was stößt denn dich an, Brandter? Was lässest du die Nase hängen? Hat dich wer schief angesehen? Komm, wir prügeln ihn.«

»Nicht doch. Aber sprecht leiser. Braucht nicht jeder gescherte Aff merken, was wir reden.«

»Hör, Brandter. Komm mit uns. Laß den Packen hängen. Der Werber ist noch hier«, sagte der kleine Schwabe. Brandter sah den Sprecher starr an. »Das ist nicht in der Möglichkeit«, sagte er tonlos. – »Warum?« fragte der Kleine einfältig, »wegen deines Weibes?« – »Esel«, fuhr ihn der Lange an, »an dem ist's vielleicht nicht, aber sein Kopf ist hin, wenn er ihr entläuft. Du mußt doch verstehen«, explizierte er, »solch ein Weib ist für den, so sie sich vom Galgen herabgebeten, certisement Freistatt und Asyl.

Verläßt er's, hat ihn Meister Auweh schon wieder in der Schlinge. Kapieret, Schwab? Da gibt's kein Assentieren.«

Dem Kleinen blieb der Mund offen stehen wie ein Trichter.

»Ich bitt' euch, ihr Herrn, sprecht leiser«, sagte Brandter gequält. Sie tranken noch eins rundum mit Bruderkuß. Dann brach der gewesene Korporal auf.

Ein Sprühregen begann auf dem Heimweg einzusetzen, und, wie es denn in den steirischen Tälern geht, so zog sich alsbald ein dicker, geschlossener Nebel die Mur entlang. Brandter kam spät heim. Das Haus war leer, die Frau wohl in der Nachbarschaft. Er ließ das Essen auf dem Tische unberührt und begann, in der Stube hin und her zu wandern. Nicht etwa, daß er auf sein Weib gewartet hätte. Ihrer gedachte er jetzt kaum. Als sie dann kam, wurden nur wenige Worte gewechselt. »Einen Werktag verloren«, sagte der Mann. – »Und wenn du gleich den Gesellen hättest«, meinte die Hanna, »müßtest doch selbst fahren, dein Zeug einholen. Das läßt man doch keinen Gesellen tun.«

8

Brandter schlief unruhig in der folgenden Zeit, und meist bei Morgengrauen schon war er in der Werkstatt. Es mochte etwa acht Tage seit jener Fahrt nach Judenburg vergangen sein, als er einst besonders zeitlich, bei eben erst verblassenden Sternen und noch über dem Flusse liegendem Nebel, vor sein Haus trat, um das Licht zu erwarten. Der bei Tag gewohnte Umriß des Berges gegenüber lag noch ungestalt und ungeboren in der Nacht, und das schwache gleichmäßige Geräusch der Mur, die etwa hundertfünfzig Schritt vom Haus vorbeifloß, ließ die Stille noch fühlbarer sein. Brandter trank, auf der Hausbank sitzend, die dickgezuckerte Milch, die für ihn allmorgendlich im warmen Bauch des Ofens bereitgestellt war, und verzehrte dazu einen Keil frisches Weißbrot. Die kleinen Durchbrechungen der Lautlosigkeit, die er dabei erzeugte, etwa das leise Klappern beim Abstellen von Gefäß und Teller, wurden sozusagen von den großen Vorräten an Stille, die sich über Nacht angesammelt hatten, sogleich wieder verschluckt, und, kaum geschlagen, waren solche winzige Wunden am Leib der reinen Frühe auch schon wieder verheilt. Diese aber umgab den einsamen Mann wie eine unsichtbare, dicke Polsterung mit sanftem Druck.

Im Osten erschien der erste falbe Steif. Der »Bocksrükken« drüben trat etwas näher und setzte sich gegen den Himmel ab. Von der Landstraße her, die neben dem Flusse lief, klang entfernt das folgsam gezähmte Trapp-trapp von Pferdehufen und das Rollen von Wagenrädern. Brandter wandte den Kopf in diese Richtung. Bald wurde das Gefährt sichtbar, ein Leiterwagen, auf welchem, wie bei immer verminderter Entfernung zu sehen war, der Bauer ein zweites, wohl invalid gewordenes Fuhrwerk geladen hatte. Und zwar war das ein hoher zweirädriger Karren, ein nicht eben häufiges und übliches Fahrzeug, dessen eines Rad augenscheinlich fast ganz zerbrochen war. Während Brandter diese Erscheinung im Morgengrauen betrachtete, zogen sich für ein paar Augenblicke seine Augenbrauen finster zusammen. Im übrigen verwunderte er sich, so frühe schon eine Kundschaft zu bekommen; denn dieser Karren sollte doch wohl zu ihm gebracht werden, damit er ihn ausbessere. Der Bauer fuhr im gemächlichen Trab und näherte sich jetzt der Stelle, wo er von der Straße in den Fahrweg einzulenken hatte, der da abzweigte und bis vor die Wagnerei führte, deren Zeichen (ein Rad auf einer Stange) draußen an der Landstraße stand.

Jener aber ließ sein Pferd unverzögert weitertraben, und fuhr mit seiner klapprigen Last auf der Landstraße vorbei, in der Richtung gegen Judenburg zu. Und jetzt erkannte Brandters scharfes Auge den Mann: es war einer von den beiden Unzmarkter Bauern, die zu Judenburg im Einkehrgasthofe am Nebentisch gesessen hatten.

Brandter, der, den Ankömmling erwartend, sich erhoben hatte, erstarrte und schlug ein Kreuz. Denn jetzt wurde er wohl der Bedeutung dessen inne, was er sah. Man fuhr also neuerdings wieder nach Judenburg zum Wagner, wie ehemals, bevor er sich hier niedergelassen hatte. Er wußte wohl warum. Ein Fluch gegen die geschwätzigen und in ihrer Trunkenheit überlauten Kameraden zischte zwischen seinen Zähnen.

Es sollte indessen noch dicker kommen. Ein paar Tage später traf er, am Feierabend in die Stube tretend, sein Weib mit verweinten Augen an, und dazu noch merkwürdig verstockt gegen ihn. Sie wollte nichts sagen. Wo sie denn gewesen sei? Bei der Kramerin, stieß sie hervor, und begann neuerlich zu schluchzen. Da ahnte ihm gleich alles, und er sagte es ihr auf den Kopf zu. Nun weinte sie schrecklich und fessellos, und in währendem Schluchzen stieß sie dazwischen einzelne Worte aus wie »diese schlechten Mäuler« und »die Schand über uns!« und »ich hab gesagt, es ist alles nicht wahr.«

»Warum hast du so gesagt?« fragte Brandter scharf.

»Weil – weil's eine Schand ist – meine Eltern – oh, was hab' ich getan!«

»Hab' dir's nicht geschafft!« sagte Brandter, ging aus der Stube und schmiß die Türe hinter sich zu, daß der Kalk rieselte.

Auf dem Flur blieb er sogleich stehen, regungslos erstarrt, tief erschrocken über das Unrecht, das er begangen hatte, und zugleich in wilder Verzweiflung über seine eigene Lage. Da sollte man also fürderhin leben, wie an den Schandpfahl gebunden? Nicht um seinen Ruf ging es ihm und um die dummen Leute da draußen und ihr Gerede. Mochten sie schwatzen. Jedoch mit der Hanna, wie sollte das werden? Er trat in die Stube zurück und bat sein Weib um Verzeihung.

Jedoch man glaube bei alledem nicht, daß Paul Brandter etwa mit Buß und Reu auf sein früheres Leben zurücksah. Sein ängstlich anständiges Betragen, in welches er nun, nach diesem einmaligen Ausbruch, sogleich wieder einlenkte, dürfte eher dem Verhalten eines Gefangenen ähnlich gewesen sein, der die Kerkerzelle, darin er eingeschlossen lebt, nie ganz ausschreitet und durchmißt, mit Absicht nie von dem Ganzen dieses Raumes bis zum Rande Gebrauch macht: da es noch immer weniger peinvoll ist, vom eigenen Willen aufgehalten zu werden, als durch eine Tür mit Schloß und Riegel oder eine Wand, die nicht weicht. Nun aber, und zwar eben jetzt, war unser Brandter sozusagen doch an die Wand gerannt; und ihm brummte der Kopf davon. In der folgenden Zeit schien er noch weniger gewillt, seinem Weibe in irgend etwas zu widersprechen. Er brütete still vor sich hin, ja, er schien zu grübeln.

9

Ein vierspänniger Reisewagen näherte sich vom Westen der Stadt, deren Außenwerke und Vorstädte zwischen den bewaldeten Höhen sichtbar wurden: und weiterhin schon die graugelb sternförmig ausgreifenden Bastionen, dahinter das braun in blau verschwimmende Häusermeer des Kernes, überstiegen von mancherlei Kirchengetürm, jedoch weit übersprungen von der schlanken Nadel zu St. Stephan, welche so frisch dort in der Ferne stand, wie einer, der eben, im Augenblick erst sich erhoben hat.

Die Karosse trug das gräfliche Partsch'sche Wappen. Hintauf und vornauf saß Livrée; und Berittene, jedoch in anderen Farben, waren voran, deren einer ein lediges Reitpferd neben sich führte: denn der Marquis von Caura war seiner alten Freundin bis Hadersdorf entgegengekommen, sie dort erwartend.

Diese Herrschaften nun saßen im Hintergrund des Wagens, während die Freifrau von Doxat, welche der Gräfin Karosse benützte, vorne bequem ausgestreckt auf der mächtigen Polsterbank lag, von Kissen gestützt und eingehüllt in einen chinesischen Seidenshawl von ganz ungeheuerlicher Größe, welcher denn die kleine ältere Dame zur Gänze in seine gelben Fluten aufnahm.

Dem baldigen Ende der Reise vergnügt entgegensehend, hatte die Gräfin heute ein französisches Mundwerk von besonderer Schnelligkeit eingehängt; der Gegenstand, den sie traktierte, war allerdings für sie kein besonders vergnüglicher. Denn, nachdem der Marquis alle von ihr längst schon brieflich erfahrenen Einzelheiten noch einmal mündlich bestätigt hatte, erging sie sich nun in beweglichen Klagen über die Zurücksetzung, welche den bei Hof dienenden jungen Damen im Zusammenhang mit dem bevorstehenden Ballette widerfahren sei. Insonderheit aber ihrer Nichte, dem Fräulein von Lequord. Denn diese hatte, bei der im kleinsten Kreise unter allerhöchster Anwesenheit schon im Februar stattgehabten Erprobung der ganzen Anordnung von Tänzen und Musik, die Hauptrolle in dem ersten der Gedichte agiert, welche mit Hilfe kaiserlicher Hofmusicis zur Aufführung kommen sollten, nämlich die Daphne: dabei aber sei sie nicht nur von seiten der sachverständigen Italiener – worunter Benedetto Ferrari gewesen, welcher den Text zu L'inganno d'amore verfaßt, jenes Stück, das mit der Musik von Antonio Bertali auf dem Tag zu Regensburg so sehr gefallen! – dabei also sei sie nicht nur von denen Italienern lebhaftest acclamieret worden, sondern hätte vielmehr auch bei allerhöchstdenselben Kaiserlichen Majestäten den größesten Beifall gefunden. Und nun, so klagte die Gräfin, käme solch ein verdammter Fratz (»gosse maudite«) vom Land an ihre Stelle. Sie kenne ja das Mensch weiter nicht, aber wenn es – wie der Marquis ihr sage – jene sei, welche auf dem Empfang bei der Fürstin C. im Herbst sich so wenig delikat geäußert, na, dann könne man schon gratulieren! Notabene seien diese Randegger allesamt nichts als Bauernrammel, ebenso wie die andern alle miteinander, denen man jetzt zu Wien dermaßen kajoliere, daß ihre Fratzen, die doch auch nichts vorstellten, denn Kuh- und Kuchelmenscher, schon bei Hof Ballett tanzen müßten; könne ja eine feine Trampelei werden! (»Entre nous soit dit.«) Nicht genug an dem, müsse sie, die Gräfin Partsch, den ganzen Kuhstall bei Hofe obendrein noch bemuttern und weisen. Ihre Kaiserlichen Majestäten hätten gar für nötig gehalten, ihr solches schon vor Monaten zu Paris durch allerhöchst deren Gesandten nicht weniger als dreimal ausrichten und einschärfen zu lassen, mit besonderer Ermahnung, nur ja rechtzeitig in Wien einlangend zu sein. Ihr Schwager (dieser war der Gesandte) habe ihr im Vertrauen eine reservate Instruktion der Wiener Hofkanzlei gezeigt, welche solches, und noch dazu an vornehmster Stelle, enthalten hätte.

»Kömmt nach Wien, solch ein Viech, reucht noch nach dem Misthaufen – aber wer kräht da schon als erster Hahn darauf? Der Graf Cuendias.«

»Hat allerdings eine bekannte Schwäche und prédilection für Frauenzimmer niederen Standes«, sagte der Marquis, während er wieder einer Prise mit dem Daumen nachhalf, was die Gräfin sonst nicht ausstehen konnte, wie überhaupt seine ewige Schnupferei; aber diesmal lachte sie herzlich.

»Wovon er neuestens, wie Ihr mir berichtet habt, wieder Zeugnis gibt!«

Aber als Caura nun das zweite Nasenloch zu bearbeiten begann, ärgerte sie sich doch und wurde boshaft:

»Wären übrigens, Marquis, jetzt bei Hofe am rechten Ort, und ich würde an Eurer Statt wohl beigehen bei denen Sachen – als da Tanzen und was sonst noch – vielleicht fangt Ihr eine von denen gestopften Gänsen, denn am Fette fehlt's ja nicht bei den Leutchen vom Lande. Sind reich, vulgairement ausgedrückt. Und für Euch möchte es langsam Zeit werden, will mir scheinen.«

Es schien ihr gelungen, ihn zu ärgern, denn der allerdings etwas stark übertragene alte Junggeselle verzog sein langes mageres Gesicht und atmete kurz und heftig ein; dieses aber schien den Prisen nicht zu bekommen; Caura nieste plötzlich donnernd los, was sonst bei alten Schnüpflingen nicht eben gewöhnlich ist. Die Doxat, gegenüber, schrie auf und suchte vor dem dichten Sprühregen Schutz unter ihrer gelben Seide.

Wieder zu Atem gekommen, sann er auf Rache und packte alsbald die Gräfin bei ihrer schwächsten Stelle, nämlich bei der Ängstlichkeit.

»Und wie lange gedenkt Ihr, Gräfin, in Wien zu verweilen?«

»An sechs Wochen. So wenigstens hab ich's bei meiner Schwester, der Frau von Lequord, angesagt, in deren Haus mir wiederum das gleiche Appartement zur Verfügung steht, wie im Herbste.«

»Wird länger werden«, meinte der Marquis.

»Warum glaubt Ihr das?« fragte die Gräfin erstaunt.

»Von wegen der Bauern«, sagte Caura mit Genuß. »Ihr werdet mit der Rückreise verziehen müssen. Jetzt vielleicht war Eure Fahrt schon nicht ohne Gefahr, von welcher Ihr nicht wußtet. Aber kann sein, daß übers Monat das Land durch und durch unruhig geworden ist. In Wien sollen, wie man spricht, die Truppen wieder etlichen Teils sich zum Abrücken bereithalten müssen, auch das Coltuzzische Regiment. Da kann sich's, beiläufig gesprochen, für unseren Grafen über Nacht ausgekräht haben.«

Er verstummte und sah jetzt mit Befriedigung, daß die Pille ihre Wirkung tat; denn die Gräfin Partsch war durch ein paar Augenblicke blaß geworden. Jedoch schien sie alsbald zu wittern, daß hier lediglich Bosheit am Werke war, die sich einiger der umlaufenden Gerüchte bediente; und so legte sie denn los:

»Ihr da zu Wien mit Euern ewigen Bauern! Ja, ja, die Bauern sind bis nach Wien gekommen, aber nicht mit Knitteln, sondern mit Kitteln, und sie tanzen gar bei Hofe Ballett! Solcherweise, mag sein, wird man was von denen Gescherten vermerken. Ist alles Unsinn! Zudem, erst hieß es, nur im Steirischen sei das Unwesen los, jetzt sprecht Ihr wieder von den anderen Ländern, da ich doch nicht durch die Steiermark gefahren! Lauter Geschwätz! Und obendrein ward mir Nachricht, daß in der Steiermark selbst sich kein Schwanz rührt. Mich werdet Ihr nicht ängsten.«

Der Marquis schwieg. Aber er ward noch mehr gestraft. Zu seinem entsetzlichsten ennuy begann die Gräfin das Steckenpferd ihrer gelehrten Studien zu reiten, und sprach in überschwenglicher Weise von Kirchern, dem kaiserlichen Lehrer, der auch sie seit eh und je in den Wissenschaften unterweise, was ja der eigentlichste und tiefste Grund all ihrer Reisen nach Wien sei!

»Welch unvergleichlicher Mann!« rief sie und holte tief Atem, damit ihr bei den folgenden Perioden unter dem Korsett nicht die Luft ausgehe (unziemlicherweise ward gerade während dieser Atempause ein nicht eben leiser Schnarchton der Freifrau von Doxat hörbar, die unter ihrer gelben Seide eingeschlummert war), »welch unvergleichlicher Mann! Tag und Nacht denen Studiis obliegend, scheint er entschlossen, nichts, was auf dem Erdenkreise immer vorkömmt, sei's die freien Künste, sei's die Wissenschaften von der Natur, sei's die Kunde von fernen oder nahen Ländern betreffend, zu verabsäumen, um es uns armen Sterblichen aus seinem Museum, dieser wahren Kelter des musischen Weinbergs, darzureichen in geordneter und geläuterter Form! Wie freue ich mich, der Aussicht, bald in das Antlitz dieses ehrwürdigen Lehrers einer geheiligten Römischen Majestät und – wie ich mit Stolz sage! – auch meiner geringen Person, blicken zu dürfen. Dabei, welch kindlich bescheidenes Gemüt! Sein vorletzter Brief gab der größesten Freude darüber Ausdruck, daß selbst einer von der kaiserlichen Reiterei, ein Herr erlauchten Stands, zu ihm habe den Weg gefunden, voll Begier nach denen Wissenschaften, und lange bei ihm verweilend: wer glaubt Ihr, Marquis, war's, der meinem Meister eine so gute opinio über sich beizubringen verstanden hat? Unser Graf Manuel, unser krähender Hahn vom steirischen Misthaufen! Quel bêtise, eine Laune dieses jungen Herren, wohl ein Tändeln und Nippen, weilen man zur Abwechs-

lung nach gedachten Trampeln auch einmal an denen Musen schnuppern möchte! Aber die erhabene Kindlichkeit eines großen Geistes freut sich daran, von jedem nur immer das Beste denkend, jedes Pflänzlein gleich als ein hoffnungsvolles hegend. Er schrieb mir, der Verehrungswürdige, daß er ein Volum habe für mich besorgen lassen, welches nun in seinem Museum schon meines Gebrauchs harrt. Die alte Heimat betrifft es, meine alte Heimat: Helvetiam, das Schweizerland! Der Titel ist: Mirabilia Helvetiae. Des Schweizerlandes Sehens- und Wunderns-
wertes...«

Lang hätt' es der Marquis nicht mehr ausgehalten. Als die Gräfin eben so weit am Parnasse gestiegen war, um Höhenluft zu schmecken für einen Satz wie diesen hier:

»Nur die edlen Bestrebungen der Wissenschaften und Künste verleihen dem Leben, das uns umgibt, in uns selbst einen stets bedeutenden Widerhall, und wer in Apoll lebt, nur der bleibt wahrhaft jung, ich hab' es selbst erfahren...«
– da räusperte sich Caura: »hm, hm.«

Sie hätte beinahe gefragt: »Was habt Ihr Euch denn hier zu räuspern?« – aber nun hörte man näherkommende rasche Hufschläge scharfen Galopps: eine Caura'sche Livrée zu Pferd, welche in die Stadt vorausgesandt worden war, kehrte zurück, schon in Begleitung eines gleichfalls berittenen Lequordschen Dieners, um der Gräfin zu melden, daß Schwester, Nichte, Bad und Mahlzeit sie erwartend seien.

Das Ballett bei Hofe fand, wie vorausbestimmt, am nächstfolgenden Mittwoch statt. Man hatte, da das Wetter schön und beständig sich hielt, auf einem Platz, den die Gebäude der kaiserlichen Burg umschlossen, im Freien die überaus geräumige Bühne mit all ihren Einzelheiten aufgebaut – mit Grotten, Lauben und der herrlich gelungenen Darstellung des schilfigen Ufers am Strome Peneios, welcher für den zweiten Teil der Darbietungen dann durch Sichtbarmachung eines Prospekts von Pyramiden leichtlich den Nil abgeben konnte. Die Wasserkünste für diese beiden klassischen Flüsse waren mehrmals genau erprobt worden, ebenso jene Maschine, welche den Hermes oder Merkur durch die Luft fliegen lassen sollte, bei seinem Angriff auf den hundertäugigen Argus. Die italienischen Maler und Baumeister erklärten die Bühne somit, nach nochmaliger penibler Inspektion des Ganzen, für fertig und bereit. Alle Beleuchtungen, Bestrahlungen und Ausleuchtungen hatten am vorhergehenden Abende, also Dienstags, gleichfalls noch eine letzte Probe zur Zufriedenheit bestanden.

Mit gesunkener Dunkelheit verwandelte sich der ganze, von Menschen summende Platz in eine einzige vielfach lichternde Tiefe, darin in Trauben, Ketten und Schnüren die gedämpften Leuchtpunkte der Kandelaber saßen. Nur die Bühne blieb verdunkelt und zum Teil verhüllt. Von dem ihr gegenüberliegenden, noch leeren und dunklen Balkone flossen die schweren Teppiche mit den Zeichen der kaiserlichen Majestät.

Sonst hatte man sich allgemein schon versammelt. Die hell erleuchteten Fenster zur Linken und Rechten des Balkons, welche ausländischen Fürstlichkeiten, Adeligen und den Gesandten jetzt als Theaterlogen dienten, waren voll bewegter Köpfe, die einander sich zuneigten oder eben in den Raum dahinter sich zurückwandten, im Gespräch mit den dort noch hereinströmenden und gerade Platz nehmenden Gästen. An vielen Stellen wurde darüber gesprochen, daß auf einen erst in letzter Zeit bekanntgewordenen Wunsch der Kaiserin in den Balletten, welche man zu sehen bekommen sollte, männliche Darsteller in keiner Weise Verwendung finden, vielmehr selbst die heidnischen Götter, wie Jupiter und Merkur, ausschließlich von den Damen, welche Ihre Majestät erwählt, agiert werden würden. Auf die Gestalt des Merkur war man besonders neugierig: von wegen des Fliegens. Die übrigen Trägerinnen männlicher Rollen wurden bedauert, und gar jene, welche mit Bärten aufzutreten hatten: letztere fast durchwegs Hofdamen! Die Namen der beiden Hauptakteurinnen, des Fräuleins von Randegg, die in dem ersten Ballett die Daphne, und der einer anderen jungen Dame vom Land draußen, welche im zweiten die Io zu geben hatte, wurden häufig genannt und fielen fast in allen Gruppen ein oder das andere Mal. Von den Eltern oder anderweitigen Angehörigen dieser Mädchen aber war niemand zu Hofe geladen worden.

Das Haus, dessen gestirnte Decke in diesem Falle der Nachthimmel bildete, summte in seiner Fülle, und die Anwesenheit so vieler Menschen mit ihren Bewegungen schien gewaltiger und zahlreicher, als sie wirklich war – in Wahrheit mochten nicht mehr als insgesamt dreihundert Personen zugegen sein! – durch ihre halbe Unsichtbarkeit nämlich. Plötzlich aber erhöhte sich das Licht um etwas, denn auf dem bisher dunklen Balkone der allerhöchsten Herrschaften entzündete man, ebenso wie in den dahinterliegenden Gemächern, eine große Zahl von Kandelabern und Lampen. Als dies bemerkt wurde, sank das Stimmengewirr auf ein Bruchteil seiner früheren Stärke herab. Man roch jetzt, in der eingetretenen Stille, merkwürdigerweise die vielen verwendeten überaus starken Parfüms und Essenzen weit durchdringender als früher, bei allgemeinem Geräusche: nun aber schienen sogar die Düfte, angehalten ebenso wie die Stimmen, in der von keinem Hauch bewegten Luft stillstehend und betäubend zu schweben.

Nach einer ziemlich langen Zeit, während welcher sich jedoch das Gesumm der Stimmen in keiner Weise mehr verstärkte, trat plötzlich, wie auf ein rasch weitergegebenes Zeichen, die vollkommenste Lautlosigkeit ein. Der ganze Platz, die Fronten mit den erleuchteten Fenstern und den vielen Köpfen, alles lag regungslos und wie tot. Nur die Lichter lebten.

Eine vierstimmige Trompetenfanfare fuhr mit blanker Kraft in diese Leere.

Genau im gleichen Augenblicke betraten die Majestäten den Balkon, der Kaiser, seine noch junge mantuanische

Gemahlin am Arme führend, hinter ihm sah man, nur für einen Augenblick, den Erzherzog Leopold bei seinem Heraustritte. Unverzüglich hatten nach dem Kaiser alle anderen Personen, welche jetzt auf dem Balkone befindlich, Platz genommen.

Kein Lorgnon, keine Lorgnette hatte sich bewegt.

Plötzlich sah man etwas Weißes: den Handschuh. Der Wink zum Beginn. Mit einer zweiten Trompetenfanfare begann das verborgene Orchester sein Spiel, während die enthüllte Bühne sich alsbald, durch blitzschnelles und geschicktes Drehen und Heben aller Leuchten, in ein Farbenmeer verwandelte.

Noch schleuderte das kräftige Mädchen den Wurfspieß nach dem Wilde, ihr Haar, eine weizenblonde Zier, von der sie nichts weiß, welche ihr nur die Entfaltung des Schwunges stört, rückwärts mit dem jungfräulichen Bande gefesselt: aber, von Apollo durch spottende Gebärden zur Entfaltung seiner äußersten Macht gereizt, erscheint, im vielfach gekreuzten Licht, wie ein Edelstein schimmernd, der furchtbarste aller Götter auf dem Gipfel eines Felsens, den kleinen Bogen erhebend, das Köcherchen mit den Pfeilen an der rosigen Hüfte.

Er trifft den Phoibos, und die Wunde des Herzens steht in Brand und offen.

Er trifft die Jagende mit einem anderen Pfeil, der dieses Herz, das noch wie in sich gefaltet und im Keimblatte liegt, für noch länger betäubt, daß es kein Erwachen kenne.

Selbst eines Gottes Gefühl reicht nicht an diesen kleinen festen Stein, der wie eine geballte Kinderfaust ist.

Wo er hintritt, der furchtbar leidende Gott, reißt er die Schöpfung in den Wirbel und in die Qual seines Herzens: die Grotten erglühen, das Grün des Waldes erleuchtet sich scharf von innen, der Boden flammt um seine Füße.

So erblickt ihn Daphne, und sie flieht, nur das Furchtbare, nicht seine Schönheit sehend, nur das finstere Gewölk, nur die Verstrickung, die wie schwere Schuld aussieht, da allenthalben die Natur sich empört. In einem

Wirbel ihrer schlanken Beine schießt sie dahin, mit einem Schwung wie die Gemse der Berge springt sie sechs Fuß tief herab von dem Felsen:

> »Also der Gott und das Weib, die vor Angst hinstürmen und Sehnsucht,
> Doch der Verfolgende rennt, wie mit Amors Fittichen fliegend,
> Schneller daher und versaget ihr Ruh; schon nahe dem Rücken
> Hängt er und atmet den Hauch in die fliegenden Haare des Nackens.«

Doch sie entrafft sich ihm noch einmal, und der Gott, in Angst um das Mädchen, das seine glühende Verfolgung in einen so gefährlichen Lauf über Stock und Stein getrieben, weicht endlich für eine Zeit von ihren Fersen: sehnsüchtig die Arme gestreckt steht er am Eingang einer mit reizendem Farbenlicht ladenden Laube unter hohen alten Bäumen, neben einer steinernen Ruhebank: sie aber schreitet, in der Ermattung süß gebogen wie eine hangende Gerte, auf dem breiten Wege dahin, dessen hellen Kies ihr Fuß jetzt kaum zu rühren scheint: ja, sie wagt's, an Apoll unweit vorüberzugehen; und die Bewegung ihrer abwehrend gestreckten Arme fesselt ihn jetzt an seinen Ort.

Nun aber, da sie sich weiter entfernt, spannt sich das Band der Sehnsucht, zitternd von den Herzschlägen des vor gänzlichem Verluste bangenden Gottes, von neuem: und wieder reißt es den Himmlischen hinter der Nymphe her. Einmal noch wirbelt das Spiel der schlanken Füße. Jetzt aber an des Peneios Ufer gelangt, endigt und erhöht sich ihr Dahinjagen in der Stellung der Betenden, die sie mit erhobenen Armen und offenen Händen einnimmt; ja, es ist, als wäre dieser Lauf eine silberne Tonleiter gewesen und jenes Verweilen jetzt der höchste erreichte Ton. Der Flußgott hört sie und gewährt – in schwirrendem Zittern steigt die Musik gleich Waldesrauschen an – die erflehte Verwandlung:

> »Zarter Bast umwindet die wallende Weiche des Busens,
> Grün schon wachsen die Haare zu Laub, und die Arme zu Ästen,
> Auch der so flüchtige Fuß klebt jetzt am trägen Gewurzel,
> Und ihr umhüllt der Wipfel das Haupt: nur bleibt ihr die Schönheit.«

Und während Apoll noch sehnsüchtig den Mädchenstamm umschlungen hält, vollzieht sich vor aller Augen, in Fluten grünen Lichts, das Wunder der Baumwerdung: aus dem Boden wächst es empor, überzieht die Glieder, überhöht das Haupt. Jetzt aber, schwesterlich die Hinzugewachsene aufnehmend, verwandeln sich all die Bäume des Haines – während Apoll aus Daphnes Krone den Lorbeerzweig pflückt und gelobend emporhält – in liebliche Nymphen, deren jede ja eines Stammes innewohnender Geist ist, und umwallen in harmonischen Kreisen das von Lichtfluten übergossene, nun so ungleiche Paar.

In die vollkommene, zum Teil wohl aus wirklicher Ergriffenheit wachsende Stille erschallte vom kaiserlichen Balkon ein einsames aber kräftiges Händeklatschen: es entfesselte einen Sturm.

Manuel strebte aus dem Trubel. Er entdeckte zu seinem Glücke (wie er glaubte) im offenstehenden Nebenraume auf einem mächtigen Sekretär – der wohl einem Beamten des kaiserlichen Hauses zugehörte – so Schreibzeug, wie auch einige Bogen Papier. Seine Bewunderung in wenigen rasch hingeworfenen französischen Sätzen den Ausdruck gebend, unterschrieb er einfach: Manuel. Ein Lakai fand sich, der ein Goldstück und das klein gefaltete Briefchen erhielt.

Diese Niederschrift und das Suchen eines zur Bestellung geeigneten Bedienten hatten einige Zeit verschlungen, und so fand Manuel, als er wieder zu seinem Fensterplatz zurückgekehrt war, das zweite Ballett, welches man fast unmittelbar anschloß, schon in vollem Gange: längst war Io zur Kuh gewandelt und der Juno Geschenk geworden, welche, nachdem sie den gräßlichen Argus zum Wächter bestellt, zunächst befriedigt wieder die olympischen Höhen aufgesucht hatte.

Dieser Argus, nun auf felsiger Spitze thronend, war ein rechtes Kunststück der kniffichen Italiener: die wohl über hundert erleuchteten Augen des riesigen Hauptes ruhten nicht einen Augenblick, wo eines sich schloß, öffnete sich daneben ein anderes, mit abwechselnd rötlichem und grünlichem Strahle. Die arme Kuh, derweil unglücklich brummend und herumtapsend, erregte indessen – wie's ja auch bezweckt war – Heiterkeit bei den Zuschauern. Die Natürlichkeit des Apparates war jedoch so groß, daß während jenes Auftrittes, wo Inachus seine so schmählich in ein Rind verwandelte Tochter wiedererkennt – da sie mit dem Hufe in den Boden schreibt – und das verloren geglaubte Kind in solcher Tieresgestalt umarmt, wiederum echte Gerührtheit aufkam.

Nun aber erschien, aus der Höhe des dritten Stockwerkes etwa, mit der größten Leichtigkeit herabschwebend, Merkur (sich in solcher Weise der Maschinerie anzuvertrauen, hatte eines der jungen Landfräulein gerne und sogleich freiwillig übernommen!). Er landete neben dem vieläugigen Ungetüm an der Felsspitze. Und während sein einschläferndes Flöten auf der Syrinx vom Orchester in anmutigen Variationen begleitet und weitergesponnen wird, stellte man sogleich an einer anderen Stelle der geräumigen Bühne – hierzu mußte wieder der Peneios dienen, wenn auch vom Dichter eigentlich ein anderer klassischer Fluß gemeint worden war, aber was verschlug das?! – die Erfindung der Hirtenflöte durch Pan, dem gleichfalls eine Nymphe einst ein Schnippchen geschlagen, worauf der traurige Gott aus Schilf das Instrument gefügt und sich aufs Blasen verlegt hatte: mit dieser ganzen Geschichte aber versucht ja der kluge Merkur den unerbittlichen und vieläugigen Wächter Argus einzuschläfern. Und so konnte die junge Dame, die oben den Mercurius agierte, neben dem Andeuten des Blasens – welches selbst freilich im Orchester ausgeführt wurde – zugleich ihre Darstellungskunst aufs beste zeigen, indem sie, was unten am Peneios geschah, oben in erzählenden Gebärden gleichsam dem Argus mitteilte.

Die Tötung des Argus durch Merkur mit dem Sichelschwert – wobei mindestens so viel rotes Blut über den Felsen herabströmte, als in ein erkleckliches Weinfaß geht – machte beim Publico den schönsten Effekt. Als nun endlich die Kuh, von Juno mit Wahnsinn geschlagen, laut muhend durch die Lande irrte, um an den Ufern des Nil (mit inzwischen beleuchtetem Prospekte) niederzusinken »die Knie gebeugt und rückwärts hebend den Nacken«, als endlich Juno von der Höhe Verzeihung gewunken, da erwartete jedermann mit größter Spannung die Rückverwandlung dieses liebenswürdigen Tieres in das noch liebenswürdigere Mädchen, welches man zu Anfang des Stückes gesehen:

>»Völlig gesühnt ist die Göttin; da kehrt in die vorige Bildung
>Io, und wird, was sie war. Es entfliehn von dem Leibe die Zotten,
>Mählich verwächst das Gehörn, dem Auge wird enger die Rundung,
>Menschlicher zieht sich der Rachen, verjüngt blühn Schulter und Hände,
>Und es zerspaltet die Klau' in fünf auslaufende Zehen.
>Nichts von der Kuh ist übrig an ihr, die weiße Gestalt nur.«

In dieser stieg sie denn auch am Ende heraus, nachdem sie immer dünner werdende Tierhäute, aufeinander folgend, geschickt abgelegt hatte, sich dabei allmählich emporrichtend (in das ganze wie eine Zwiebel wegzuschälende Kostüm war die Akteurin hinter der Szene gebracht worden, während man das Publikum vorne mit dem Mercurio in Atem gehalten). Zu guter Letzt aber fielen nur Schleier, und das hübsche, etwas üppige Mädchen stand mit nicht viel mehr, als mit dem Ruhme allerhöchsten und allgemeinen donnernden Applauses bedeckt an den Ufern des Nil, welches ihr auch im Augenblicke lieber gewesen sein dürfte als das prächtigste Kleid.

In einem weiten, aber niederen Saale, der sich an jener Front des Gebäudevierecks befand, vor welcher unmittelbar man die Bühne aufgebaut, waren knapp hinter derselben die Garderoben der jungen Damen eingerichtet worden. In dem großen, von den vielen Kerzenflammen etwas heißen Raume, dessen Luft erfüllt war von den Gerüchen des Puders, der Schminke, der duftenden Essenzen und dem reinen kräftigen Aushauche junger Frauenkörper, herrschte ein allgemeines Gezwitscher und Geschnatter, bei da und dort einsetzender eifriger und eilender Bewegung, wenn es galt, neuerlich zu tänzerischen Auftritten rechtzeitig bereitzustehen. Die Länge des Saales hindurch waren auf der einen Seite in gleichmäßigen Abständen die Schminktische aufgestellt worden, für jedes Mädchen ein gesonderter, während die andere Wand fast ganz bedeckt war von großen venezianischen Spiegeln, welche sich dicht aneinanderschlossen. Bei genauerer Betrachtung wäre aufgefallen, daß die lange Reihe der Toilettentische an einer Stelle, nicht ganz in der Mitte des Raumes, unterbrochen war, so daß gewissermaßen zwei Gruppen entstanden: dieses hatten sich die jungen Hoffräulein erbeten, welche auf solche Weise von dem »Kuhstall«, wie sie sagten, einigen Abstand erhielten und unter sich blieben.

Im »Kuhstall« waltete die Gräfin Partsch, unterstützt

und zeitweise auch vertreten von einer ihr beigegebenen älteren Hofdame, ihres Hirtenamtes (die separierten Fräuleins bemerkten dazu, sie betätige sich als Oberschweizer). Sie dirigierte zum Teil die jungen Damen, zum Teil einen in ununterbrochener, durcheinanderwimmelnder Bewegung befindlichen Trupp von Schneiderinnen und Kammermädchen, nach denen stets an mindestens fünf Stellen zugleich gerufen wurde, und die, überall beispringend, knieend, hockend, stehend, an den Göttinnen und Nymphen vor jedem Auftritte herumzupften, dort mit ein paar Stichen Loses befestigend, hier wieder allzu Festes lösend, glattstreichend, Augenmaß nehmend, schätzend, fragend: mit dem Ausdrucke angestrengtester Arbeit in den Mienen, und immer Stecknadeln im Munde.

In der kurzen Pause nach der »Daphne« war die Gräfin zur Kaiserin Eleonore hinaufgerufen worden, die ihr mit vielen freundlichen Worten ihrer Mühe dankte und sie sogar nötigte, für ein kleines Weilchen, und während man schon das zweite Ballett begann, am Balkone bei ihr Platz zu nehmen: welcher allgemein bemerkten Auszeichnung sich denn »der Schweizer« nach Gebühr freute. Die Gräfin erbat von Ihrer Majestät Erlaubnis, späterhin in aller Stille Urlaub nehmen zu dürfen, weil sie rechtzeitig vor jenem Auftritte, welcher die Erfindung der Syrinx durch den Waldgott Pan gleichsam als Erzählung des Mercurii darstelle, noch alle jungen Damen einer Musterung unterziehen müsse, denn da kämen sie ja allesamt auf die Bühne, da des Gottes Erlebnis von einem im Hintergrunde sichtbaren Nymphenreigen rhythmisch und mimisch akkompagniert sein werde: welchen Reigen anzuführen ihre Nichte, das Fräulein Lequord, die ehrenvolle Aufgabe habe.

Die Kaiserin lächelte huldvoll, sagte der Partsch noch ein ganz charmantes Lob in betreff der zuletzt genannten jungen Dame und bemerkte am Ende, die Gräfin möge nur geruhig noch neben ihr verweilen, damit sie doch auch, zu einem Bruchstück mindest, das schöne Ballett genieße, von dessen Gelingen ihr ein gutes Teil zu danken wäre; und sie halte für gewiß, daß dort unten, in der Garderobe, von ihrer, der Gräfin, bewährten Kraft schon so treffliche Ordnung geschaffen sei, daß man unbedenklich ein Weilchen hindurch die Dinge der stellvertretenden Hofdame überlassen könne. Wolle sie indessen späterhin rechtzeitig hinabgelangen, so möge sie nur ganz légèrement sich dazu anschicken, wenn sie es für an der Zeit halte.

So hatte denn die Partsch, nachdem sie durch ein Weilchen ihren Triumph am Balkone genossen, sich leise erhoben, war, infolge des beschränkten Raumes mit einiger Schwierigkeit, in den Hofknix gesunken – der auf keinerlei Weise unterbleiben konnte – und gelangte schließlich hinab, als schon die Vorbereitungen für das eingelegte Pans-Ballett in vollem Gange sich befanden. Die jungen Damen waren alle ohne Ausnahme in der heftigsten Bewegung, gut die Hälfte ihrer lief halb nackt herum, und das Gezwitscher und Gesumm hier hatte seinen Höhepunkt erreicht.

Eine Viertelstunde später aber war der Raum völlig verlassen, auch die Schneiderinnen verschwunden, denen ein Hoflakai väterlich bedeutet hatte, daß für sie auf den Gängen nunmehr Wein und Erfrischungen gespendet würden.

Die Gräfin befand sich allein in dem Saale mit den zahllosen Kerzenflammen unter der niederen Decke, den zahllosen bunten Dingen, die überall herumlagen, den zahllosen sich durchkreuzenden Gerüchen.

Süß tönten vom Orchester her die syringischen Klänge, welche variierend und gedankenvoll des Gottes Erlebnis untermalten.

Auch die Gräfin war gedankenvoll.

Sie stand neben einem der Schminktische still, blickte darauf hernieder und wurde sich jetzt dessen bewußt, daß es der Tisch des Fräuleins von Randegg sei.

Unter einer Puderdose sah ein Zipfelchen hervor, wie von einem zusammengefalteten Briefe.

Die Gräfin schaute nach diesem Zipfelchen, zog es dann ruhig an sich und öffnete das Blatt. Plötzlich, nachdem sie die Unterzeichnung gelesen, und durch einige Augenblicke die Schrift mit halbgeschlossenen Augen betrachtet hatte, war in tief inneres Besinnen versunken, geschah mit ihrem ganzen Antlitz etwas wahrhaft Entsetzliches:

Es zerfiel. Das Band der äußeren Form, welches diese Züge sonst unter dem einheitlichen Zugriff einer stets bewahrten Haltung in ein bestimmtes Verhältnis zueinander fügte, dieses Band schien gewaltsam zerrissen und entließ jetzt jeden Teil des Gesichtes selbständig: eine riesenhaft vorspringende Nase, die man sonst so nicht bemerkte, hamsterhaft und geradezu schamlos hängende Backen und ein gemeines klaffendes Maul, das kein Mund mehr genannt werden konnte.

»Tu as voulu me faire bisquer, gosse maudit!« flüsterte sie heiß und inbrünstig vor sich hin. »Gauch, hundsdreckiger! Ich will dich lehren, ein für mich bestimmtes Buch zu verunzieren! Ich will dir deine Drachen eintränken, fürs Leben, ich will...«

Die Worte fehlten. Ein leise pfeifender Ton, wie von einer Ratte, kam aus ihrer Kehle.

Sie gewann indessen die Fassung ganz ebenso plötzlich wieder, als sie dieselbe verloren hatte.

Ihr Gesicht versammelte sich. Jetzt lag eine furchtbare Kälte darin. Sie schob den wieder gefalteten Brief sorgsam an seinen früheren Platz und genau in die gleiche Lage, wie er gewesen, trat vor einen Spiegel, sah lange hinein, ordnete die Coiffüre, und nahm von einem der Schminktische etwas Puder.

Plötzlich wurde die hier angewachsene Stille vernichtet. Der Schwarm kehrte von der Bühne zurück, füllte den Raum mit einem jetzt geradezu wild und bacchantisch wirkenden Durcheinander von Bewegungen, Farben, Stimmen. Fräulein von Lequord berichtete ihrer Tante feurig-atemlos, daß alles herrlich gegangen sei. Diese liebkoste und küßte das Mädchen.

Dann sah sich die Gräfin nach dem Fräulein von Randegg um, welche an ihrem Schminktisch saß.

»Mon cher enfant«, sagte sie, neben die junge Dame hintretend, welche sich unverzüglich erhob, »es wär' mir lieb, wenn Sie morgen bei mir speisen möchte.« Der Ausdruck ihres Gesichtes schien jetzt von fast mütterlicher Güte.

Das blonde Mädchen, dessen Augen blank und beinahe hart waren vor Lust, an diesem für sie so großen und bedeutungsvollen Abend, hätte, wie wohl zu glauben ist, in solcher Verfassung auf alles und jedes zunächst einmal mit einem freudigen Ja geantwortet, ohne recht hinzuhören – wie sehr erst auf diese ehrenvolle Einladung! Sie knixte tief und küßte der Gräfin die Hand:

»Oui, ma comtesse«, sagte sie.

»Ich hätt' ihr etliches mitzuteilen, was für Sie von Vorteil und Wichtigkeit wär', wenn Sie hier zu Wien auch sonsten weiterkommen will – und das will Sie ja doch, nach dem prächtigen Anfang?! Solches werden wir denn alles in Ruhe bereden. Es wird auch mein alter Freund, der Marquis von Caura, bei mir zum Speisen anwesend sein. Der Freifrau von Woyneburg will ich's durch einen Läufer sagen lassen, daß ihr Schutzkind bei mir speiset. Also auf morgen, ma mignonne.«

»Ich danke Euch innigst, gnädige Gräfin«, sagte die Randeggerin leuchtenden Auges und knixte nochmals.

Vor dem gelben, langgestreckten Schlosse zu Enzersfeld, am Rosenparterre hin- und widerschreitend, unterredeten sich Bruder und Schwester.

Ein fast sommerlicher Tag stand über der Ebene, und ganz draußen, am Rande des Gesichts, verschoben sich langsam einzelne wollig-weiße Wölkchen.

Nachdem sie das gestrige Ballett besprochen sowie einige wirtschaftliche Angelegenheiten, derentwegen sie aus ihrem Stadthause heute heraus nach Enzersfeld gekommen waren, sagte Ines:

»Es scheint also, daß mit Manuel alles gutgehen wird.«

»Ja«, antwortete Ignacio.

»Du sahst ihn auch nicht mehr, nach dem Ballette?«

»Nein«, antwortete Ignacio.

»Doch muß ich dir sagen«, sprach Ines, plötzlich lebhafter, »ein Mann, der solchem reizenden Geschöpf gegenüber, wenn er's schon gewinnen kann, das wahre Feuer doch nicht zeigt: das verstehe der Himmel, ich nicht.«

»Du meinst also, daß er sie nicht liebe?« rief Tovar und wandte sich der Schwester voll zu.

Sie schwieg. Er sah wieder an den Himmelsrand hinaus. Auf seinem hübschen, aber für einen Jüngling oder Mann wohl zu weichen Antlitz schlugen sich alle wechselnden Gedanken und Empfindungen so sichtbar nieder wie die Wolkenschatten über einer Landschaft.

»Wenn nur ein anderes nicht noch zur Unzeit dazwischenfährt«, sagte er. »Ich hörte, das Coltuzzische Regiment werde nun wieder zum Abmarsche bereitgehalten, von wegen der Bauern im Steirischen.«

»Das war wohl schon mehrmals der Fall in der letzten Zeit.«

Eine Livrée kam über die Terrasse und meldete, daß Ihre markgräfliche Gnaden, die alte Dame, sich eben aus dero Gemächern zum Frühstück herabbegebe. Die Geschwister gingen, um ihrer Mutter dabei Gesellschaft zu leisten. Ignacio bot Ines den Arm und küßte, in einer zärtlichen Aufwallung, mit leisem Drucke ihre Hand.

Manuel schlief unruhig in der folgenden Nacht vom Donnerstag auf den Freitag, und schon gegen halb drei Uhr morgens bewegte sich sein Kopf auf den Kissen. Punkt drei Uhr trat, wie ihm befohlen, der Diener in das geräumige Schlafzimmer, hoch empor einen mit mehreren Kerzen besteckten Armleuchter haltend, und blieb neben der Tür zunächst regungslos stehen.

Manuel sprang aus dem breiten Bette, stellte sich vor das offene Fenster und sah in den dunklen Park hinab.

Er wußte und fühlt' es wie noch nie: daß jetzt die Entscheidung gekommen sei.

Seine Eile war groß. Kaum eine Stunde nach dem Erwachen betrat er, Sänfte und Leute zurücklassend, beim Chor der Kirche über das zusammengebrochene Gitter steigend, den Woyneburgschen Park. Seine Füße, eben noch auf dem hier mit granitenen Platten belegten Bürgersteige vorsichtig auftretend, da ihm der Schuhe Klappern unerträglich schien, spürten plötzlich weichen Rasen unter sich. Es war noch sehr finster.

Gleichwohl kam er vorwärts, fand den breiten Kiesweg, die Steinbank unter den alten Bäumen: unzweifelhaft war dies der angegebene Ort.

Er ließ sich nieder. Die kleinen Durchbrechungen der hier herrschenden völligen Lautlosigkeit, die er dabei erzeugte – das Knistern des Gewandes, das leise Scharren des Schuhs – wurden von den großen in dem alten Parke angesammelten Vorräten an Stille sogleich wieder verschluckt, und, kaum geschlagen, waren solche winzigen Wunden am Leibe der reinen Frühe auch schon wieder geschlossen. Diese aber umgab den einsamen Mann wie eine unsichtbare, dicke Polsterung mit sanftem Druck.

Im Osten, wohin der Ausblick frei lag, erschien der erste falbe Streif. Das dunkle, hoch empor buckelnde Kirchendach rechter Hand trat etwas näher heran und setzte sich gegen den Himmel ab.

Als darunter durch die schmalen Fenster ein vorher noch nicht bemerkter schwacher Lichtschimmer der Kerzen brach, fühlte und wußte Manuel – gerade in diesem Augenblicke! – daß er vollkommen ruhig sei.

Nun würde sie kommen. Er wandte den Blick in die Richtung.

Eine Tür ward laut; dann der Kies.

Erst nur wie ein bewegter Teil der Dunkelheit, wurde sie jetzt deutlicher sichtbar und auch für ihn schon erkennbar, wie sie, einen Mantel umgeschlagen, auf dem Kieswege einherkam, wo es bereits heller war als unter den

Bäumen, welche die Nacht wie einen hängengebliebenen Schleier an sich hielten. Deshalb auch schien sie ihn ihrerseits noch nicht unterscheiden zu können.

Nun war sie nahe. Manuel erhob sich. Sie ging unverzögert weiter.

Er trat unter den Bäumen hervor. Sie beschleunigte weder, noch mäßigte sie ihren Schritt.

Er stand jetzt knapp am Wege. Sie ging an ihm vorbei.

Nun aber, bevor er das Unbegreifliche dieses grauenden Morgens an sich ganz heran ließ – schon hatte sie gegen die Kirche zu wieder ein Stück Weges gewonnen – tat er drei bis vier rasche, fast laufende Schritte hinter ihr her auf dem knirschenden Kies.

Das Fräulein von Randegg blieb stehen, ohne sich herumzuwenden. Nur über die Achsel zurückblickend, zeigte sie, mit einer heftigen und gebieterischen Bewegung des rechten Armes, gegen den Chor der Kirche und den Eingang, den Manuel genommen hatte. Da hinter ihr nichts sich regte, wiederholte sie diese Gebärde, mit welcher sie ihn unzweideutig aus dem Parke wies, noch einmal aufs heftigste, dabei leicht mit dem einen Fuß aufstampfend. Sogleich nun weiterschreitend gelangte sie rasch an die seitliche Kirchentür, welche sich jetzt öffnete, jetzt schloß. Sie war verschwunden. Manuel verließ sofort den Park: seine Glieder übernahmen, bei zunächst verwirrtem Geiste, die Führung. Er saß in der Sänfte, steif, etwas vorgebeugt, als stemme er sich gegen ein Unsichtbares. Als er in das Schreibzimmer trat, erschien ihm der grüne Park vor den hohen Fenstern plötzlich braun wie im späten Herbste, aber es war schlimmer noch, es war ein grauenhaftes Braun, eine Farbe des Abgrundes. Er fuhr mit der Hand über seine Augen und sah nochmals hin: die Erscheinung war verschwunden.

Auf der Platte des Sekretärs lag ein Brief. Manuel erkannte ihn sogleich als vom Coltuzzischen Regimente kommend, und wußte auch in einem, was einzig dieses Schreiben enthalten konnte und durfte.

So war's.

Alle sechs Eskadronen hatten, falls bis zwölf Uhr am Mittage keine Gegenorder vom Hofkriegsrate noch herabgelangt sei, unverzüglich geschlossen zu marschieren. Die Namen waren angeführt: die Schwadron Cuendias stand als dritte auf dem Papiere. Er fühlte den Diener hinter sich stehen, unterfertigte das Schriftstück und reichte es, ohne sich umzuwenden, nach rückwärts. Ebenso erteilte er die nötigen Anweisungen.

Das Haus kam in Bewegung.

Eine Stunde später erschien Manuel, im Waffenrocke, auf der Freitreppe bei der Anfahrt. Im Vorgarten eilten die Domestiken. Jenseits des Gitters, auf der Straße, tänzelten die Pferde, von einem Dragoner gehalten.

Er ritt durch die Stadt, steif und gerade im Sattel sitzend. Die erste volle Sonne des Tages lag in den Straßen, während an den Häusern noch das duftige Blau der Nacht zu hängen schien. Von den Basteien sah man weit aus. Die Vorstädte und die Höhen dahinter lagen überschärft in ihren Einzelheiten unter der Sonne, unter dem wolkenlosen Himmelsblau. Manuel ritt im Trabe an den vielen Soldatenwohnhäuschen vorbei, welche hier an die Wälle gebaut standen, und dann geradewegs ins Tor der Kaserne, wo er hielt.

Dem Unteroffizier der Torwache befahl er, jedermann, der nach ihm fragen würde, zu sagen, daß er nicht in der Kaserne anwesend, sondern fortgeritten sei, unbekannt wohin. Einen ähnlichen Befehl hatte Manuel daheim der Dienerschaft schon erteilt.

Gegen zehn Uhr kam eine Tovarsche Equipage vor das Palais Cuendias gerollt. Ignacio erhielt von den Leuten zu seiner Überraschung jene Auskunft, die ihnen befohlen war, nahm indessen von selbst an, daß Manuel in der Kaserne befindlich sei und fuhr allsogleich weiter: dorten indessen ward ihm ein ähnlicher Bescheid.

Zunächst in einer gewissen Ratlosigkeit, fiel ihm plötzlich ein, daß jetzt eine schickliche Gelegenheit gegeben sei, der Freifrau von Woyneburg und insbesondere dem Fräulein von Randegg eine Visite zu machen, vor allem um der letzteren zu sagen, welch großen und vorteilhaften Eindruck er von dem Ballette empfangen. Also befahl er dem Kutscher sogleich dorthin zu fahren, da denn diese Zeit des Vormittags eben passend war. Der Wagen bog bald um den Chor der Minoritenkirche, rollte an dem zerfallenen Parkgitter entlang und hielt, nachdem man um die Ecke vor die Hauptfront des Woyneburgschen Hauses gekommen, an der Auffahrt.

Er sandte den Diener zum Anmelden hinauf und lehnte sich im Wagen zurück.

Der Lakai blieb lange weg.

Ja, so lange, daß Ignacio mit diesem bereits verwunderlichen Ausbleiben in seinen Gedanken nichts mehr anzufangen wußte. Die Sonne schien in den Wagen, der Platz vor dem alten Haus war leer und still.

Jetzt öffnete sich oben die Türe, sein Mann erschien wieder, zusammen mit einer Woyneburgschen Livrée, welche mit tiefer Verbeugung an den Wagen trat, meldend, die Freifrau sei leider von ernster Unpäßlichkeit befallen und den Arzt erwartend. Das Fräulein von Randegg aber habe befohlen, ihm diesen Brief zu überreichen.

Tovar ließ den Kutscher sogleich losfahren, und zwar heim, in das Stadtpalais. Als der Wagen schon wieder um den Chor der Kirche bog, riß er endlich das versiegelte Schreiben auf: so lange hatte er gezögert.

Es enthielt, unter dem Randegger Wappen, nur diese Zeilen: »Tut mir, edler Herr, die Liebe, dem Grafen Cuendias zu sagen, daß meine Augen ihn nie mehr erschauen wollen. Und, da Ihr sein Freund, so nehme ich in einem auch von Euch den Abschied. Margret von Randegg.«

Das Getümmel der belebten Straßen, durch die man jetzt fuhr, schien Ignacio plötzlich grauenhaft leer und sinnlos.

Er trieb den Kutscher heftig zur Eile an. Sie donnerten

endlich durch die Einfahrt auf den Hof des Palastes. Ignacio entfloh aus dem Wagen eilends mitten durch die herantretende Dienerschaft in ein entferntes, abseitiges Zimmer des großen Hauses. Wäre Ines hier gewesen, zu ihr hätte er sich unverzüglich geflüchtet, bei ihr, wohl möglich, sogar geweint. Aber sie war draußen in Enzersfeld geblieben. Er sank in einen der hohen Sessel, starrte vor sich auf den Boden. Sein Gesicht zerfiel, es glich dem eines tief erschrokkenen vierzehnjährigen Knaben.

Aber da er nicht von der Art des Grafen Cuendias war – welcher der Zumutung, eine Tatsache oder etwa ein Gefühl durch Denken zu zerkleinern, die glatte Mauer der Ablehnung entgegenzustellen pflegte –, so antworteten doch auf den erlittenen Stoß alsbald einige sich hervorragende Überlegungen in ihm, wie dem Erdbeben das Rieseln in den Mauern folgt. Und, wahrlich, es hielt, selbst bei seiner Verwirrung, nicht schwer, hier zu der oder jener Vermutung zu gelangen.

Er sprang plötzlich zur Türe, riß sie auf, rief nach einem Bedienten und verlangte Schreibzeug.

Dann versuchte er einen Brief an das Fräulein von Randegg. Er versuchte ihn mehrmals, begann immer von neuem, ließ sich sogar Wein bringen, der Anregung und Stärkung halber, jedoch er gelangte zu keinem Ende. Er schrieb – was er nicht schreiben wollte. Er klagte sie der Engherzigkeit an und daß sie Lügen Glauben geschenkt; aber mitten darunter wurde ein ganz anderer Brief aus alledem, ja, am Ende stand vor ihm, schwarz auf weiß, eine klare Ertappung seiner selbst.

Nun endlich sank seine Stirn auf die eingelegte Holzplatte des Tisches, und die erste Träne, offen und ehrlich geweint, feuchtete lösend das Auge.

Er raffte sich empor. Stunden waren vergangen, die Uhr bald auf eins. Es litt ihn hier nicht länger. Es war so still. Er ließ für sich und einen Reitknecht satteln – da ihm die unbehilfliche Langsamkeit der Kalesche in den teils engen Gassen plötzlich furchtbar dünkte – und ritt durch die

Stadt, scharfen Trabes, und kam, zum zweiten Mal an diesem Vormittage, vor des Grafen Haus: eben als der Studiosus Pleinacher, dem dieselbe Auskunft wie Ignacio geworden war, über die Freitreppe herabstieg und durch den Vorgarten schritt.

Der Anblick des großen blonden Burschen beglückte Tovar geradezu. »Pleinacher, Studiosus Pleinacher!« rief er.

»Ist der Graf nicht hier?!«

»Nein«, sagte Pleinacher und blieb vor den Rossen stehen. Er sah finster und nachdenklich aus.

»Könnet Ihr reiten?« fragte Tovar, der vom Pferde gesprungen war.

»Freilich«, sagte der Student.

»Kommt mit mir, ich bitte Euch drum!« Ignacio hieß den Reitknecht heimgehen, und Pleinacher bestieg dessen Gaul. Sie ritten, so schnell es nur in den Straßen gehen mochte, auf die Basteien hinaus und zur Kaserne. Der Tag war noch immer wolkenlos, heiß und blau.

Das Tor stand offen, daran lehnte ein Soldat; man sah auf den Sammelplatz und zu den Ställen hinüber. Allenthalben herrschte Leere und Stille.

Da erfuhren sie denn, daß die sechs Eskadronen des Coltuzzischen Regiments, unter Zurücklassung einer nur geringen Kasernwache, kurz nach Mittag abmarschiert seien, ins Steirische oder Windische, wie man höre. Sie müßten nun den Wienerberg schon hinauf sein, der Zeit nach.

Ohne ein Wort zu wechseln, wie in einem stummen Einverständnis, wandten Ignacio und Pleinacher ihre Pferde. Sie trabten scharf der Bastei entlang, schwenkten durch den hohl widerhallenden Widmer Torturm und fielen, nach Zurücklassung der ersten Vorstadtstraßen, in scharfen Galopp. Ob einer von ihnen sich Rechenschaft über den Zweck und Sinn dieses Rittes gab, ist schwer zu sagen – und besonders ob Ignacio das tat! – das Ergebnis mußte in diesem Falle allerdings ein unzweifelhaftes sein.

Gleichwohl, sie verminderten die Geschwindigkeit ihrer Tiere nicht, und so zogen sie denn in einem einzigen langen Galopp bis gegen die kahle Anhöhe hinauf, und ein Stück über diese hinweg. Sie hielten jetzt, und sahen voraus. Der Wind blies frisch von rechts her.

Dort unten, wo die Straße flach im Lande lag, ließ ein schier endloser Zug von Reitern träg abstreichende Staubwolken hinter sich. Sie qualmten dick hervor, als brenne unter den Rossehufen der Boden. Die schachbrettweis mit Feldern, Baumgruppen, Haus und Wiesenweg ausgebreitete Ebene verschwamm gegen die Mödlinger Höhen zu im Dunst.

»Dort reiten sie«, sagte der Student.

Ignacio antwortete nicht. Er ließ die Zügel hängen. Jetzt erst mochte ihm deutlich zu Bewußtsein kommen, daß hier der Weg endete.

»Wollen wir nach?« sagte Pleinacher.

Ignacio schüttelte nur den Kopf.

»Bleibt bloß die Hoffnung«, sagte er nach einer Weile, »daß es mit denen Unruhen im Steirischen gar nichts Ernstliches sei. So hörte ich auch kürzlich.«

Pleinacher hatte sich bei diesen Worten verdüstert, und die Buckel seiner Stirn über den Brauen sahen auffallend stark aus. »Fato locuto causa finita«, erwiderte er. »Wenn das Schicksal gesprochen, ist die Sach' geendigt. Seinen Willen zu vollenden braucht's keiner großen und pomphaften Zurüstung, trifft wohl auch ohne Krieg, wen's mag. Anderweis geht einer wieder heil durch zehen Schlachten. Wär' mir überdem grimmig leid, sollt' der Graf auf eine so schmähliche Art zu Schaden kommen wie im Kampf gegen die armen Geschterten, den er gewißlich verabscheut.«

Er schwieg, sah in die Ebene hinaus, dem Reiterzuge nach, und nahm plötzlich sein Barett ab. Von dort unten her hörte man jetzt ein Trompetensignal. Der Staub quoll noch mehr, anscheinend war das Regiment in den Trab gefallen.

Der Wind fuhr Pleinachern ins Haar und stellte den strohblonden Schopf hoch auf.
Sie wandten ihre Pferde zur Stadt zurück.

10

Zu Unzmarkt hatte inzwischen das Gerede über Paul Brandter und sein Weib in der Tat die weitesten Kreise gezogen, und kaum ein Ohr war davon unberührt geblieben. Man wird nicht fehlgehen, wenn man in der Krämerei den Mittelpunkt vermutet, von wo aus die Neuigkeit, einmal dort angelangt, sich flugs nach allen Seiten verbreitete. Hier war jener Auftritt vor sich gegangen, dessen Nachspiel im Brandterischen Hause wir schon kennen. Die Hanna, im vollen Bewußtsein ihrer schönen, drallen Gestalt und ihrer allgemeinen Beliebtheit, war hereingewippt und gleich durch den Laden nach hinten in die Stube gegangen, wo einige Frauenzimmer um die Krämerin herumsaßen und jenen Gewürzwein tranken, den man damals »Claret« nannte. Hanna grüßte und begann gleich munter ihren Beutel mit den Handarbeiten aufzuschnüren: ob es wohl diese Decke nicht besser zieren möchte, wenn man die mit Goldfaden gefaßten Felder des Musters grün statt rot füllen würde? Es war ein schönes Stück Arbeit, das sie jetzt ausbreitete, und mancher lange Abend war daran gewendet worden. Die Krämerin (sie bot der Hanna keinen Platz zum Sitzen) strich das ganze Werk mit der Hand beiseite und sagte: »Laß Sie's hier, das Zeug, Sie braucht's nicht fertig zu machen. Was bin ich Ihr schuldig?« Schon die Form der Ansprache war verblüffend. Hanna hob mit einem kleinen Ruck den Kopf, sah in die Gesichter der anderen Weiber und war durch deren salbungsvollen Ernst, der sich seltsam mit dem Hochgenuß mischte, den sie dahinter empfanden, sogleich darüber belehrt, daß es hier um irgendein Ding ging, welches mit ihrer Arbeit in keinerlei

Zusammenhang stand. »Was soll's?« fragte sie jetzt herausfordernd. »Sage Sie nur, was Ihr an Gelde noch zukommt, und halte Sie mich nicht auf. Das soll's«, sagte die Krämerin mit Würde. Im Augenblick hatte Hanna ihre Arbeit zusammengerafft und (wenn auch nicht so kräftig, wie es daheim bald danach ihr Mann tat) die Türe hinter sich zugeworfen.

Auf dem Dorfplatz tat ihr die Sonne weh. Jemand gesellte sich neben sie. Ein Hüterkind war's, sie bemerkte es jetzt erst, ein etwa vierzehnjähriges Mägdlein. »Frau Hanna«, sagte sie mehrmals, ward aber noch nicht gehört. »Ihr wart bei der Krämerin, ja?«

»Nun, was denn?«

»Warum weint Ihr denn, Frau Hanna? Aber ich weiß es schon.«

Hanna kam zu sich. »Was weißt du?« Sie trat mit dem Kinde in ein Gäßchen, an dessen Ende man den Fluß sah. »Sprich, Mädel.«

Da erfuhr sie denn alles. »Aber ich hab' Euch lieb, Frau Hanna, wißt Ihr's, ja?« sagte das Kind. »Unsere Krämerin ist ein bös Weib und gewiß nichts davon wahr.« – »Nein, nichts ist wahr«, sagte Hanna heftig, »kein Wort, lauter erdichtet böswillig Lügenzeug. Ich dank' dir«, fügte sie hinzu, strich dem Mädchen über den Kopf und ging davon.

Dieser erste Vorfall – ihm folgten späterhin noch andere, ähnliche, die aber weniger erschreckend wirkten, da Hanna nunmehr auf derartiges stets gefaßt blieb – dieser Vorfall in der Krämerei hatte übrigens eine Folge, die der dicken Krämerin eine Art Niederlage und manchen versteckten Spott und Hohn eintrug. Es ist schwer zu sagen, ob die Sache mehr schrecklich oder lächerlich war, wahrscheinlich wirkte sie auf beide Art. Denn einige Tage später erschien, um wie gewöhnlich einzukaufen, nicht Hanna, sondern, und zwar mit dem Henkelkorbe am Arm – Paul Brandter. Im Laden befanden sich mehrere Leute. In der kleinen Pause des Befremdens, die entstand, kam der Eindruck, den Brandter machte, zur vollen Wirkung. Sein Gesicht war hart, die Kinnbacken lagen fest aufeinander, die Schultern waren gestrafft, und sein Blick ging gradeaus und dem Gegenüber jederzeit ins Auge. Niemand sprach ein Wort, jede Unterhaltung ruhte, es war während der knappen Weile, die er im Gewölbe stand, gerade so, als sei hier ein großer Herr eingetreten. Kurz angebunden verlangte er das Seine. Die Krämerin war freundlich, ja dienstfertig. Alle sagten später, sie hätte sich vor Brandter sehr gefürchtet, und lachten hämisch darüber. Bei diesem nun verblieb es auch weiterhin. Nie mehr erschien Hanna, um einzukaufen, immer der Mann. Und immer wurde es still. Ja, die Krämerin ging so weit, daß sie dem Korporal den Vortritt gab, und sogleich seinen Wünschen entsprach, auch wenn andere Kunden, die früher eingetreten waren als er und schon warteten, an die Reihe hätten kommen müssen. Wahrscheinlich wollte sie ihn so rasch wie nur möglich wieder draußen haben.

Brandters Verhalten hatte sich auch sonst ein wenig verändert. Zwar blieb seine Lebensweise eingezogen wie früher, jedoch konnte es jetzt weit häufiger geschehen, daß man ihn im Dorfe auf der Straße sah, wo er offenbar nur spazierenging, ohne ein bestimmtes Ziel. Fast jeden Tag, stapfte er jetzt groß und breit über den Platz. Es war ja recht befremdlich, aber man mußte es feststellen: Brandter begann sich zu zeigen. Er sprach dabei mit fast niemandem, rückte die Mütze nur leicht und grüßte kurz. Seine Haltung war sehr straff, ein kundiges Auge hätte sogleich in ihm den alten Soldaten erkannt.

Daheim schwieg er und dachte. Und zwar immer an das gleiche: an die letzten Tage vor seiner vereitelten Hinrichtung und an diese selbst, oder, genauer angegeben, an einen bestimmten winzigen Augenblick während dieses Vorganges. Seine eigenen Worte, die er neulich dem Weib im Zorne zugerufen hatte, gingen ihm nun nicht mehr aus dem Kopf, jedoch dünkte ihm jetzt, daß auch ihm billig niemand geschafft habe – sich retten zu lassen. Das war seine neueste Einsicht. Er hätte doch »nein« sagen können. Dieses war ihm doch wohl freigestanden, oder etwa nicht? Er aber hatte gerufen »mein Schatz, es ist mir schon recht«, und vorher ja überdies um Hilfe geschrien, ganz erbärmlich: »Ist denn niemand da, der sich meines jungen Lebens erbarmet?« Deshalb aber hätte ich doch immer nachher wieder »nein« sagen können, wie? dachte Brandter hartnäckig. Das Schönste an alledem aber war, daß er damals, ja damals auf der Leiter stehend, einen Augenblick lang, einen ganz bestimmten Augenblick lang dieses gewußt hatte: daß er jetzt nämlich auch »nein« sagen könnte, ja, beinahe sollte. Und das stand heute noch (oder vielleicht erst heute wieder) scharf und klar in seiner Erinnerung. Das wußte er ganz bestimmt. Grüblerisch wie er jetzt war, schien es ihm ungeheuer wichtig. Ebenso wie jene letzten Tage seiner Haft: er war doch damals ganz ruhig gewesen, in einer durchaus versöhnlichen Stimmung? Eigentlich ein verdammt kluger Mann. Oft sah er jetzt das hochgelegene Gitterfenster der Zelle vor sich, zu dem er sich emporgeturnt hatte, und unten stand der Ulan, dem er auf die hohe Mütze spuckte.

Daheim lagen überdies die Dinge im argen und gerieten unaufhaltsam weiter hinein, obwohl sich die schlimmsten Befürchtungen nicht einmal erfüllten. Zwar, Arbeit bekamen die beiden weit weniger wie früher, das traf unerbittlich ein, und manch einer ist damals noch an Brandters Werkstatt vorbei zum Wagner oder Sattler nach Judenburg gefahren, und manche Bäuerin hat damals Leinen für neue Wäsche oder Zeug und bunte Wolle für ein gesticktes Tuch von der Hanna zurückverlangt und erhalten und einen schon gegebenen Auftrag wieder aufgekündigt. Jedoch, es gab genug Leute hier und in der Umgebung – denn so weit reichte schon allenthalben die Brandterische Kundschaft – die unserem Paar wohl wollten oder auch die ganze Geschichten für leeres Gerede hielten; und endlich solche, die sich einfach nicht drum kümmerten und viel zu bequem waren, um auf die guten und geschickten Arbeitskräfte hier in der Nähe zu verzichten. Zu manchem Einzelhof ist das Geschrei wohl auch sehr spät erst gedrungen. Die Brandterischen hatten und behielten also ihr Brot. Jedoch schlimmer als der tatsächliche Verlauf und Stand der Dinge waren, wie schon angedeutet, die Befürchtungen und Klagen, das Schwarzsehen und Jammern, an welchen Äußerungen es die Hanna wahrhaft nicht fehlen ließ. Freilich bedeutete es ja nicht nur einen Verlust an Erwerb, wenn solch ein Bauernweib einen Auftrag grob und hochmütig zurückzog, sondern das war doch auch jedesmal ein Schlag ins Gesicht, und so machte sich denn die gequälte Frau durch Reden Luft. Was Brandter seinem Weibe gegenüber ausstand bei diesen Anlässen – und sie wiederholten sich in der ersten Zeit nach dem Aufkommen der Sache nahezu täglich – das läßt sich leicht denken. Er hatte es gleich richtig vorausgesehen: ein Leben mußte das werden, als sei man ständig an den Schandpfahl gebunden. Manchmal ging er auch ohne Antwort aus der Stube, mit fest aufeinanderliegenden Kinnbacken, und saß dann lange und regungslos nach Feierabend in der dunklen Werkstatt, oder bei schönem Wetter draußen am Flusse, dessen gleichmäßiges Geräusch die wachsende Stille der Nacht um sich her zu verdichten schien.

Man sieht wohl, er wurde einsam. Er trat vor seine Werkstatt, wischte mit dem Ärmel den Schweiß von der Stirn und sah blinzelnd und sozusagen ungläubig über den Fluß und auf die katzenbuckelrunden Formen der Berge. Das Land rauschte auf mit vollerem und dunklerem Laube, im Winde flog auf den Wegen der Staub, das lichte Frühjahr wurde vom hereinbrechenden Sommer erdrückt, und der Himmel wölbte sich schwer und tiefblau. Auf den dunstigen fernen Bergen kroch das Tannengrün wie schwärzliches Moos. Und nun würde bald das fünfte Jahr dieser Ehe voll werden, für Brandter das dreißigste seines durch Hanna verlängerten Lebens.

Auch mit dieser ging einige Veränderung vor sich. Was sie am schwersten jetzt vermißte, dessen tat sie ja nicht geradezu Erwähnung in ihren vielen beweglichen Klagen: den kleinen Kreis, den sie jetzt schon gehabt hatte, die erheiternde Ansprache mit dem Austausch von Neuigkeiten, die trällernden Abendbesuche bei den Nachbarinnen und das Bewußtsein davon, daß man sie gerne sah und daß man ihrer reputierlichen und hübschen Person die Anerkennung nicht versagte. Nun jedoch fand sie sich wieder aufs Haus beschränkt, wie ganz zu Anfang. Ihr Gatte aber schwieg und brütete vor sich hin, etwas Finsteres ging von ihm aus. Und sie selbst bemühte sich neuestens auch gar sehr, ihre Zunge zu hemmen; denn dasjenige, wessen ihr Herz schwer war, trat gar zu leicht auf die redenden Lippen. Aber sie wollte Brandter nicht kränken, und es reute sie jedesmal von Herzen, wenn sie es wieder getan hatte. Hanna war ein rechtschaffenes Frauenzimmer, und wir müssen ihr einräumen, daß sie das Böse zu bekämpfen suchte, wenn es über sie Macht bekam. Oft kniete sie heimlich in der Kirche.

Denn in Ansehung der menschlichen Schwäche wird man es wohl begreiflich, ja fast verzeihlich finden, daß eine gewisse Verstocktheit gegeneinander zwischen den Eheleuten heranwuchs. Es kam hier eine Zeit rechten Unsegens. Jetzt war ihnen auch das Heim nicht mehr traut, welches den beiden, die von soviel Mißgunst umlagert waren, die einzige Zuflucht hätte bieten können. Der Mann blieb zu Hause. War der Feierabend gekommen, dann ging er mit langen Schritten auf und ab in der Stube und schwieg. Hanna aber, die alles das auf die Länge nicht in dieser Weise ertragen konnte, fand mit der Zeit und auf ihre Art doch in beschränktem Maße wiederum den Weg hinaus und unter die Leute.

Denn alle waren ihr ja nicht gram, und alle waren auch nicht hochmütig und schadenfroh. Da und dort hielt man es sogar mehr oder weniger offenkundig mit den Brandterischen (wozu jene lächerliche Niederlage der Krämerin auch das ihre beigetragen hatte). Und zudem, Feinde und Mißgönnerinnen hatte die Hanna naturgemäß vor allem unter den Weibern. Die Mannesbilder aber, wo sie nicht allzu sehr unter deren Einfluß standen, bezeigten der hübschen Person vielfach ganz offen Mitgefühl und Anhänglichkeit. Es gab Tröster. Möglich auch, daß die Hanna für einen wohlgefälligen oder bewundernden Blick, den ihr jemand nachsandte, jetzt etwas empfänglicher war als vordem. Solcher Blicke hatte es, wie eben hinter jedem hübschen Weibe her, durch die ganzen Jahre immer genug gegeben, auf dem Dorfplatz, am Flusse oder sonstwo. Es ließe sich am Ende auch denken, daß es Tröster mit freundlicher Ansprache gab, die ihr vielleicht schon lange nachgeschaut hatten, sich aber jetzt eher am Platze fühlten wie früher.

Wir sagen freilich nicht, daß irgend etwas geschehen wäre gegen die Ehrbarkeit, bei weitem nicht. Wenn Hanna heimkam, wurde sie auch gar niemals nach ihrem Verbleibe gefragt. Ihr Gesicht hatte sich übrigens etwas verändert, war härter geworden oder derber und nicht mehr kindlich. Wohl möglich, daß sie ihrem Manne auf eine Frage sogar schroff geantwortet hätte, etwa: »Was kümmert's dich? Du schaust mich ja nicht mehr an!« Und sicher ist es, ihr hätte es dann wieder leid getan. Aber es geschah ja keine Frage. Es blieb still, ganz still im Brandterischen Hause.

11

Einst, gegen Abend – Brandter brachte in seiner Werkstatt eben an einem funkelnagelneuen Kummet die letzten Verzierungen an – erklang vom Dorfplatz her die klare Stimme einer Trompete. Er fuhr mit dem Kopf hoch, seine Brauen zogen sich unfreiwillig zusammen, und dann schien es für einen Augenblick, als wollte er sozusagen nichts gehört haben und sich seiner Arbeit wieder zuwenden. Als aber die Trompete ein zweites Mal sprach – vorerst war es das zu jener Zeit bei den kaiserlichen Reitertruppen gebräuchliche Signal für »in Kolonne rechts!« gewesen, jetzt aber blies man »halt!« – beim zweiten Trompetenstoße also warf Brandter einfach alles hin und ging.

Ja, er lief. Das Dorf war in ungewöhnlicher Bewegung. Auf dem weiten Platz, der sonst wohl nur die strichweise watschelnden Gänseherden sah und etwa abends das fliegenumschwärmte Vorbeizotteln der Rinder, stand, in vier Zügen hintereinander aufmarschiert, eine blitzblanke Schwadron Coltuzzi-Dragoner. Die Mannschaft saß in schnurgerad ausgerichteten Reihen mit hohlem Kreuz zu Pferd und folgte mit Blick und Kopfwendung dem Rittmeister (Brandter erkannte den Grafen Manuel sofort), der die Fronten der einzelnen Züge abritt, gefolgt vom Eskadronstrompeter (so weit hatte es also der seinerzeitige Bursche des Grafen schon gebracht!). Die Dragoner in ihren weißen Waffenröcken und den blanken Kürassen hielten sich wie gemauert, nur da und dort regte sich, in spielerischem Gegensatz zur Disziplin, leise ein Pferd, nickte ein Kopf, soweit es die angestellten Zügel erlaubten, klirrte ein Zaum, scharrte ein Huf. Vor ihren Zügen hielten die Fähndriche und Leutenants mit gezogenem Degen.

Die Bauern lümmelten herum, traten von einem Bein aufs andre und gafften. Fast vollzählig waren die jungen weiblichen Einwohnerinnen von Unzmarkt erschienen, und immer noch kamen Nachzüglerinnen, die eilig aus den Haustoren traten und im Laufen die Hände an der Schürze abwischten. Da standen sie jetzt in Gruppen rund um die Schwadron des Grafen Cuendias, schwätzten, lachten und deuteten auch wohl mit den Fingern. Den größten Ernst und Eifer in der Begutachtung dieser Sache aber zeigten die Buben. Diese waren ganz aus dem Häuschen geraten. Sie kreisten um die Soldaten wie ein aufgeregter Mückenschwarm.

Brandter stand mürrisch abseits. Sein Blick wanderte durch die Reihen und bald hatte er seine alten Kumpane entdeckt. Der kleine Schwabe, kurz und breit, saß mit geblähter Brust auf dem Gaul, als sollte er mindestens das Modell zu seinem eigenen Reiterstandbild abgeben. Am einen Flügel des dritten Zuges hatte man im ersten Glied den langen Kerl eingeteilt, der auch entsprechend schwer beritten war. Dieser Mann zeigte eine gute soldatische Haltung; und zudem war es ihm gelungen, seinen Schnurrbart in einer Weise zu entwickeln, die geeignet sein mußte, selbst unter den Janitscharen des Sultans Angst und Schrecken zu verbreiten.

Im ganzen gefiel Brandter die Schwadron nicht übel. Und das will schon etwas besagen; denn er sah ja kundig auf Einzelheiten, vom Zustand der Hufe bis zu der mehr oder weniger großen Sorgfalt, die man auf die Pflege des Riemenzeuges verwandt hatte. Und überdies: man wird es wohl begreifen, daß Brandter in diesem Falle zu einer besonderen Strenge des Urteils neigte.

Indessen bedauerte er schon, daß er sich nachgegeben hatte und hierher gekommen war. Denn hier wurde ihm freilich jener Schritt hinab, den er einst getan, um sein Leben zu retten, recht anschaulich gemacht (es war ja wirklich ein Schritt hinab gewesen, von der unendlich einsamen Sterbehöhe der Galgenleiter nämlich in die dumpfe Wärme des Pöbels unten). Auch er, Brandter, war so zu Roß gesessen, am Flügel eines Zuges, wie jener große, dumme Schnurrbart dort. Und nun stand er unter den Bauernlümmeln. Ja, jetzt spürte er plötzlich den stickigen Geruch ihrer Kleider, von denen man glauben mochte, sie seien vom Großvater auf den Enkel vererbt oder hundert Jahre in der Truhe gelegen. Dieser fade Brodem aber mischte sich gerade hier, in der vordersten Reihe, wohin sich Brandter durchgedrängt hatte, schon mit jener Wolke von scharfem Roßdunst und Ledergeruch, die von der in nächster Nähe haltenden Truppe ausging.

An der gerade gegenüberliegenden Seite des Platzes, durch die Eskadron den Blicken Brandters entzogen, finden wir sein Weib. Sie war in ihrer Weise fast so aufgeregt wie die Dorfbuben. Der Trompeter hatte sie erkannt und ihr bei erster Gelegenheit – eben als er hinter dem Grafen um die Flanke des vierten Zuges bog – kurz zugenickt. Bald danach kam Graf Manuel dicht an ihr vorbei, er mußte sie wohl sehen, aber ob auch er sie erkannte, das war ihm auf seinem hohen Roß nicht anzumerken. Hanna trippelte fast mit den Füßen vor Spannung. Als die Schwadron für die Kantonierung in kleine Gruppen abgeteilt war und nun jeder Schwarm einzeln sich zum Einrücken anschickte, ritt der Trompeter mit etlichen Galoppsprüngen über den Platz auf sie zu, parierte knapp vor ihr aufs prächtigste sein Roß – die Weiber rundum fuhren schreiend zurück –, sprang ab, und reichte ihr blitzenden Auges die Hand. Da standen sie nun und plauderten rasch, sie mit den Armen in die Hüfte gestemmt, der Trompeter den Schnurrbart zwirbelnd, während er sein Gegenüber wohlgefällig betrachtete. Sie wippte hin und her, ihre Röcke schaukelten. Und jetzt kam noch einer heran, zu Fuß, mit dem Gaul am Zügel: der alte Wachtmeister war's, der einst jenen fruchtbaren Einfall gehabt hatte, unter dem Volk für das neugebackene Paar abzusammeln (während Hanna auf des jetzigen Eskadronstrompeters Sattel hoffend und zagend in ein neues Leben hinübergestürmt war). Sein eisgrauer Bart erlaubte ihm väterliche Ansprache, er nahm das junge Weib ohne weiteres beim Kinn, hob ihren Kopf und drückte einen Schmatz auf ihre Stirne. Man kann sich wohl denken, daß es den Unzmarkter Weibern nicht entging, in welchen Ehren hier die Hanna beim zweifarbenen Tuche stand.

Das Ehepaar traf bei der Abendmahlzeit in recht verschiedener Stimmung zusammen. Brandter sah aus, als verbisse er einen beinahe körperliche Schmerz. Hanna dagegen war außerstande, ihre strahlende Laune ganz zu verbergen. Für sie hatte sich mit dieser Dragonerschwadron, die dort auf dem Platze, mächtig aufmarschiert, gehalten hatte, ein neues Leben breit ins Dorf hereingeschoben (und so empfanden es übrigens die meisten Dörfler, nur vorwiegend im Sinne des eröffneten Absatzes für ihre Produkte), ein neues Leben also, das alte Kümmernisse beiseite schob, wieder Geltung der eigenen Person brachte, und so alle erlittene Unbill an den Rand drängte und vergessen ließ.

Zudem wurde bald bekannt, daß die Kantonierung einige Zeit dauern sollte. Die Bauern hatten sich anfänglich geärgert, weil die Truppe einige Wagen mit Heu und Hafer selbst mitbrachte; da die Eskadron jedoch hier zu Unzmarkt liegen blieb, so waren diese Vorräte freilich bald aufgezehrt, und die Leute kamen dann mit dem Liefern der Fourage auf ihre Rechnung. Dabei war mehr zu verdienen, als mit den Lebensmitteln für die Mannschaft oder dem Quartiergeld. Immerhin, wenn einer seine fünfzehn bis zwanzig Dragoner in der Tenne liegen hatte, lepperten sich diese paar Kreuzer pro Kopf mit der Zeit doch ansehnlich zusammen. Und überdies zahlte jetzt, im Frieden, die Eskadronskasse alles bar auf die Hand. Da man nur vormittags exerzierte – im Schütt flußabwärts des Ortes, etwa fünfhundert Schritt vom Brandterischen Hause lag diese teilweise versandete Hutweide –, so standen die Kerle den Nachmittag über meist frei herum, und sie legten vielfach, aus Langerweile oder Gutmütigkeit, beim Bauer selbst mit Hand an; vielleicht auch deshalb, weil den oder jenen solch ein alter Bauersmann an den eigenen Vater erinnern mochte, und das Gehöft an den Elternhof. Dort aber war man ja auch nicht müßig gegangen. Besonders die jüngeren Rekruten machten sich gerne in dieser Weise nützlich. Dafür setzte es dann je und je einmal einen Pfiff Wein oder ein Schnäpschen.

Die Schwadron brachte noch manchen anderen Segen. Beispielsweise waren sich die »Lotter« zu Unzmarkt (so nennt man im Steirischen die Mannsbilder) sehr bald darüber einig, daß mit denen »Zauchteln« (so wieder heißen dort in der Mundart die Weiber) allerwegen leichter auszukommen war, seitdem man die Soldaten hier hatte. Wahrhaftig, sie kiffen und tratschten weit seltener, Streit und böse Worte wurden weniger häufig. Offenbar waren sie in erfreulicherer Weise beschäftigt. Eine gewisse Befriedung und Befriedigung senkte sich allgemach auf den Ort. Unzukömmlichkeiten gab's wenig oder gar keine, und so haben wir denn Grund zu der Annahme, daß die Männer von Unzmarkt damals nicht eben sehr zur Eifersucht neigten. Ging irgendwo der Teufel dennoch los, so war er mit ein paar ausgetauschten Püffen und Maulschellen meistens rasch und erfolgreich gebannt, und das männliche Unzmarkt hatte weiter seine gute Ruhe, woran ihm ja vor allem anderen gelegen schien.

Die Schwadron hatte einen Beschlagmeister oder Kurschmied mitgebracht, und dieser erfahrene Mann wurde für den Ort bald bedeutungsvoll. Seiner Kunst vertraute man nicht nur Rösser an, sondern auch aufs Rindvieh verstand er sich, und rettete in einem Falle einem sehr wertvollen Stier das Leben. Für die Truppe selbst wieder wurde Paul Brandter von einer gewissen Wichtigkeit. Zwar hatte die Schwadron ihren Sattler, jedoch blieb für den einstmaligen Korporal noch genug zu tun, und fast jeden Tag klirrten Sporen in seiner Werkstatt. Er schien, seinem Gehaben nach, solcherlei Aufträge nicht einmal mit besonderer Vorliebe anzunehmen und verhielt sich dabei recht wortkarg. Aber weil er mit den Leuten doch gut umzugehen wußte und die Bedürfnisse des Reitersmannes kannte, liefen sie ihm vielfach zu. Am Ende ließ sogar der eine Fähndrich ein ganz neues Hauptgestell bei ihm machen: Wischzaum und Stangenzügel von feinem gelbem Leder mit echtem Plattengold verziert, das er ihm selbst in die Werkstatt brachte, und der Stirnriemen schön mit den Wappenfarben des Herren geschmückt.

Die Brandterischen hatten keinerlei Einquartierung bekommen, weder Männer noch Pferde. Dies hing wohl damit zusammen, daß der Dorfälteste, welcher dem Quartierleutnant der Schwadron eine Liste der verfügbaren Unterkünfte übergeben hatte, der Mann unserer Krämerin war. Auf diesem Zettel stand das Haus Paul Brandters nicht angeführt. Dem Korporal war das im Grunde ganz recht. Genug, daß die Kerle, sporenklirrend und großspurig wie richtige Herren, in seine Werkstatt traten. Er fühlte kein Bedürfnis, solche vergangene Pracht auch noch ständig im Hause und unter den Augen zu haben. Anders die Hanna. Sie schmälte gar sehr darüber, daß man so gänzlich übergangen worden war, berechnete immer wieder, wieviel Pferde in der Wagenremise stehen und wieviel Leute in der leeren Scheuer neben der Werkstatt hätten liegen können, und wieviel bei alledem zu verdienen gewesen wäre. Und sie ärgerte sich gewaltig, keine Dragoner im Hause zu haben, zum Unterschied von den Nachbarn. Brandter hatte ja ursprünglich daran gedacht, die zwei alten Kameraden zu sich zu nehmen, obwohl er auch danach im Grunde kein besonderes Verlangen trug. Aber es zeigte sich, daß die Burschen auf einem großen Hof sehr gut untergebracht waren, und besser, als er's ihnen hätte bieten können. Zwei andere wieder, welche die Hanna gerne bei sich im Quartier gesehen hätte, sei's auch unter stummen Protest Brandters, waren der Trompeter und der Wachtmeister. Brandter hätte es sicher vermieden, gegen eine solche Einquartierung bei seinem Weibe Widerspruch zu erheben (um nicht neuerlich sozusagen an die Wand zu rennen, denn der eine von ihnen hatte doch geradezu geholfen, sein Leben zu retten!). Jedoch es kam nicht zu dieser Einquartierung. Der Wachtmeister mußte im Dorfe drinnen wohnen, wo die meisten Pferde standen, und der Trompeter beim Quartiersleutenant; so hatte es der Rittmeister angeordnet.

Dieser unselige Graf Manuel bereitete übrigens unserer Krämerin eine nette Enttäuschung und Niederlage, die zweite seit ihrem schmählichen und vielbelachten Rückzuge vor Paul Brandter; nur war die Sache diesmal noch weit empfindlicher. Die Dicke hatte nicht wenig großgetan mit der bevorstehenden Einquartierung sämtlicher Offiziere der Schwadron und ganz besonders Seiner Gnaden des Herrn Grafen in ihrem schönen Haus (es war tatsächlich das ansehnlichste Gebäude des Ortes, weit schöner als selbst der Pfarrhof). Und nun scheiterte dieses ganze Vorhaben, diese ganze weidlich ausposaunte Ehre – an einer gräflichen Nase. Der Rittmeister nämlich, mit einem sehr empfindlichen Riechorgan gesegnet oder geschlagen, wie man's nimmt, beschloß, bei dieser Dorfkantonierung, zufolge seiner Abneigung gegen bäuerliche, pfarrhöfliche und gar schon krämerische Gerüche, in einem Zelt am Ortsrande zu kampieren. Seine Offiziere hielten dabei gerne mit, bis auf den einen Leutenant, dessen Einquartierung im Mittelpunkte des Kantonierungsgebietes die Vorschrift erforderte. Dieser nun wohnte allerdings bei der Krämerin, immerhin auch ein gnädiger Herr von Adel, aber eben nur ein einziger, und kein Graf und Rittmeister. Boshaft veranlagte Personen pflegten in den nächsten Tagen sogleich nach dem Eintritte in den Kramladen sich zu erkundigen, in welchem Teile des Hauses denn der Kommandant der Eskadron eigentlich untergebracht sei, und warum man den Herrn Grafen nie zu Gesicht bekomme?

Der Herr Graf also hauste in einem aus mehreren festen und schönen Zelten bestehenden Lager, zusammen mit den übrigen Offizieren. Die Stelle lag übrigens nicht sehr weit vom Brandterischen Hause, nämlich in der Uferau bei jenem Schütt flußabwärts des Ortes, das jetzt als Exerzierplatz diente. Auch ihre Pferde hatten die Herren hier bei sich, zwischen einigen Bäumen war für die Tiere ein mächtiges Schutzdach gespannt. Daneben stand das Zelt für die Ordonnanzen.

Es war ein anmutiger Platz zwischen den alten Bäumen am Flusse, dessen quirlende Wellen etwa zwanzig Schritte vom Zelteingang des Rittmeisters unterhalb einer Böschung vorübereilten. Besonders bei einbrechendem Abend und kommender Kühle, wenn die Herren an den aufgestellten Tischen bei Windlichtern speisten und rückwärts das Feuer hell flackerte, dann und wann wieder verdeckt vom Umriß eines Soldaten, welcher daran hantierte – zu solchen geselligen Stunden entfaltete dieses Lager alle seine Reize: im Westen zwischen den Stämmen und runden Wipfeln der Au das Rot des versinkenden Tages, oft in späten leuchtenden Bändern über die Rasenfläche zwischen Zelt und Fluß gelegt; das seltsame und geheimnisvolle Getön der Wasservögel; und in der hereinbrechenden Dunkelheit rückwärts unter dem Schutzdach das Stampfen eines Pferdes. Man war ja durch Wochen geritten, dick qualmende Straßenbänder entlang in der weißen Sonne, und über die weiten Höhen des Semmering, von wo aus man gebreitete Landschaft mit flacher Wiese, Flußlauf und mäßiger Anhöhe nur mehr wie einen blassen Traum dort unten liegen gesehen hatte, den stäubenden Gießbach, die abstürzende Felswand dicht vor Augen. Hier jedoch, in diesem kühlen Grunde geborgen, überkam jeden ein Gefühl der Entspannung und einer seltsamplötzlichen, ja geheimnisvollen Zurückgezogenheit. Das still webende Leben der Au in Tümpeln und Seitenarmen, das Plantschen des aufgescheucht abhüpfenden Frosches, das leise platzende Geräusch, wenn ein Fisch, heraustauchend, den ausgespannten Spiegel der Oberfläche durchstieß: dies alles umgab das Zeltlager wie eine gesonderte Welt für sich, in die man eingeschlossen war, die mit ihrem Wall von tiefem, saftigem Grün alles Äußere abhielt.

Unweit, zweihundert Schritte aufwärts etwa, bog der Fluß um eine Baumgruppe in diese Verborgenheit herein. Ging man dorthin vor, dann sah man auch bis in das Dorf, dessen nunmehr reicheres und bewegteres Leben den Flußlauf säumte: dort wuschen Weiber, auf kleinen Stegen knieend, die zum Zwecke des Wäscheschwemmens über Pfosten ein Stück ins Wasser hinausgelegt waren. Hier wieder schwemmten Dragoner ihre Pferde, halbnackt reitend, ins Wasser abspringend, rauschend und spritzend mit einem richtigen Lärm, wie ihn die Kerls gern machten. Und daneben stand eine Gruppe, offenbar schwatzend, Soldaten und Dörfler gemischt.

Diese Mischung hatte sich sehr bald vollzogen, Volk bleibt ja Volk, auch in des Kaisers Rock; und wenn auch die Schwadron nicht wenig geworbene Ausländer hatte,

Wallonen, Spanier und Italiener (diese Burschen erfreuten sich übrigens der besonderen Beachtung von seiten des weiblichen Unzmarkt!), so waren doch die meisten dieser Reitersleute mehr oder weniger Landeskinder, im engeren oder im weiteren Sinne, und zudem fast alle Bauernsöhne. Und, wie man weiß, ist ja der Bauer nicht nur der sässigste und heimattreueste aller Menschen, sondern zugleich auch der Mann, dem die weite Erde ganz gehört; er hat ja überall Brüder, wo nur die Menschen vom Brote leben, und findet sich notfalls auch am anderen Ende der Welt zurecht; denn auch dort wird man nicht zaubern, sondern muß pflügen, wofern man essen und leben will.

Auf solche Art also war man bald im Einverständnis und recht vertraut mit dieser prächtigprunkvollen Truppe, die hoch zu Roß gekommen war und jetzt die dörflichen Straßen so bunt machte, mit lauter Mannheit sonntags die Kirchenschiffe füllte, in der Krämerei sporenklirrend aus- und einging, und im Wirtshaus viel Neuigkeit, Disput und Ansprache unter die Leute und die Zeche für manchen Stutzen Wein in des Wirtes Tasche brachte. Der Soldat war ja großmütig, prüfte keine Rechnung und feilschte nicht, gab hin, was man verlangte (ließ wohl auch einmal mitgehen, was man nicht bemerkte, aber hierin waren seine gräflichen Gnaden leider verdammt streng und der Wachtmeister mit dem Rohrstock gleich bei der Hand).

12

Auch im Brandterischen Hause herrschte jetzt geselliges Treiben, wenn auch in bescheidenem Maße. Immerhin wurde selbst dieses als neu und noch nie dagewesen empfunden, und man kann sagen, daß die Tage für Hanna geradezu rauschend vergingen. Es ist anzunehmen, daß sie damals in eine Art Taumel hineingeriet, der vielleicht eine sehr entfernte Verwandtschaft mit jenem Zustande aufwies, in welchem sich Brandter vor fünf Jahren nach seiner vereitelten Hinrichtung befunden hatte: auch sie trieb jetzt steuerlos auf den hochgehenden Wogen des gleichsam wiedergeschenkten Lebens.

Brandter, der die Gewohnheit beibehalten hatte, sich dann und wann breit und groß in den Gassen von Unzmarkt ein wenig zu ergehen (obwohl das neue Leben im Dorfe den eigentlichen Sinn dieser Spaziergänge sozusagen aufhob, da die hereingebrochene bunte Welle die Leute auf ihre alte Bosheit vielfach ganz vergessen ließ) – Brandter also wurde eines Feierabends von etlichen Weibern erst freundlich angelächelt, und dann wagten sie es gar, ihn anzusprechen. Woher diese entgegenkommende Haltung kam und diese honigsüße Freundlichkeit, die hier von so bösen Mäulern troff, sollte bald sichtbar werden. Sie redeten da sehr anerkennend von der Hanna, welch eine schöne Frau sie sei (Brandter witterte sogleich Unrat) und meinten schäkernd, daß man dieser Hanna einen so ansehnlichen Mann wie ihn wohl gönnen könne. Ob er sie jetzt habe im Wirtshaus (man stand unweit davon) tanzen gesehen? Eine wahre Pracht. Mit dem Trompeter von den Dragonern. (Eben hörte man aus der Stube wieder die Spielleute.) Und ob er selbst nicht auch einmal einen »Bayrischen« riskieren wolle. Unter den Soldaten seien ein paar vortreffliche Musikanten, und die spielten jetzt abends öfter auf.

Brandter überhörte diese freundliche Aufforderung, nickte und ging langsam davon. Jedoch bevor er noch an der Tür des Wirtshauses vorbeigekommen war, begann das Gift zu wirken, und er trat ein, sehr gegen seine ursprüngliche Absicht.

Es war das erste Mal, daß er die Dorfschenke von innen sah, denn er hatte es fertiggebracht (man kann sagen in einer Art von tiefer Verstocktheit), fünf Jahre in Unzmarkt zu leben, ohne je dieses Haus betreten zu haben. Wären hier die Wogen des Festes nicht so hoch gegangen, dann wäre Brandter eher bemerkt worden, und das hätte sicherlich ein gewisses Aufsehen bei den Leuten gegeben, vielleicht sogar ein großes. So war aber schon die vordere Schankstube bummfest voll Bauern und noch mehr Dragonern, und rückwärts, im Garten, stand eine Mauer von Menschen um den Tanzboden. Es gab ein ständiges Gedräng herein und heraus, da die Zuschauer aus der Schankstube immer wieder die offene Tür verlegten. Brandter drückte sich durch. Die Musik prahlte mächtig mit dem gelben Blechton der Hörner und dem aufreizenden Honigfluß der Klarinette. Darüber schwirrte und girrte süß eine meisterhaft gespielte Geige.

Eben gab es ein allgemeines Halloh und schallenden Applaus bei den Soldaten. Auf der jetzt leeren Tanzfläche trat die Hanna mit dem Trompeter an. Dieser Mann in seinem weißen Waffenrock war gradgewachsen wie eine Tanne, und bei den vielen Schwenkungen des »Hupfers«, den die beiden vortanzten, wirbelte er seine Partnerin durch die Luft, daß ihre züchtig-langen Röcke hoch über die Knie flogen und ihre schlanken Beine in den weißen Strümpfen je und je fast über den Köpfen der Zuschauer zu strampeln schienen. Es war wirklich eine Pracht, die Weiber hatten da ganz recht. Brandter sah zu, daß er hinauskam, denn schon sprach ihn jemand an.

Er verhielt sich also durchaus und noch immer in einer Art, die uns schon bekannt ist. Freilich auch daheim. Der Trompeter kam oftmals, das Ehepaar zu besuchen. Brandter drückte sich immer sehr bald von der Hausbank in die Werkstatt und ließ die beiden draußen allein weiterplaudern. Dann und wann erschien auch der alte Wachtmeister. Diesen mochte Brandter eher leiden. Das war kein solcher Lümmel mit gezwirbeltem Schnurrbart und einem grundlosen Adlerblick, als sei er der alte Friedländer in persona, und einem geckenhaft um die Mitte derart knapp geschneiderten Waffenrock, daß man jeden Augenblick besorgen mochte, es platzten im nächsten die sämtlichen Nähte. (Denn der Herr Trompeter wäre seinem Rittmeister gar zu gerne recht ähnlich gewesen, was wohl in der

Größe und ganzen Gestalt ungefähr stimmen mochte, nur war man eben doch um ein paar Pfunde gröber geraten!) Der Alte aber mit dem eisgrauen Bart kannte Krieg, Frieden und Menschen (und sich selbst wohl nicht ausgenommen) mit den durch viele Wiederholungen tief eingespurten Erfahrungen aus fünf Jahrzehnten. Und es schien, als hielte er von alledem zusammen nicht gar viel. Das Fehlen von Kindern im Brandterischen Hause schien ihm übrigens – soweit man das aus seinen kargen, brummigen Äußerungen entnehmen konnte – einen bedenklichen Eindruck zu machen, wenigstens wiegte er ein paarmal den Kopf hin und her, als Brandter gelegentlich über diesen Punkt sich äußerte.

Nebenbei bemerkt, war es wohl das erste Mal, daß der Korporal hierin eine Art Übel erblickte. Uns, die wir ihn doch jetzt schon einigermaßen kennen, ist ohne weiteres klar, daß ihm derlei vor einem Halbjahr noch weit aus dem Sinne gelegen wäre. Und jetzt fällt ihm das plötzlich ein! »Wäre manches besser«, nämlich wenn sie Kinder hätten, sagt er zu dem alten Wachtmeister. Es gibt solche Zustände, in denen der Mensch das Fehlerhafte seines Lebens, den Grund- und Hauptfehler sozusagen, allerwegen anderswo suchen möchte als dort, wo der Hund begraben liegt. Wir wissen doch, daß dem Brandter die Kinderlosigkeit sonst ganz recht gewesen ist.

Einmal, als er nachmittags wiederum mit der Hanna und dem Trompeter auf der Hausbank saß, kam Graf Manuel vorbei, offenbar auf einem Spazierritt begriffen, gefolgt von seinem Pferdewärter, im Schritt schräg über das Flurstück zwischen Straße und Haus reitend. Im Augenblick sprang der Trompeter auf, die Hände stramm an den Seiten.

Hierbei ereignete sich etwas Lächerliches. Brandter nämlich tat unwillkürlich das gleiche und stellte sich ebenso in Positur wie der Soldat. Die Hanna aber, von diesen beiden sozusagen mitgerissen, half sich durch ein tiefes Knixen aus ihrer Verlegenheit. Der Graf dankte, indem er die Hand für einen Augenblick an die Lagermütze legte, welche er trug; gleich danach wandte er sich ab, setzte sein Pferd in Trab, ritt gegen die Straße zu und auf dieser weiter, in der Richtung zur Au.

Die Brandterischen standen noch immer, verblüfft über ihr eigenes Benehmen. Als der Korporal jedoch bei dem Trompeter ein recht vielsagendes Grinsen bemerkte, murmelte er etwas Unverständliches und verschwand eilends in der Werkstatt.

Dieser adelige Affe auf dem hohen Roß hatte ihm heute gerade noch gefehlt. Er wandte sich mühsam seiner Beschäftigung zu, die darin bestehen sollte, drei Riemen für ein Vorderzeug zu schneiden. Jedoch, bald setzte er wieder ab und blieb, das rieselndscharfe lange Messer in der Hand, in Brüten versunken stehn.

Erst nach einer geraumen Weile fuhr Brandter plötzlich auf, trat wieder an den Werktisch und begann die Riemen richtig zuzuschneiden. Als er damit zu Ende gekommen war, nähte er die drei Schlaufen um den Brustring sorgfältig fest und am mittleren Riemen eine breite für den Sattelgurt. Das Maß war genommen, das Ding mußte stimmen. Er lochte die zwei Enden für das Einschnallen. Das Vorderzeug war fertig. Er legte Werkzeug und Arbeit hin, um ein wenig hinauszutreten.

Der Trompeter saß noch immer bei der Hanna. Als Brandter herankam, sprang sie ihm lustig entgegen und stand jetzt vor ihrem Manne stramm, die Hacken zusammenschlagend, so wie dieser es vor dem Grafen getan hatte. Offenbar wollte sie ihn necken. Der Trompeter lachte und klatschte sich die Schenkel vor Vergnügen. Vielleicht erkannte die Hanna noch immer nicht, wie die Dinge hier eigentlich lagen. Wir sprachen ja früher von einer Art Taumel, in welchem sie lebte. Außerdem war das Benehmen ihres Gatten keineswegs geeignet, ihr Klarheit zu geben. Denn Brandter – eigentlich recht schlagfertig! – erwiderte ihren Scherz damit, daß er sie nun seinerseits kopierte, und zwar mit einem tiefen Knicks nach Frauenart.

Damit hatte er nun freilich den Lacher auf seiner Seite. Der Trompeter schüttelte sich. Es klang, als würde man Schotter abladen.

13

Sehr bald nach diesem kleinen Vorfall gab es eine Überraschung: Brandter lud Gäste ins Haus. Und zwar seine beiden alten Kumpane, ferner den Trompeter und den Wachtmeister. Der letztere tat noch ein übriges. Er befahl den Musikanten, an diesem Abend im Brandterischen Hause aufzuspielen. Brandter selbst aber erschien zur allgemeinen Verwunderung im Wirtshaus, um dort eine ganz beachtliche Menge von Getränken einzukaufen, so Wein wie Bier, als auch Schnaps.

Sie stellten Tische und Bänke vor dem Hause auf, und der Korporal legte selbst aus Brettern und Balken einen festen kleinen Tanzboden. Die Hanna ihrerseits zog noch ein paar junge Weiber hinzu. Es schien also ein richtiges kleines Fest werden zu wollen.

Um Feierabend trafen die ersten Gäste ein, sehr bald auch der Wachtmeister an der Spitze der Musik, die mit großem Halloh und vollen Gläsern empfangen wurden. Als alle beisammen waren, ließ man sich zum ausgiebigen Essen nieder, bei dem es auch nicht eben trocken herging. Über dem »Bocksrücken« lagen schräge abendliche Sonnenbänder, die Höhen leuchteten, scharf herausgehoben. Der Trompeter erzählte der Hanna, wie er dem Grafen davon Bericht getan, daß hierorts seine einstmaligen Schützlinge lebten; jedoch seine Gnaden hätten das ungütig aufgenommen und ihm befohlen, das Maul zu halten und abzutreten. Graf Manuel habe übrigens schon weit besser die deutsche Sprache erlernt als seinerzeit, sie wisse schon. Hanna hörte aufmerksam zu, als jedoch der Trompeter das Gespräch auf andere Dinge lenkte, wurde sie zerstreut und sah schräg über den langen Tisch zu ihrem Manne hinüber, dessen Benehmen ihr auffiel. Brandter schien ja überaus lustig zu sein!? Die Weiber dort lachten kreischend. Daneben kaute der Wachtmeister mit vollen Backen. Über den Tisch und über dem Tanzboden waren Schnüre gespannt, an welchen bunte Lampen hingen. Diese gedachte man später anzuzünden. Ob er damals seine Gattin tanzen gesehen habe? fragten die Frauenzimmer den Korporal; übrigens helfe ihm kein Leugnen, und er möge sich nicht gehaben, als ob ihm an derlei nichts liege! Denn sie hätten ihm ja nachgeblickt und sein Verschwinden im Wirtshaus wohl bemerkt. Heute aber bestünde doch die Hoffnung auch für sie alle, auf die Ehre eines Tanzes mit ihm; denn er sei hier der Hausherr und sie seine Gäste, daher er denn anständigerweise ihnen dies nicht abschlagen dürfe. – Nun wurden die Gesundheiten ausgebracht: die der Hausfrau, des Hausherrn, der weiblichen Gäste, des Herrn Wachtmeisters, der Kameraden, und am Ende die der Musik. Das war deutlich, und die Spielleute ergriffen alsbald ihre Instrumente, nahmen mit ihren Gläsern an einem kleinen Tisch neben dem Tanzboden Platz und intonierten einen langsamen wiegenden Schleifer. Hanna und die Frauen entzündeten die Lampen, denn das letzte Goldrot war längst von den Bergkuppen gewichen, und die Dämmerung schien von der Au her das Tal heraufzukriechen. Man hätte bei allmählicher Auflösung dieser ländlichen Tafel beobachten können, daß der Wein bereits zu wirken begann; besonders die letzten, anläßlich der Gesundheiten, voll hinabgestürzten Gläser hatten die Gesellschaft wohl innerlich eben so bunt illuminiert, wie diese jetzt äußerlich von den zahlreichen roten, grünen, gelben und blauen Lichtern beleuchtet wurde.

Nun eröffnet Hanna mit ihrem Manne den Tanz. Die beiden tanzen zunächst allein vor, während der frühe Mond hinter geringem Gewölk jenseits der Au emporsteigt. Einen Augenblick lang sieht sie seinen blonden Krauskopf ganz wie einstmals, und in ihre Bewegungen kommt eine besondere Steigerung, da ihr scheint, daß der Druck seines Armes um ihre Hüften sich verstärkt. »Werden uns zwei Täg nicht sehen, Frau«, sagte Brandter in währendem Tanz zu ihr, »muß morgen auf die Nacht fort nach Judenburg mit Pferd und Wagen, von einer Arbeit wegen.« Sie hebt erstaunt den Kopf, er hat davon bisher kein Wort erwähnt. Sie schaut ihn einen Blick lang fragend und forschend an. Dann senkt sie rasch die Lider und sagt: »Komm nur bald und heil zurück.« Indem tanzen sie an ihren zuschauenden Gästen entlang. Da hebt Brandter seinem hübschen Weib das Kinn und küßt sie fest auf den Mund. Der alte Wachtmeister ruft »bravo!« und beginnt mächtig in die Hände zu klatschen, alle anderen folgen seinem Beispiel, der Beifall poltert. Der Alte bittet die junge Frau um den nächsten Tanz, jetzt drängt Paar um Paar auf den Tanzboden, den sachten Schleifer löst ein lustiger Oberländer ab, die Geige dudelt und didelt, und den dritten Tanz (auch diesmal einen Hupfer) hat der Trompeter sich bei der Hanna ausgebeten. Die Röcke fliegen, die weißen Strümpfe flitzen, die hoch aus der Luft herabgeschwungenen Sohlen knallen auf den Brettern: »Brav der Trompeter! So gehört sich's bei jungen Jahren!« sagt der Alte.

Es ist wohl anzunehmen, daß nicht nur die Hanna, sondern auch andere das stark veränderte Wesen bemerkten, welches Brandter an jenem Abende zeigte, so sehr augenfällig war es. Er tanzte fast ununterbrochen, neckte die lachenden und kreischenden Weiber und trank ein Glas nach dem anderen rundum mit den alten Kameraden. Der kleine Schwabe hatte übrigens einen mächtigen Rausch, sehr zum Unterschied von dem großen dummen Schnurrbart, der sich lächerlich würdevoll benahm, dabei aber nicht weniger trank; dieser Mann schien ungeheuer viel zu vertragen. Jedoch hielt er offenbar was auf eine sozusagen ritterliche Lebensart, und so ward denn die Hausfrau in gemessenen Abständen von ihm zum Tanze aufgefordert, und dann kamen jedesmal reihum die anderen Frauen dran. Diese ärgerten sich in der Stille über den Trompeter, dem an einer so gerechten Verteilung der Tänze weit weniger gelegen schien. Er bevorzugte die Hanna ganz offen und nahm sich gar keine Mühe, dies zu verdecken. Brandter seinerseits übersah derlei Kleinigkeiten ganz und gar. Mit vorschreitendem Feste wurde er seltsam abwesend in seinem Gehaben, bald überlaut, bald wieder saß er still vor seinem Weinglas, lächelte vor sich hin, und manchmal stieg ihm ein geradezu schwärmerischer Ausdruck in die Augen. Dabei war er von fast allen Anwesenden der am wenigsten Betrunkene, ja vielleicht überhaupt nicht eigentlich vom Wein berauscht. Der alte Wachtmeister wenigstens, den die Hanna insgeheim fragte, ob ihr Mann nicht allbereits einen tüchtigen Affen oben habe, sah mit eingekniffenem linken Aug hinüber und sagte dann der Frau, daß sie sich irre. Brandter sei keineswegs betrunken, da könne sie sich auf seinen Blick verlassen, er verstehe derlei aus langer Erfahrung, und ihm mache keiner etwas vor, weder einen Rausch für Nüchternheit und schon gar nicht das Umgekehrte. Wie immer das nun gewesen sein mag, Brandter machte jedenfalls den Eindruck eines Menschen, der sozusagen durch eine Wand gebrochen ist und sich nun in einer Weise aufführt, die man vordem an ihm noch nicht gekannt hat. Einmal, als er eben wieder ein volles Glas zur Hand hatte, machte sich die Hanna zärtlich an ihn heran und legte die Hand leicht auf seinen Arm, als er trinken wollte, wie um ihn daran zu verhindern. Er trank ihr jedoch zu und lachte. »Willst morgen wirklich fahren?« fragte sie beiläufig. »Ja«, sagte er, »muß wohl. Nach dem Mittagsmahl, wenn ich den Rausch ausgeschlafen habe.« Sie sah ihn wieder einen Blick lang forschend von seitwärts an, und in diesem Augenblicke wurde ihr ganz klar, daß bei Brandter von einem Rausch keine Rede sein könne. Der Wachtmeister hatte recht, sie täuschte sich nicht länger. Welch ein Kerl! ging es ihr durch den Kopf. Das alles war beunruhigend. Aber wo sollte es hinaus? So saß sie bei ihm, sein Arm lag um ihre Hüften. Aber weiter nachzugrübeln, dazu langte es bei der Hanna nicht mehr, denn ihr schwammen die Augen wirklich schon vom Wein.

Später, gegen Ende des Festes, als einige von den Gästen sich schon zum Aufbruche anschicken wollten, ereignete sich noch eine kleine Seltsamkeit. Derjenige von den Spielleuten, welcher als Geiger die Musik anführte – ein früherer ungarischer Husar, den man wegen seiner Vierschrötigkeit unter die schweren Reiter gesteckt hatte –, trug auf der Fiedel den Gästen ein heimatliches Lied vor, in welches der Gitarrist und der Klarinettenbläser zur Begleitung mit ein paar summenden Akkorden ab und zu leise einfielen, wie es eben der Ungar, so gut er konnte und in Ermangelung eines richtigen Zimbals, sie gelehrt hatte. Man kennt ja diese Lieder. Es ist eines wie das andere. Sie sind alle wie eine eindringliche Erzählung, stocken plötzlich, hallen lange nach, und gehören eigentlich ans Lagerfeuer und in die Tiefebene, in deren Unendlichkeit sie sich leise klagend verlieren können. Am Ende geht dann die Melodie allemal in einen feurigen und glutatmigen Csárdás, daß einem zumute wird, als brausten Reiterschwärme, aus abenteuerlicher Ferne kommend, heran, jetzt sieht man ihre Umrisse vor dem Nachthimmel gehetzt dahineilen am Rande des Gesichtskreises, wo etwa noch drei Stufen vom Abendrot stehen. Und dann verklingt der ganze Steppenspuk in drei breiten, getragenen Geigenstrichen.

Auch auf die beduselten Gäste verfehlte das sehnsüchtige Lied nicht seine Wirkung. Man saß Arm in Arm, aneinandergelehnt, und sah über die zum Teil schon erloschenen Lichter hinweg in den Mond, vor dessen wandernder Scheibe dünne Wolkenstreifen eilfertig zogen, dann und wann wieder das Gestirn ganz freigebend, so daß Hauswand, Bänke und Tische und die Wiese bis zur Mur hinüber in erhöhtem Glanze lagen, während jenseits Wald und Berg in silbernen Nebeln dahinschwanden. Als der Csárdás zu pochen begann, wurden die Zuhörer lebhafter, und da diesen fremdartigen Tanz schon niemand auszuführen verstand, so zuckte und wippte doch da und dort ein Fuß oder Knie, oder man erhob ein Glas gegen den Mond, stieß an und trank. Nach den breiten Schlußstrichen der Geige herrschte dann Stille.

Diese wurde durch Brandter gebrochen. Er sprang auf eine der Bänke, hob sein Glas, schwenkte es rundum, warf die Arme auseinander und wandte sich zu einem kurzen und seltsamen Trinkspruch an seine Gäste:

»Kameraden«, rief er, »es lebe die Freiheit!« Man verstand ihn vielleicht nicht ganz, oder man verstand ihn zum Teil allzu gut (wer mag das feststellen?), man begriff jedenfalls diese weitausholende Bewegung, die er da vor dem Mondlicht ausführte, man begriff dies aus dem Geiste des Liedes heraus, in dessen Bann ja alle standen. »Es lebe die Freiheit!« riefen die Dragoner, drängten heran, und jeder ließ sein Glas an dem Brandters klingen.

14

Ein Frosch sprang mit schwerem Plumps ins Wasser; der mußte ein mächtig dicker und großer Bursche gewesen sein. Graf Manuel, den Kopf tief in die Hände vergraben, schreckte auf und lauschte. Nach einer kleinen Weile sank er wieder in sich zusammen, die Ellbogen auf der Tischplatte. Die Abendmahlzeit stand fast unberührt vor ihm.

Der Rittmeister war heute allein im Zeltlager. Die anderen Herren saßen drinnen im Krämerhaus bei dem Quartierleutenant, wo sie zu einem Kartenspiel und kameradschaftlichem Umtrunk geladen waren. Graf Manuel hatte sich bei diesen Herren vielmals entschuldigt mit zu erledigenden dringenden Briefschaften und dergleichen. Nun würde nur mehr nach dem Abendruf der im Dienst stehende Fähndrich sich einfinden, um zu melden, daß im Kantonierungsgebiet alles in Ordnung und die Wache aufgezogen sei. Dann kam niemand mehr. Dann blieb man allein.

Dennoch erwartete Manuel diesen jungen Herrn, der nach Sonnenuntergang noch einmal seine Einsamkeit stören sollte, mit einer gewissen Ungeduld, aus der man schließen könnte, daß ihm bei seinem selbstgewählten Alleinsein nicht ganz wohl zumute war. Er traf sogar Vorbereitungen, ließ nach dem Abendessen Wein einkühlen und frische Windlichter aufstecken, die allerdings vorläufig unangezündet blieben, da es noch kaum zu dämmern begonnen hatte.

Ein windstiller, halb bewölkter Sommerabend lag mit dem leichten Druck der Schwüle über der Au. Im Westen erglühte der vielfach geschichtete Himmel, der Abendschein brach in Bahnen und Streifen zwischen Stämmen und dem Blätterwerk durch, dessen Grün in solcher Glut scharf leuchtete. Auch auf dem Rasenfleck zwischen Zelt und Flußufer streckte sich, langsam vorrückend, ein spätes, tiefrotes Lichtband. Manuel erhob sich vom Tisch und begann vor dem Zelt auf und ab zu wandern. Die abendliche Au umgab seine Einsamkeit hier als eine gesonderte Welt für sich, in die er jetzt wie für immer eingeschlossen war, die mit ihrem Wall von tiefem Goldrot und Grün alles Äußere abhielt.

So kam die Dämmerung allmählich herauf. Sie fand den Grafen noch immer in unruhiger Bewegung, bald auch wieder am Tische vor sich hinbrütend. Endlich vernahm er kurzen Galopp vom Schütt her. Der Officier du jour kam, etwas früher als erwartet. Als der Fähndrich die Zügel seines Pferdes einer Ordonnanz zugeworfen hatte, trat er vor das Zelt und machte seinem Rittmeister die Meldung. Manuel reichte dem jungen Herrn die Hand, lud ihn ein zum Sitzen und befahl Licht. Es war schon fast dunkel geworden. Dieser Fähndrich – ein blonder, lustiger Rheinländer mit offenen hellen Augen – hatte natürlich von seinen Kameraden den Auftrag bekommen, den Rittmeister womöglich zu dem bereits im vollen Gang befindlichen Gelage mitzubringen, ja, ihn sozusagen heranzuschleppen unter Aufbietung von allerlei Überredungskünsten. Als er nun den Grafen nicht, wie nach dessen Ausrede zu erwarten stand, über Schriftstücke gebeugt, sondern vor einem leeren Tische müßig sitzend antraf, stiegen sogleich seine Hoffnungen auf glückliche Erfüllung jener Sendung. Jedoch recht bald belehrte ihn Manuels seltsames Wesen eines anderen. Er hat in seinem späteren Leben oft und gerne Anlaß genommen, dieses sein letztes Beisammensein mit dem Grafen Cuendias zu erzählen, und in seinen Berichten sprach er stets von einer Art Hilflosigkeit oder Hilfsbedürftigkeit, die er damals bei seinem Eskadronschef zu bemerken geglaubt hatte, eine Sache, die in dem sonstigen Verhalten des Rittmeisters ohnegleichen, also unerhört und auffallend war. Auch hätte ihm Graf Manuel einmal die Hand auf den Arm gelegt, ihn lange angesehn und dann gesagt: »Lieber Kamerad, es gibt Grundsätze, die unerläßlich sind; man trägt sie lange in sich und baut ein Leben über ihnen auf, mit der Zeit werden sie also wie übermäßig gehärteter Stahl: Du magst sie brechen, biegen nicht mehr, kannst demnach nur mit ihnen leben oder ohne sie sterben.« Diese Bemerkung des Grafen sei aber gar nicht im Zusammenhange gestanden mit dem Gespräch oder Geplauder, das sie führten, und hätte darum um so seltsamer gewirkt. Wovon eigentlich an diesem merkwürdigen Abend im einzelnen die Rede gewesen war, daran konnte sich der Herr René von Landsgeb (so hieß jener einstmalige Fähndrich) später nie mehr genau erinnern, jedoch sei ihm der Gesamteindruck als solcher unvergeßlich geblieben: im leise flackernden und zuckenden Lichtkreis um den Tisch die Gestalt des Grafen meist in unruhiger Bewegung, bald sitzend, bald mit langen Schritten hin und her wandernd. Den weißen Waffenrock trug der Rittmeister, sehr gegen sonstige Gewohnheit, am Halse und bis über die Brust herunter aufgeknöpft, so daß die Seide des Hemdes daraus hervorbauschte. Sein Gesicht schien klein und schmal wie das eines Knaben, und unter der bräunlichen Haut ahnte man den Wechsel von tiefer Blässe und fliegendem Rot. Die

Augen aber seien noch größer und tiefdunkler wie sonst gewesen. Herr von Landsgeb betonte immer, daß er während jener halben Stunde, die er damals mit dem Grafen verbrachte, mit wachsender Dringlichkeit die Mahnung in sich spürte, den Rittmeister nun unbedingt ins Dorf zu den Kameraden zu bringen. Und dies nicht mehr, um seinen Auftrag zu erfüllen und den Herren damit eine Freude zu bereiten, sondern, wie ihm schien, aus weit ernsteren Gründen. Aber was für Gründe waren das eigentlich? Die Scheu, dem Älteren und Vorgesetzten in allzu persönlicher Weise nahezutreten, hielt den Fähnrich allerdings von jeder geradezu gestellten Frage ab. Aber er hat, wie er selbst oft erwähnte, diese Unterlassung später als eine Leichtfertigkeit und somit Schuld empfunden. Die nochmals wiederholte Einladung wurde von dem Rittmeister übrigens ebenso freundlich wie entschieden abgelehnt wie vorher, er ging auch im Gespräch gleich auf einen anderen Gegenstand über. »Es ist nicht die unbeschränkte Freiheit des Abenteurers nach jeder Richtung hin« (so ungefähr sagte er), »welche die Fülle des Lebens bringt. Wer sich beschränkt und fest steht, kann diese Fülle noch um ein Vielfaches mehr zu spüren bekommen, so wie die Strömung des Wassers allermeist dort sichtbar wird, wo es am Festen sich bricht, wie etwa an einem Brückenjoch oder sonst einem eingeschlagenen Pfahl. Du wirst selbst noch sehen, Kamerad, daß der Mann gewisse Wände ein für allemal um sich aufrichten muß« (hier begann Graf Manuel wieder unruhig hin und her zu wandern), »um nämlich überhaupt leben zu können und nicht zu vergehen oder zunichte zu werden wie« – seine Stimme hob sich an dieser Stelle etwas und wurde gewissermaßen angstvoll – »wie Wasser, meine ich, das man hinschüttet! Ja, es ist manchmal notwendig. Wem es gelungen ist, der soll daran nicht rütteln. Mag er sich auch zu Zeiten wie ein Gefangener verhalten, der die Kerkerzelle, darin er eingeschlossen lebt, nie ganz ausschreitet und durchmißt, mit Absicht nie von dem Ganzen des verstatteten Raumes Gebrauch macht: da es doch immer noch weniger peinvoll ist, vom eigenen Willen aufgehalten zu werden, als durch eine Wand, die nicht weicht! Eine Wand, ja – siehst du, die kann freilich auch aus einem einstmals gefaßten Entschluß gebaut sein, der wird mit den Jahren so hart wie äußere Gewalt, so stark, meine ich, wie eben das Leben selbst ist. Dieses etwa meine ich mit der Wand. Man kann das auch die letzten Grundsätze nennen – nun, wie du willst: man muß ganz ohne sie leben (ist das aber noch Leben?) oder eben nur mit ihnen bestehen können. Wer die Wand einmal gebaut hat, darf sie nicht mehr durchbrechen. Draußen wartet nämlich – ich möchte sagen: in irgendeiner Form der Tod. Vielleicht dünkt dich etwas kraus, was ich spreche? Nun, laß gut sein.«

Herr von Landsgeb hat später immer hervorgehoben, daß er bei dem Schluß dieser Rede erschrocken sei. Noch merkwürdiger aber war es dann beim Abschied zugegangen. Als er das Pferd besteigen wollte, das ihm die Ordonnanz bereits vorführte, rief ihn der Rittmeister – der ihn ja soeben beurlaubt und dann wieder am Tische Platz genommen hatte – noch einmal an. Herr von Landsgeb wandte sich daraufhin rasch herum. Der Graf war ihm nachgekommen, sagte aber zunächst nichts und wiederholte nach ein paar Augenblicken des Schweigens (eines seltsamen Schweigens!) nur seinen bereits gegebenen Auftrag, den im Krämerhause versammelten Herren seine besten Grüße zu bestellen; Landsgeb dankte noch einmal und saß also auf. Jedoch, er hatte kaum sein Pferd in Bewegung gesetzt, um zwischen den Bäumen und Büschen der Au hindurch und an den Wassertümpeln vorbei langsam auf das Schütt hinauszureiten, als er noch einmal die Stimme seines Rittmeisters vernahm, daher er denn anhielt und sich im Sattel umwandte. Der weiße Waffenrock des Grafen schimmerte unweit zwischen den dunkleren Büschen. Der Eskadronskommandant war ihm also noch ein weiteres Stück nachgegangen. Und wieder schwieg er. Herr von Landsgeb wollte eben das Pferd zurückwenden, da sagte der Rittmeister endlich: »Halt dich nicht auf, René, wollte dir nur sagen, du solltest langsam reiten jetzt bei Nacht auf dem Schütt, du hast doch die Bellefleur« (das war des Herrn von Landsgeb bestes Pferd, auf eigenem Gestüt gezogen, jung und vor nicht langem erst fertig zugeritten), »ist vielleicht nicht so trittsicher, liegen Steine da und dort.« – »Scheint ja bereits der Mond, Herr Rittmeister«, hatte Landsgeb erwidert und, den Arm ausstreckend, auf das Gestirn gewiesen, welches eben honigfarben über eine Wolkenbank stieg. Graf Manuel winkte noch einmal und verschwand im Dunkel der Au. Herr von Landsgeb ritt auf das bereits mondhelle Schütt hinaus, und dort ließ er die Bellefleur in kurzen Galopp fallen. Jedoch, die Stute hatte noch keine dreihundert Schritt zurückgelegt, als er sie so plötzlich anhielt, daß die edle Bellefleur in die Hinterhand sank. »Holla?!« rief er laut. War es Täuschung? Er hatte einen dritten Ruf hinter sich zu hören vermeint. Aber jetzt blieb es still, auch auf sein nochmaliges »Holla«. Der Auwald stand rückwärts als eine schwarze Wand, während über dem Schütt das Licht des vollen Mondes reich ausgegossen lag. Herr von Landsgeb ließ, nachdenklich und verwirrt, sein Pferd ein kleines Stück im Schritte gehn. Dann endlich galoppierte er rasch davon.

Manuel stand mit der Stirn gegen den weißen Stamm einer Birke gelehnt. Als der dritte Ruf seinem Munde entkommen war, als der Galopp des Pferdes draußen auf dem Schütt für eine qualvolle, endlose Zeitspanne aussetzte und in diese Stille die zweimalige Antwort des Fähndrichs tönte, sank er in die Qual seiner Erniedrigung tief hinab, wie man in einen Schacht einfährt. Endlich setzten die Hufschläge wieder ein. Manuels angespannter Körper fiel zusammen, das Herz klopfte wieder, er atmete schwer und ließ seinen Kopf gegen den Baum sinken.

Erst nach geraumer Weile raffte er sich auf, starrte in die Dunkelheit ringsum und fand, mit befremdlich steifen

Gliedern tappend, den Weg zurück vor sein Zelt. Hier brannten die Lichter, stand der Weinkrug auf dem Tische. Er trat rasch und erschauernd aus dem Dunkel in den Lichtkreis, goß einen Becher voll und stürzte den Wein hinab.

Dann sank er auf eine der Bänke. Aus den Kämpfen der letzten Tage dämmerte ihm jetzt wohl die Klarheit, daß sein Widerstand schon gebrochen und jene von ihm selbst aufgebaute Wand, die ihm jeden kleinsten Schritt und jedes geringste Tun in der Richtung seiner Sehnsucht stolz verwehrte, niedergerissen und durchbrochen war, ja, daß ihre Zerbröckelung wohl schon in dem Augenblicke begonnen haben mochte, als er Hanna auf dem Dorfplatz gleich nach dem Einreiten der Schwadron erblickt und wiedererkannt hatte. Seither, wo er stand, ging oder hinsah – stand und ging sie; vor der Front seiner Truppe, zwischen ihm und den nickenden Reihen der Pferde, vor dem zartblauen Himmel über dem »Bocksrücken« drüben, vor den nächtigdunklen Bäumen hier oder vor der aufgetanen mondverwobenen Weite des Schütts – von überall her schwebte ihre Gestalt ihm entgegen, aus jeder Raumtiefe der Landschaft, aus jeder Nähe des grünen Blattwerks blickte ihr Gesicht ihn an, überall wippte ihr Fuß, flog ihr Haar, drehte sich ihr Leib, dessen unvergeßlicher Umriß von einst mit der herzbewegenden Kontur von heute zusammenfloß. Er fühlte jetzt, daß er das Stillhalten nicht mehr vermochte, daß seine Kräfte sich im steten Widerstande gegen diesen Druck, der ihn dem Nichts entgegentrieb, bis zum letzten Reste verbraucht hatten. Hier gab es als letztes nur irgendein Tun. Aber welches? Und jedes war Wahnwitz.

Doch blieb nichts anderes. Er war ja nicht einmal fähig gewesen, sich zumindest für diesen heutigen Abend noch vor sich selbst entschlossen in Sicherheit zu bringen, etwa indem er einfach satteln hätte lassen und dann mit dem Fähndrich zu den Kameraden geritten wäre. Nein, er war zuletzt doch hiergeblieben, um brütend irgendeiner verschwommenen Möglichkeit gegenüberzusitzen, der Möglichkeit etwa, durch die Au und über das Schütt zu gehen und wenigstens in die Nähe eines Hauses, das dort abseits der Straße lag, gerade gegenüber jener Stelle, wo auf einer Stange ein Rad als Wagnerzeichen aufgestellt war.

Er begann wieder nachzudenken, eine in seiner Lage, wie man gerne zugeben wird, völlig zwecklose und bei Manuels ganzer sonstiger Art sogar bedenkliche Bemühung. Was in Wien zuletzt geschehen, würgte er, wie schon oft, mit einem einzigen Rucke hinab: ja, dies ging bereits leicht, ganz leicht, jetzt und hier war nichts davon mehr lebendig, vielmehr alles unbegreiflich blaß, fern, tot. Selbst die Erbitterung schien spurlos verweht. Die Kette von rein äußeren Ursachen und Wirkungen jedoch, die ihn schließlich hierher nach Unzmarkt gebracht und diesem Wiedersehen gegenübergestellt hatte, war unschwer zu überblicken. So etwa war das Regiment, wie sich später herausstellte, sehr verspätet von Wien abgefertigt worden, hatte dann zu Judenburg schon alle Quartiere von anderen Truppen belegt gefunden, und deshalb war man genötigt gewesen, die Eskadronen einzelweise in Dörfer längs der Mur zur Kantonierung zu verteilen. Auf solche Weise also war man in dieses Unzmarkt gekommen. Dann aber ließ der Befehl zum Weitermarsch immer länger auf sich warten. Um was es sich bei dieser Zusammenziehung von an sich ja nicht großen, aber immerhin beachtlichen militärischen Kräften in der Steiermark eigentlich und wesentlich handelte, davon hatten bis heute noch nicht einmal die Offiziere eine ganz genaue Kenntnis. Am meisten war unter ihnen das Schlagwort von drohenden Bauernaufständen verbreitet, welches ja bereits zu Wien seit Jahr und Tag zu hören gewesen, wovon man aber hier im weitesten Umkreis nichts bemerkte. Unter der Mannschaft ging irgendeine Türkenmär um und fand Glauben. Wie immer das nun sein mochte, jedenfalls war diese Art der Truppenverschiebung und Kantonierung eine im Soldatenleben mögliche und geläufige Sache, und man lag hier zu Unzmarkt, wie man eben in anderen Dörfern oder Städtchen auch gelegen hätte. An alledem war nichts Bemerkenswertes, nur die Folgen für den Grafen Cuendias waren eben ganz ungeheuerliche und ließen sich freilich aus solcherlei gewöhnlichen Ursachen in keiner Weise erklären. Und darum war das Nachdenken des Rittmeisters darüber, wie er denn nun eigentlich hieher und wieder in diesen Zustand hineingeraten sei, gänzlich müßig...

Bis auf einen einzigen Punkt, an welchem es längst schon seltsame und gefährliche Früchte getragen. Hatte er bisher die letzte Wendung seines Schicksals zu Wien dem plötzlichen Versagen der äußeren Hilfe und Leitersprosse zugeschrieben, welche das Leben ihm – neben Pleinachers Wirken, dessen er oft und mit Wärme gedachte! – damals geboten, und sich als einen Menschen betrachtet, der wahrscheinlich an der Engherzigkeit und vor allem wohl Leichtgläubigkeit eines Landmädchens zunichte geworden, das gepfropft voll von Vorurteilen steckte, so erschien ihm neuestens Margret, die er sogar schon verachtet, besonders da er von ihr Freieres und Besseres erwartet hätte – so erschien ihm also Margret jetzt doch in einem wesentlich anderen Lichte. Denn aus welcher Beschränktheit immer sie gehandelt haben mochte – mit einem Herzen gleich einer geballten Kinderfaust – und welche Gründe immer für ihr Tun maßgebend von ihr geglaubt worden waren: dieses Verhalten selbst stand wissentlich oder unwissentlich der Wahrheit nahe, ja, ganz in deren Zeichen; mochten ihr Lügen in die Ohren geblasen worden sein, wie immer (und Manuel vermeinte zu wissen, woher der Wind allein hatte wehen können). Jedoch blieb dies letzten Endes gleichgültig. Und entscheidend war nur sein eigener mangelnder Glaube gewesen, der hätte auch das Wunder des Herzens bewirken und nach sich ziehen müssen. So aber, wohl möglich, hatte sie dessen Fehlen schon an jenem ersten Abend, in der Schottenau erkannt und weiterhin dadurch erst ein geöffnetes Ohr für das Böse, eine leichter gefügige Hand für das Grausame erhalten. Wenn Manuel sich aber, wie jetzt eben, für Sekunden geschlossenen Augs in die Vergangenheit zurücklehnte, dann tauchte etwa plötzlich das Bild jenes bewegten Tanzsaales in der Vorstadt empor, das Gesicht jenes entzückenden Mädchens mit den kleinen Raubtierzähnen, und er wurde fähig einzusehen, daß gerade ein solch hartes Verhalten, wie es die Randeggerin plötzlich und schrecklich am grauenden Freitagmorgen gezeigt – den Kern der Sache aufs genaueste getroffen hatte.

Ja, Manuel mußte sich am Ende ganz von seinen Gedanken wenden, da sie einem eigenen Todesurteile verzweifelt ähnlich sich gestalteten...

Er hob den Kopf und sah müde an den Lichtern vorbei zum anderen Ende des Tisches, wo auf einem Feldstuhl seine Degenkoppel lag, die er abgeschnallt hatte. Der Anblick seiner Waffe störte ihn wohl, denn er wandte gleich das Auge ab, stand auf, ging über den Rasenfleck und in die Dunkelheit unter den dichtbelaubten Bäumen am Flusse hinein, und blieb dort stehen, wo die Böschung sich zum murmelnden Wasser hinabsenkte. Einzelne Streifen vom Mondlicht fielen durch die Kronen, und der ziehende Fluß schimmerte matt.

Manuel sah lange hinab in dieses stets bewegte, da und dort von Mondstrahlen durchzitterte Halbdunkel. Sein letzter Versuch, jene einstmalige unerbittlich feste Haltung, die er vor Jahren eingenommen, wieder in sich neu zu beleben – und das war ja die eigentliche Bedeutung all der seltsamen Worte, die er vor Herrn von Landsgeb gesprochen hatte – dieser letzte Versuch war schon wie ein befremdliches Tappen auf glattem Boden gewesen, wie eben jetzt jede derartige Bemühung seines Denkens. Alles das war tot. Wo früher sein Inneres funkelnd von Klarheit gewesen war, dort herrschte jetzt ein schummriges Halbdunkel, ähnlich wie auf dem Wasser hier unter ihm. Als sich jedoch – wie übrigens in letzter Zeit schon oft – eine Stimme in ihm erhob, die sich für die Vernunft ausgab, und ihm riet, frisch ins Leben zu springen ohne Selbstquälerei, und einer Neigung nachzugeben, die unbesieglich war, nachzugeben und ihr nachzuleben, komme, was kommen wolle – als solchermaßen seine durch die Leidenschaft gedemütigte Seele aus den letzten Fugen und Haspen geriet, da schien es ihm einen Augenblick lang, als blicke er nicht in ein nächtliches mondbeschienenes Wasser, sondern dem schillernden, ewig fließenden Nichts geradewegs in das unergründliche Auge.

Er wandte sich. Der Lichtkreis um den Tisch war kleiner geworden, zwei von den Kerzen verloschen. Die Dunkelheit nahm bald noch mehr zu, da der Mond eben jetzt hinter häufiger aufgezogenem Gewölk verschwand. Manuel vermied es, in den Kerzenschein zu treten. Er stand noch eine Weile regungslos, den Blick schräg seitwärts ins Dunkel gerichtet. Dann begann er plötzlich zu gehen, glitt wie ein weißer Schatten (wahrhaft ein Schatten seiner selbst) an dem flußwärts gelegenen Rande des Rasenfleckes entlang, zwischen die Bäume der Au hinein, schlug einen kleinen Bogen um das Zeltlager und stand bald wieder am Rande des Schütts und in der Nähe jener Birke, die heute abend, nachdem ihm der letzte Ruf an den Fähndrich entkommen, die Stütze seiner Schwäche geworden war. Jedoch diesmal hastete er weiter, quer über das Schütt, seltsam leise, ohne daß er dazu eigentlich Anlaß gehabt hätte; sein Fuß vermied wie der eines Schlafwandlers jeden Stein oder sonstigen Anstoß. Nur das zarte Klingen der Sporen war dann und wann zu vernehmen. Als er nach einiger Zeit an die Straße kam, die hier nach einem weiten Bogen um die Au wieder an den Fluß trat, überquerte er die Wagengeleise und ging nebenher im weichen Gras, wo sein eigener Schritt für ihn weniger hörbar wurde. Das Licht wechselte ständig, bald schlug die Landschaft unter dem strahlend hervortretenden Monde mächtig das Auge auf, so daß jenseits des Flusses die Höhen silbern leuchteten, bald wieder versenkte eine vorüberziehende Wolkengruppe alles in tiefe Schatten. Als Graf Manuel vor das Brandterische Haus kam, bog er geräuschlos ohne weiteres um die Ecke der Werkstatt und Wagenremise, trat auf den Hof und sah gegenüber die Fenster der Stube hell. Im Hintergrund, an der Schmalseite des Hofes, der hier durch einen rechtwinklig angebauten Teil des Wohnhauses abgeschlossen wurde, führte eine aus etwa zehn Stufen bestehende rohe Steintreppe zur Haustür hinauf, wie das allerorts im Steirischen üblich ist. Von dort oben konnte man wohl schräg in die längsseits gelegene große Stube hineinsehen.

So war es. Als Graf Manuel leise und schnell die oberste Steinplatte vor der Schwelle erreicht hatte, erblickte er von hier aus, da der Vorhang an dem zunächstgelegenen der drei Fenster nicht ganz zugezogen war, Frau Hanna, um deren bloße Schultern ein Mannsbild seinen Arm gelegt hatte. Als der Kopf dieses Menschen, offenbar nach einem langen Kuß, wieder einmal auftauchte, erkannte Graf Manuel seinen Eskadronstrompeter.

Er schloß die Augen, an deren Lidern ihm inwärts Feuer hochzuschlagen schien. Einen Augenblick lang hob es ihn, als sollte er das eigene Eingeweide erbrechen. Dann schwankte alles. Manuel glaubte das Gleichgewicht zu verlieren, griff nach rückwärts und wollte sich an die Haustüre lehnen. Diese aber gab ein wenig nach und drehte sich laut kreischend in den Angeln, soweit es nämlich der innen vorgehängte Kettenriegel erlaubte.

Das war die letzte, die sausende Einfahrt in den tiefsten Schacht der Erniedrigung. Es war ganz unmöglich, die Augen wieder zu öffnen. Jetzt würde man aus dem Fenster blicken und ihn sehen. Überdies war auch das bereits völlig gleichgültig. Denn nach diesem Augenblicke war jedes weitere Leben eine Lächerlichkeit und nur ein Hohn. Nach diesem Augenblicke kam nichts mehr, das Nichts.

Oben, in der Stube, fuhr beim Kreischen der Haustüre die Hanna erschreckt auf, entwand sich den Armen des Trompeters und lauschte. In die folgende atemlose Stille hinein flüsterte sie mit verzweifeltem und weinerlichem Gesicht:

»Ach, ich sagte es dir ja, heute nicht, gerade heute hättest du nicht sollen kommen! Ihm ist nicht mehr zu trauen, ich weiß es!«

»Aber man hat doch nicht Pferd, nicht Wagen gehört«, brummte der Trompeter mißtrauisch, während sich auf seiner Stirn die Falten zusammenzogen, »und vor ein paar Stunden erst ist er auf Judenburg gefahren.« Hanna winkte ab, als wüßte sie das besser. Da die Stille anhielt und nichts weiter geschah, wagten sie es, bei einem Vorhangspalt des am weitesten von der Haustüre entfernten Fensters hinauszulugen, nachdem sie das Licht abgedämpft hatten.

Der Hof war mondhell. Auf der Stiege oben erblickten sie, zunächst voll Schreck, aber hintennach mit Erleichterung, den Grafen in seinem seltsamen Aufzuge, ohne Degen und Mütze, mit offenem Rock, bewegungslos, bleich und mit geschlossenen Augen. Er sah aus wie ein Gespenst, und Hanna schlug auch richtig ein Kreuz.

Plötzlich aber, als sie ihren Blick herumwandern ließ, zuckte sie wild zusammen und deutete auf die gegenüberliegende Seite des Hofes. Dort stand jetzt wie aus dem Boden gewachsen hinter der Ecke der Wagenremise im hellen Mondschein noch jemand, und zwar Paul Brandter. Auch er schien das Kreischen und Knarren der Haustüre gehört zu haben, denn seine Haltung war geduckt und lauernd. Der Graf hätte von seinem Standort Brandter freilich nicht sehen können. Von diesem Fenster aus aber überblickte man beide, da das Wohngebäude länger war als der gegenüberliegende Wagenschuppen.

Im nächsten Augenblick ereignete sich etwas Überraschendes. Der Graf nämlich stieg die Treppe herab, aber mit ungedämpftem Tritt, und als liege ihm nicht das geringste an der Vermeidung von Geräusch. Er ging langsam und mit jenen eigentümlich schleppenden Schritten, wie sie sonst nur Schlafwandlern eigen sind, über den Hof und auf die Ecke zu, hinter welcher Brandter stand. Als dieser die Schritte mit den leichtklingenden Sporen über die Steinstufen herabkommen hörte, duckte er sich noch mehr zusammen, schlich bis knapp hinter die Ecke und zog den rechten Arm vor die Brust. Jetzt sah man in seiner Hand eines jener rieselndscharfen, spitzen Messer, wie sie beim Zuschneiden des Leders verwendet werden. Es glänzte im Mondschein.

Freilich erfaßte jetzt der Trompeter oben die Lage und zugleich die Gefahr, die seinem Rittmeister drohte. Jedoch er kam nicht dazu, auch nur den leisesten Warnungsruf auszustoßen. Welcher Teufel damals die arme Hanna geritten hat, wird immer unergründlich bleiben. Genug, sie riß plötzlich ein Tuch an sich, das neben ihr auf einem Stuhle lag, wand es dem Trompeter blitzschnell von rückwärts um Mund und Nase, und zugleich hing sie sich mit allen vieren und eingekrallten Fingern an ihn. Der große Mann blieb unter diesem Überfall wie gelähmt, und diese Zeitspanne genügte, um dem Vorgang im Hof unten seinen Lauf zu lassen. Hanna starrte mit einer Art wahnsinniger Gier dort hinunter, und während sie mit dem Trompeter zu ringen begann, der jetzt aus seiner Überrumplung wieder erwachte, versuchte sie immer durch den Spalt zu sehen, wie um nichts von dem zu versäumen, was sich jetzt blitzschnell abspielte. Als Graf Manuel der Ecke bis auf etwa zehn Schritte nahegekommen war, sprang Brandter dahinter hervor und auf die Gestalt im weißen Waffenrock los. Der Graf, dermaßen überrannt, fuhr nach seiner linken Hüfte, als trüge er den Degen und wollte ihn nun ziehen. Da stieß Brandter schon zu. Manuel sank ohne viel Geräusch zu Boden und blieb fast regungslos, er mußte geradewegs ins Herz getroffen worden sein. Brandter beugte sich über den Sterbenden, riß ihn an den Schultern hoch und sah in sein Gesicht. Aus der Art, wie er jetzt den Körper wieder achtlos beiseite warf, war unzweideutig zu erkennen, daß er nun zum Bewußtsein seines Irrtums gelangt war. Brandter stand durch einige Augenblicke breitbeinig da und atmete anscheinend tief. Seine Gestalt erschien riesenhaft auf dem mondhellen Hof. Dann aber raffte er das Messer auf und sprang mit ein paar Tigersätzen über den Hof und die Steintreppe empor. Als er die Haustüre verriegelt fand, warf er sich mit so furchtbarer Wucht dagegen, daß beim ersten Anlauf der Riegel aus dem alten Holze fuhr und der Türflügel mit lautem Krach gegen den Hausgang schlug. Gleich darauf hörte man ihn auf der Treppe poltern.

Jetzt endlich war es dem Trompeter gelungen, die Hanna abzuschütteln. Er blickte wild umher und riß sein Terzerol an sich, das auf dem Tische lag. Als unter der Wucht Brandters die versperrte Stubentür aus dem Schlosse fiel, gellten ihm schon zwei Schüsse entgegen. Der Korporal, unverletzt, sprang durch den Pulverrauch hindurch geradewegs seinen Gegner an und stieß zu. Unter mächtigem Gepolter, Tisch, Bank und Sessel mit sich reißend, fiel der Trompeter hintenüber. Auch er regte sich nicht mehr viel. Nur sein eines Bein in dem hohen Reiterstiefel zog er langsam und zuckend an den Leib.

Nunmehr trat Stille ein. Hanna, in gänzliche Bewegungslosigkeit wie eingefroren, starrte mit weit aufgerissenen Augen vor sich hin, die Hände an den Schläfen. Ihr Haar stand wirr und zerwühlt, das Hemd, welches sie trug, war von den Schultern geglitten und zerrissen. Brandter sah sich mit eigentümlicher Ruhe suchend in der Stube um. Als er des Trompeters schweren Säbel, der neben einem umgefallenen Stuhle lag, an sich genommen hatte, betrachtete er die Waffe zunächst nachdenklich, und dann zog er sie blank. Sofort begann Hanna zu schreien, einen ununterbrochenen Schrei, wie ein langer hoher Triller. Dabei trampelte und zappelte sie mit den bloßen Füßen. Beim ersten Fluchtversuch vertrat ihr Brandter den Weg. Die schwere Klinge pfiff scharf durch die Luft, als wäre sie nur ein Peitschenstiel. Hanna fiel ohne weiteren Laut, ohne jede Bewegung, schwer und leblos wie ein Sack zusammen. Brandter streifte sie (und die rasch sich verbreitende Blutlache um ihre Leiche) nur mit einem kurzen Seitenblick. Dann stellte er einen Sessel auf die Füße und ließ sich darauf nieder.

Er hätte fliehen können; aber er blieb lieber hier bei den Toten, die eben da lagen, wie es sie getroffen hatte (ganz wie im Kriege) und so, wie auch unten auf dem Hofe der hochgeborene Herr lag. Er hätte gewiß fliehen können. Das Gold, einst von dem Grafen Cuendias der Hanna geschenkt, befand sich hier im Kasten, und dazu noch ein tüchtiger Sparpfennig. Damit konnte man weit kommen.

Jedoch er blieb. So fanden sie ihn, als der Morgen längst herauf war, und obendrein schlafend. Am selben Tag noch wurde Brandter in Ketten von Dragonern nach Wien eskortiert. Als der Leiterwagen, auf dessen Stroh er lag, eben das Dorf verließ, kamen seine zwei alten Kameraden des Weges. Sie liefen unsagbar bestürzt ein Stück nebenher. Brandter rief ihnen zum Abschied etwas zu: »Seht ihr's, nun bin ich doch zu euch heimgekehrt!« Aber sie verstanden nicht, was er damit sagen wollte.

In Wien war über ihn das Urteil rasch gesprochen. Die Scheußlichkeit seines Verbrechens, die Ermordung gerade jener Menschen, die einst sein Leben gerettet hatten, das forderte die schwerste Strafe. Brandter wurde dazu verurteilt, lebendig gerädert zu werden, und zwar von unten nach oben, um seine Leiden zu verlängern. Jedoch hat der Kaiser ihm auf dem Gnadenwege den Strick zuerkannt.

Beim Ausführen aus dem Stockhause war dem Brandter keineswegs so übel zumute, wie man wohl glauben sollte. Der blasse Himmel des Hochsommers über ihm, die sonnige Ausgedehntheit der Gassen, die aufglänzende Ferne über irgend welchen Dächern dort drüben, alles das zusammen bot sich diesmal als recht geeignet für den letzten Rundblick eines Mannes, der scheiden wollte und es mußte, schon allein deshalb, weil ihm rein gar nichts mehr am Leben zu tun übrig blieb. Ein solches Herz ist sicherlich weit und einsam und wohl auch licht, etwa in der Weise licht, wie leere ausgeräumte Zimmer ohne jeden Hausrat stets heller wirken als eine richtige, mit allem Erforderlichen besetzte menschliche Wohnung. Als er nach dem Passieren des Torturmes bald auch den Galgen erblickte – wiederum ein geknickter Strich in der Farbe frischen Holzes – da blieb ihm jene Panik, in welche er dereinst bei gleicher Lage verfallen war, gänzlich fern, ja, er wäre kaum imstande gewesen, jene zerfahrene und verzweifelte Haltung, die er damals eingenommen hatte, in sich wieder neu zu beleben.

Und endlich stand Brandter auf der einsamen Sterbehöhe der Galgenleiter. Das Volk unten machte den Eindruck einer ungeheuren Schar von Ertrinkenden, deren Gesichter mit den offenen Mündern alle verzweifelt nach oben streben. Von St. Theobald auf der Laimgruben schlug klar die Turmuhr. Einen Augenblick lang, während ihm der Henker die Schlinge um den Hals legte, schien es, als wollten sich die letzten fünf Jahre noch einmal glitzernd erheben. Jedoch sie sanken zurück, ihr Anfang und Ende floß in eins zusammen, und nun waren sie schon nichts mehr als ein blasser, rasch vergehender Traum zwischen zwei Sterbestunden.

Werke von Heimito von Doderer

Heimito von Doderer
Die sibirische Klarheit
Texte aus der Gefangenschaft
hrsg. von Wendelin Schmidt-Dengler und
Martin Loew-Cadonna
1991. 160 Seiten, 8 Abbildungen
Leinen

Heimito von Doderer
**Die Strudlhofstiege oder Melzer
und die Tiefe der Jahre**
Roman. 61. Tausend. 1985. 909 Seiten
Leinen

Heimito von Doderer
Ein Mord, den jeder begeht
Roman. 30. Tausend. 1977. 371 Seiten
Leinen

Heimito von Doderer
Die Dämonen
Nach der Chronik des Sektionsrates Geyrenhoff.
Roman. 36 Tausend. 1985. 1347 Seiten.
Leinen

Heimito von Doderer
Die Erzählungen
hrsg. und ein Nachwort von Wendelin Schmidt-Dengler
und Martin Loew-Cadonna.
2., durchgesehene Auflage. 1976. 501 Seiten.
Leinen

Biederstein Verlag

Heimito von Doderer im dtv

Die Strudlhofstiege

Der Amtsrat und frühere Major Melzer, bei dem »im Oberstübchen das Licht nicht gerade sehr hell brennt«, löst sich allmählich aus der Bequemlichkeit überkommener Institutionen und Gewohnheiten und findet zu eigenen Einsichten.
dtv 1254

Ein Mord den jeder begeht

Der Lebensroman eines jungen Mannes, der in den Wirren eines ungewöhnlichen Lebens schließlich zu sich selbst und zur Wahrheit findet. dtv 10083

Die Peinigung der Lederbeutelchen und andere Erzählungen
dtv 10287

Die Dämonen

Im Wien der ausgehenden zwanziger Jahre werden Schicksale aus dem Großbürgertum und Adel, aus dem Arbeiter- und Intellektuellenmilieu zu einem schillernden gesellschaftlichen Gewebe verflochten. dtv 10476

Der Oger
und andere Kurzgeschichten
dtv 10615

Die Merowinger
oder Die totale Familie

Durch ein wohlüberlegtes System etwas ungewöhnlicher Heiraten und Adoptionen ist es dem mittelfränkischen Freiherrn Childerich von Bartenbruch gelungen, sein eigener Vater, Großvater, Schwiegervater und Schwiegersohn zu werden. dtv 11308

Die Wasserfälle von Slunj

Österreich um die Jahrhundertwende. Die Zeit fließt langsam dahin: Man macht Karriere, man findet eine Geliebte, man will die Risse und Hohlräume im Fundament dieser Gesellschaft nicht sehen, man geht an seiner eigenen Blindheit zugrunde...
dtv 11411

Thomas Bernhard im dtv

Die Ursache
Eine Andeutung

»Thomas Bernhard schildert die Jahre 1943 bis 1946, als er eine drückende, geistabtötende, zuerst nationalsozialistische, dann katholische Internatszeit erlebte... Wenn etwas aus diesem Werk zu lernen wäre, dann ist es eine absolute Wahrhaftigkeit.« (Frankfurter Allgemeine Zeitung)
dtv 1299

Foto: Isolde Ohlbaum

Der Keller
Eine Entziehung

Die unmittelbare autobiographische Weiterführung seiner Jugenderinnerungen aus ›Die Ursache‹. Der Bericht setzt an dem Morgen ein, als der sechzehnjährige Gymnasiast auf dem Schulweg spontan beschließt, sich seinem bisherigen, verhaßten, weil sinnlos erscheinenden Leben zu entziehen, indem er »die entgegengesetzte Richtung« einschlägt und sich im Keller, einem Kolonialwarenladen, eine Lehrstelle verschafft...
dtv 1426

Der Atem
Eine Entscheidung

»In der Sterbekammer bringt sich der junge Thomas Bernhard selber zur Welt, auch als unerbittlichen Beobachter, analytischen Denker, als realistischen Schriftsteller. Aus dem Totenbett befreit er sich, in einem energischen Willensakt, ins zweite Leben.« (Die Zeit)
dtv 1610

Die Kälte
Eine Isolation

Mit der Einweisung in die Lungenheilstätte Grafenhof endet der dritte Teil von Thomas Bernhards Jugenderinnerungen, und ein neues Kapitel in der Lebens- und Leidensgeschichte des Achtzehnjährigen beginnt. Bis schließlich sein Lebenswille die Oberhand gewinnt, bedarf es vieler schmerzhafter Erfahrungen.
dtv 10307

Ein Kind

Die Schande einer unehelichen Geburt, die Alltagssorgen der Mutter und ihr ständiger Vorwurf: »Du hast mein Leben zerstört« überschatten Thomas Bernhards Kindheitsjahre. »Nur aus Liebe zum Großvater habe ich mich in meiner Kindheit nicht umgebracht« bekennt Bernhard rückblickend auf jene Zeit.
dtv 10385

Alois Brandstetter im dtv

Die Abtei
Eine große Klage wird da von Alois Brandstetter in Gang gesetzt, ein circulus lamentationum, der keine Problematik ausläßt, seien es nun die mangelnden Fähigkeiten der Politiker, sei es die betrübliche Situation der gymnasialen Schulbildung oder die Depravation des Mönchtums. dtv 10218

Über den grünen Klee der Kindheit
Brandstetter erinnert sich an die Sorgen und Freuden des bäuerlichen Lebens in seiner Heimat, an Landschaft und Menschen, die sich ihm eingeprägt haben. dtv 10450

Altenehrung
Dünkel und Überheblichkeit, Besserwisserei und Beckmesserei werden dem Ich-Erzähler nach seiner »Untat« vorgeworfen. Doch er wollte nichts anderes, als auf den »Mißstand der vielen politischen und damit unsachlichen und unfachlichen Entscheidungen« bei Besetzungen öffentlicher Ämter aufmerksam machen. dtv 10595

Zu Lasten der Briefträger
Der Herr, der hier in jeder Hinsicht das große Wort führt, bleibt anonym. Sein imaginärer Gesprächspartner ist der Postmeister eines niederbayerischen Dorfes, der drei Landbriefträger unter sich hat, über deren Schwächen Klage geführt wird. dtv 10694

Vom Schnee der vergangenen Jahre
Früher waren die Winter irgendwie kälter, schneereicher, glanzvoller. In diesen autobiographischen Skizzen untersucht Brandstetter, warum das so war. Ob er von seinen ersten Ski-Erlebnissen oder vom Eisstockschießen zur Zeit seiner Kindheit in dem kleinen österreichischen Dorf Pichl erzählt, oder ob er humorvoll die Anschaffung des ersten Radioapparats kommentiert, immer geht er den Dingen auf den Grund. dtv 11149

Friedrich Torberg im dtv

Foto: Isolde Ohlbaum

Der Schüler Gerber

Die Geschichte des begabten Schülers Kurt Gerber, der im letzten Jahr vor der Reifeprüfung dem herrschsüchtigen und sadistischen Professor Kupfer ausgeliefert ist. Gerbers schwache Seite ist die Mathematik, das Fach, in dem Kupfer als Klassenvorstand unterrichtet und jede Gelegenheit nützt, die Schüler zu demütigen. Zudem belasten ihn eine erste enttäuschte Liebe und der Gedanke an seinen todkranken Vater, dem er die Schande eines Scheiterns ersparen möchte. Dennoch nimmt Kurt den ungleichen Kampf auf. dtv 884

Die Tante Jolesch oder
Der Untergang des Abendlandes in Anekdoten

Friedrich Torberg ist einer der letzten, der aus eigener Erfahrung und gestützt auf Erzählungen älterer Freunde die Atmosphäre des ehemals habsburgischen Kulturkreises, die unwiederbringliche Welt des jüdischen Bürgertums und der Boheme in Österreich, Ungarn und Prag noch einmal so intensiv beschwören kann. Es war eine Welt der Originale und Sonderlinge, die – wie Torberg schreibt – in unserer technokratischen Welt keinen Platz mehr hätten.
dtv 1266 / dtv großdruck 25021

Die Erben der Tante Jolesch

Daß Torberg auch den »Erben« der Tante Jolesch ein komplettes Anekdotenbuch widmet, daß er die Wiener Kaffeehauswelt mit ihren Käuzen und Originalen, mit ihren Kulturphilosophen und literarischen Größen noch einmal zum Leben erweckt, ließ sich gar nicht vermeiden: Zu vieles war im ersten Buch nicht erzählt worden, tauchte später erst aus der Erinnerung auf.
dtv 1644 / dtv großdruck 25038